MADELI

Auteur reconnu et célébré pour sa fameuse série des aventures de Becky, *Confessions d'une accro du shopping*, *Becky à Manhattan*, *L'accro du shopping dit oui*, *L'accro du shopping a une sœur* et *L'accro du shopping attend un bébé* (parus entre 2002 et 2008) et pour *Les Petits Secrets d'Emma* (2005) et *Samantha, bonne à rien faire* (2007), Sophie Kinsella est aussi l'auteur de six romans signés sous le nom de Madeleine Wickham, dont *Une maison de rêve* (2007), *La Madone des enterrements* (2008) et *Drôle de mariage* (2008), tous publiés chez Belfond. Sophie Kinsella vit à Londres avec son mari et leurs trois fils.

UNE MAISON DE RÊVE

MADELEINE WICKHAM
alias
SOPHIE KINSELLA

UNE MAISON DE RÊVE

Traduit de l'anglais
par France Camus-Pichon

belfond

Titre original :
A DESIRABLE RESIDENCE
publié par Black Swan Books, a division of Transworld Publishers Ltd, Londres.

Tous les personnages de ce livre sont fictifs,
et toute ressemblance avec des personnes réelles, vivantes ou mortes,
serait pure coïncidence.

Le papier de cet ouvrage est composé de fibres naturelles, renouvelables, recyclables et fabriquées à partir de bois provenant de forêts plantées et cultivées durablement pour la fabrication du papier.

ISBN : 978-2-266-19175-3

Pour Henry

1

Inutile de se fâcher, se dit Liz. Il n'y est pour rien, le malheureux. Son exposé terminé, l'employé de l'agence immobilière la regardait d'un air inquiet, espérant une réponse. Afin de gagner du temps, elle jeta un coup d'œil par la fenêtre à guillotine du bureau, dont les vitres encore ruisselantes de pluie scintillaient sous le soleil de cette journée changeante de septembre. Elle découvrit un petit jardin clos, avec un banc en fer forgé blanc et des jardinières garnies de fleurs. Sûrement très agréable à la belle saison, pensa-t-elle, oubliant d'ailleurs que l'été n'était pas fini. Elle avait toujours plus d'un mois d'avance sur le calendrier.

— Madame Chambers… ?

— Excusez-moi, répondit Liz en se retournant. Je vous écoutais.

Elle lui sourit, mais il resta de marbre.

— Au moment de la mise en vente de votre maison, j'avais pourtant mis en garde votre mari contre ce genre d'éventualité. Et je vous avais suggéré de baisser votre prix.

— Je m'en souviens parfaitement.

Pourquoi croyait-il nécessaire de lui rappeler ce détail ? Se sentait-il coupable ? Éprouvait-il le besoin de justifier le fait que, depuis dix mois, son agence ne leur avait toujours pas trouvé d'acheteur ? Elle chercha une trace de triomphalisme sur les traits juvéniles de son visage rasé de près.

En vain. Il semblait grave. Préoccupé. Ce ne devait pas être le genre d'homme à vous faire la morale. Il se contentait d'énoncer des faits.

— Maintenant, poursuivait-il, vous devez prendre une décision. Selon moi, il n'y a que deux solutions réalistes.

Et aussi quelques-unes qui le sont moins ? eut envie de demander Liz. Au lieu de quoi elle le considéra avec attention, se penchant légèrement en avant sur son siège pour manifester son intérêt. Elle commençait à avoir trop chaud : derrière la vitre, le soleil lui brûlait les joues. Comme d'habitude, se fiant au temps pluvieux du début de la matinée, elle s'était vêtue chaudement en prévision d'une fraîcheur automnale. Peut-être devrait-elle se découvrir un peu ? Elle fut par avance découragée à l'idée de retirer son gros pull – ce qui l'obligerait à enlever d'abord ses lunettes et son bandeau – pour révéler une chemise en jean froissée, sans doute ornée d'une ou deux taches de café. Surtout devant cet employé tiré à quatre épingles. Elle l'observa à la dérobée. Lui, de toute évidence, ne souffrait pas de la chaleur : il n'avait pas du tout rougi sous son hâle, et ses manchettes avaient l'air fraîchement repassées. Voire amidonnées par la femme de sa vie, songea Liz. Ou sa mère, à en juger par son jeune âge. Cette idée la fit sourire.

— Deux solutions, dites-vous ? interrogea-t-elle d'une voix plus aimable qu'elle n'aurait souhaité.

Un soulagement fugitif éclaira le visage de son interlocuteur. Sans doute s'était-il attendu à une scène. Pourtant, avant que Liz ait eu le temps de réagir, il avait retrouvé son professionnalisme.

— La première serait de remettre votre maison sur le marché après en avoir fortement baissé le prix.

Évidemment, pensa Liz. Le premier imbécile venu aurait pu me suggérer la même chose.

Elle le questionna néanmoins d'un ton poli :

— De combien ?… D'un point de vue réaliste, bien sûr, ajouta-t-elle pour faire bonne mesure, réprimant une envie de rire aussi subite qu'inopportune.

Cette conversation était surréaliste. Encore quelques minutes, et elle lui lancerait : « Jouons cartes sur table » ou « Vous pouvez me répéter ça ? »… Un peu de tenue, se dit-elle. L'heure est grave.

— De cinquante mille livres. Au moins…

Choquée, Liz releva la tête. Fini de rire ; un sentiment de honte l'envahit. Pas étonnant que ce jeune homme séduisant ait l'air si préoccupé. Il s'inquiétait davantage qu'elle de sa situation. Et il fallait reconnaître qu'il y avait de quoi.

— Mais nous l'avons déjà baissé de vingt mille livres ! protesta-t-elle, horrifiée d'entendre sa voix trembler. C'est moins que notre emprunt.

— Je sais.

Il consulta les papiers sur son bureau.

— Malheureusement, reprit-il, le marché de l'immobilier s'est considérablement ralenti depuis l'époque où vous avez acheté votre maison.

— Pas à ce point. C'est impossible.

Après coup, l'angoisse la rendait agressive. Elle avait vu les gros titres des journaux, mais elle s'était contentée de les survoler, persuadée de n'être pas concernée. Elle avait ignoré les discussions de ses amis, certains ouvertement inquiets alors que d'autres arboraient un sourire triomphant. Le marché de l'immobilier par-ci, le marché de l'immobilier par-là... Insupportable ! De toute façon, la formule était stupide. Elle évoquait des rangées de stands couverts de maisons minuscules, chacune avec son prix sur une étiquette attachée à la cheminée.

— Nous ne pouvons accepter une somme aussi dérisoire, ajouta Liz, les joues en feu. Hors de question ! Nous n'aurions pas de quoi rembourser la banque, et nous n'avons obtenu l'emprunt pour l'achat du cours privé qu'à la seule condition de vendre la maison. À cette période, nous avions des acheteurs potentiels : ils nous avaient même fait une offre.

Elle s'interrompit. Un sentiment d'humiliation montait en elle. Combien d'années avait-elle de plus que ce jeune homme ? Et la voilà qui déballait tous ses problèmes d'argent, dans l'espoir qu'il détienne la solution.

Tel ne semblait pourtant pas être le cas. Il feuilletait nerveusement ses dossiers en évitant son regard.

— Si vous baissez votre prix dans les proportions que j'ai indiquées, je vous assure que votre maison trouvera preneur dans un délai raisonnable.

On aurait dit qu'il lisait une fiche toute prête.

— Peut-être, mais il nous faut davantage d'argent ! Nous avons un emprunt à rembourser. Et maintenant, un cours privé à faire tourner. Et d'abord, qu'appelez-vous un « délai raisonnable » ?

Trop tard. Elle comprit son erreur : l'employé redressa la tête, à l'évidence soulagé d'entendre une question à laquelle il pouvait répondre.

— Bien sûr, ce genre de chose prend toujours un certain temps. Nous ferons paraître une nouvelle série d'annonces mettant en évidence la baisse du prix, à l'intention d'une catégorie d'acheteurs plus large.

Tandis qu'il vantait d'une voix monotone les mérites des photos en couleurs et de la publicité dans la presse locale, Liz regardait dans le vague. Elle se sentait épuisée, gagnée par la panique. Elle n'avait pas pris cette vente suffisamment au sérieux. Quand les premiers acheteurs s'étaient désistés, elle s'en était presque réjouie. Elle supportait mal l'idée que des inconnus s'installent chez eux, utilisent leur salle de bains, leur cuisine, prennent le soleil dans leur jardin. Même si, au départ, la décision de vendre venait d'elle.

Bien sûr, Jonathan ne pouvait pas comprendre. Un soir, plusieurs mois auparavant, elle avait fondu en larmes à la perspective de déménager, et il l'avait regardée avec stupéfaction.

« Mais c'est toi qui nous as entraînés dans cette aventure ! C'est toi qui as voulu acheter ce cours privé, avait-il dit, criant presque.

— Je sais. N'empêche que je n'ai aucune envie de partir d'ici, avait-elle gémi entre deux sanglots. »

Il l'avait contemplée quelques secondes, et sur son visage la stupéfaction avait fait place à la détermination.

« Eh bien, dans ce cas, ma chérie, ne partons pas… »

Plongeant son regard dans ses yeux remplis de larmes, il lui avait soulevé le menton d'un geste tout droit sorti d'un film des années quarante.

« Restons ici, puisque nous y sommes heureux. J'appelle le notaire dès demain.

— Enfin, Jonathan, ne sois pas ridicule ! »

Liz avait détourné la tête avec impatience. De la main, elle s'était essuyé le nez avant de rejeter ses cheveux en arrière, l'air exaspéré. Quelques larmes isolées avaient recommencé à couler sur ses joues.

« Tu ne comprends jamais rien, avait-elle repris. Il n'est pas question de rester ici. »

Elle avait soupiré ostensiblement et s'était levée afin de fermer la fenêtre. Lorsqu'elle avait regagné le lit, Jonathan lui tournait le dos : réaction sûrement due à la perplexité plutôt qu'à la mauvaise humeur. Elle s'était alors rendu compte qu'elle se montrait injuste avec lui. Il était aussi prudent que dépourvu d'ambition. Elle avait dû mobiliser toute son énergie pour le persuader de se lancer dans cette entreprise… Et voilà qu'elle pleurait devant lui, l'alarmant inutilement.

« Pardonne-moi. C'est la fatigue. »

Liz avait pris son étroite main dans les siennes et il s'était détendu. Depuis, passant d'un extrême à l'autre, elle affichait un indéfectible optimisme grâce auquel ils avaient pu venir à bout de toute la paperasserie et des cartons du déménagement, s'installer dans le petit appartement minable où ils vivraient désormais, quitter la sécurité pour l'incertitude et la précarité. Tandis que Jonathan arpentait nerveusement les pièces exiguës et poussiéreuses de leur nouvelle demeure à la recherche des prises électriques, que leur fille Alice arborait l'air maussade et impénétrable des adolescents de son âge, c'est elle qui avait gardé le sourire en ouvrant les placards d'un geste décidé, sans cesser de fredonner des chansons des Beatles dont elle mélangeait avec insouciance paroles et mélodies. Elle encore qui avait tenu bon et présenté un visage rassurant. À présent, sa belle assurance semblait s'être évanouie, comme devant un adversaire trop fort, à l'annonce des mauvaises nouvelles délivrées par ce messager juvénile à la voix monocorde.

— La qualité de l'équipement représente un atout considérable, disait-il au moment où Liz revint brutalement à la réalité. La concurrence est rude : toutes ces maisons avec des baignoires balnéo et des vérandas…

Il lui lança un regard plein d'espoir.

— Vous n'envisageriez pas d'installer une douche avec hydromassage ? Ce serait un argument de vente supplémentaire.

— Au lieu d'une diminution du prix ? demanda Liz, vaguement soulagée. Pourquoi pas ?

— Non, je voulais dire en plus.

Le ton amusé de l'employé la piqua au vif.

— Non seulement vous voudriez nous faire baisser notre prix, mais en plus il faudrait que nous changions la douche !

Elle avait parlé d'une voix stridente ; son visage prit l'expression outragée qu'elle réservait d'ordinaire à ses élèves les plus négligents. En détachant chaque mot, comme si elle s'adressait à une classe de terminale particulièrement obtuse, elle ajouta :

— Est-ce que vous vous rendez compte que nous vendons notre maison parce que nous avons besoin d'argent ? Et que nous n'avons pas décidé d'aller vivre dans un appartement minuscule par plaisir, mais par nécessité !

Elle était lancée.

— Et, sous prétexte que vous n'avez trouvé aucun acheteur, vous m'annoncez que nous devons changer la douche, ce qui risque de coûter les yeux de la tête, pour ensuite baisser le prix de – combien déjà ? –

cinquante mille livres ? Avez-vous la moindre idée du montant de notre emprunt ?

— Vous savez, votre situation n'a rien d'exceptionnel, s'empressa de répliquer le jeune homme. La majorité de nos clients se sont retrouvés à découvert un jour ou l'autre.

— Mais je me contrefiche de vos autres clients ! Pourquoi devrais-je me préoccuper de leur sort ?

Consciente qu'elle s'était emportée, Liz décida de cacher cet éclat à Jonathan. Cela ne ferait que l'agacer et l'inquiéter. Il aurait même été capable de téléphoner à l'agence pour présenter des excuses ! Une bouffée d'indignation provoquée par la servilité coutumière de son mari attisa sa colère.

— Notre maison est en vente depuis près d'un an ! L'auriez-vous oublié ? Si vous vous étiez acquitté de votre tâche à l'époque, il ne serait pas question de changer la douche. Pas plus que nous ne serions en train de baisser notre prix dans des proportions incroyables. Nous aurions remboursé notre emprunt, et tout irait bien.

— Madame Chambers, le marché de l'immobilier…

— Je n'en ai rien à faire, du marché de l'immobilier !

— Eh bien, j'en entends de belles !

Une voix grave, aimable et distinguée, s'était jointe aux leurs. L'employé sursauta, se força à sourire et pivota sur sa chaise. Liz, qui s'apprêtait à poursuivre, eut du mal à reprendre son souffle avant de tourner la tête. Debout à l'entrée de la pièce, un homme en veste de tweed, au regard sombre souligné par quelques rides d'expression, leur souriait d'un air moqueur. Il s'appuya avec désinvolture au chambranle de la porte.

Il paraissait très à l'aise, à la fois bienveillant et sûr de lui, contrairement au jeune employé, qui rangeait fébrilement les papiers sur son bureau. Le nouveau venu l'ignora.

— Continuez, je vous en prie, déclara-t-il à Liz en lui adressant un sourire plein de curiosité. Je ne voulais pas vous interrompre. Vous étiez en train de parler du marché de l'immobilier, je crois…

Assis devant la fenêtre du sinistre petit bureau du cours privé, Jonathan Chambers étudiait le bilan comptable de l'année écoulée. Mlle Hapland, l'ancienne propriétaire du cours, s'était occupée elle-même de la comptabilité pendant trente ans, d'une manière de plus en plus impressionniste au fil du temps. Durant les mois qui avaient suivi sa mort, son neveu s'était efforcé de prendre la relève jusqu'à la vente de l'établissement, et les livres de comptes pour cette période étaient encore plus embrouillés.

Jonathan fronça les sourcils en tournant une page et ne put retenir une grimace de dégoût à la vue des différentes rangées de chiffres. C'était un travail ingrat et ennuyeux, dont il s'acquittait méthodiquement, à intervalles réguliers, depuis l'achat du cours privé au début de l'été. Il se concentra sur le titre de chaque colonne, essayant d'ignorer le rayon de soleil qui jouait sur la feuille de papier. Par cet après-midi rêvé pour faire une promenade à pied ou à vélo, il mourait d'envie de tout laisser en plan et de sortir prendre l'air. Malheureusement, il avait promis à Liz de passer la journée à mettre de l'ordre dans la comptabilité : pas question de manquer à sa parole. Surtout aujourd'hui, où elle s'était dévouée afin de faire les courses et de passer à l'agence Witherstone's au sujet de la maison.

Le stylo en l'air, il interrompit ses réflexions et se demanda comment elle s'en tirait. La vision d'un agent immobilier souriant lui traversa l'esprit. *Justement, madame Chambers, je m'apprêtais à vous appeler. Hier, nous avons eu une offre. L'acheteur souhaiterait conclure dès que possible*. Peu vraisemblable. À sa connaissance, personne n'avait daigné visiter la maison ces dernières semaines. Et encore moins faire une offre. Elle n'intéressait personne, et resterait invendue. Alors qu'elle n'était même pas finie de payer. À cette pensée, Jonathan sentit un frisson de panique lui parcourir la colonne vertébrale.

Un prêt important pour l'achat du cours privé ne leur avait été accordé qu'à une condition : qu'ils vendent leur maison dans un délai de quelques mois, afin de pouvoir rembourser le premier emprunt. Au lieu de quoi ils en avaient désormais deux sur le dos ! Leur endettement atteignait un montant astronomique. Parfois, Jonathan n'osait même pas regarder ses relevés de compte, sur lesquels les remboursements semblaient grever leur budget mensuel tout en grignotant à peine leur dette.

Quand Liz et lui s'étaient lancés dans cette entreprise, jamais il n'avait imaginé se retrouver propriétaire du cours privé sans avoir réussi à vendre la maison. Ça allait de soi ; ils redoutaient même que leur maison trouve preneur trop vite, avant qu'ils soient prêts à déménager. Ils l'avaient mise sur le marché aussitôt après avoir décidé d'acheter le cours privé et, dès les premières semaines, ils avaient eu une offre d'un jeune couple avec un enfant en bas âge et un bébé en route. Une proposition intéressante, qui leur aurait permis de rembourser l'emprunt et, en prime, de garder un peu d'argent. Pourtant, ils avaient hésité. À l'époque, ils craignaient de ne pouvoir réunir la somme nécessaire à l'achat du cours privé. Était-ce une bonne idée de vendre la maison aussi vite ? Jonathan s'interrogeait ; Liz, elle, préférait attendre que leurs projets soient un peu plus avancés. Alors il avait demandé une semaine de réflexion, durant laquelle le jeune couple avait bien entendu trouvé une autre maison.

Bien sûr, avec le recul, il regrettait de ne pas avoir sauté sur cette offre. Mais comment pouvaient-ils prévoir que leur maison susciterait aussi peu d'intérêt par la suite ? Il essayait de se montrer philosophe.

« Elle finira bien par se vendre, répétait-il à Liz, autant pour se convaincre que pour la rassurer. Il suffit d'un seul acheteur. Pas vingt. Un seul… »

« … et il est momentanément dans l'incapacité de se déplacer », avait-il ajouté un jour pour plaisanter.

Néanmoins, ses plaisanteries n'amusaient plus Liz. Aux yeux de la jeune femme, la vente de la maison semblait avoir pris une signification nouvelle au cours des derniers mois. Ce n'était pas seulement une question d'argent. Elle y voyait une forme de test, un signe qu'ils allaient réussir. C'était elle qui avait insisté, à l'approche de la rentrée des classes, pour qu'ils emménagent comme prévu dans leur nouveau logement. Presque par superstition.

« Nous nous avouons vaincus si nous ne déménageons pas maintenant », s'était-elle lamentée quand Jonathan avait suggéré qu'il lui paraissait préférable de profiter encore un peu de la maison, le temps de se familiariser avec leurs nouvelles responsabilités.

« Nous devons absolument nous en tenir à notre projet initial », avait-elle insisté, oubliant qu'il reposait sur la vente de la maison, comme Jonathan l'avait pourtant souligné plusieurs fois. Oubliant aussi qu'elle était encore plus attachée que son mari et sa fille à leur demeure familiale.

Liz pouvait faire preuve d'un entêtement qui inquiétait parfois Jonathan. D'expérience, il savait pourtant que toute discussion était inutile. Ainsi s'étaient-ils installés dans le petit appartement au dernier étage du cours privé, laissant la maison vide, dans l'attente d'un acheteur éventuel. Depuis leur arrivée, Liz affichait un enthousiasme forcené, comme pour se prouver à elle-même, et démontrer au reste du monde, qu'ils avaient eu raison ; Jonathan redoutait déjà le moment où sa belle humeur s'assombrirait, ce qui ne saurait tarder.

Pour sa part, il se demandait s'ils avaient bien fait de renoncer tous les deux à un poste de professeur, donc à la stabilité, à une existence confortable et à un avenir assuré, pour reprendre un établissement qui, sans être à proprement parler sur le déclin, avait connu des jours meilleurs. Si Liz avait vu juste, à eux deux ils le feraient facilement redémarrer et engrangeraient les bénéfices. En revanche, dans ses accès de pessimisme, Jonathan se disait que c'était une folie de se lancer tous les deux, sans expérience, dans une telle entreprise. Depuis leur emménagement, il n'avait confié qu'une fois ses pires craintes à Liz. Elle avait réagi violemment, comme s'il l'accusait de les mener à la ruine, comme s'il la rendait responsable d'une catastrophe purement hypothétique…

« Pour l'amour du ciel, Jonathan ! s'était-elle écriée. Pourquoi faut-il que tu voies tout en noir ? Toi aussi tu voulais l'acheter, ce cours privé, non ?

— Oui… bien sûr…

— Et voilà que tu passes ton temps à te préoccuper de notre situation financière ! Zut, à la fin ! »

Liz avait donné un coup de pied dans la malle qu'elle était en train de vider.

« C'est assez difficile comme ça sans que tu fasses la tête en permanence ! »

Jonathan avait donc préféré attendre avant de lui annoncer qu'il allait devoir demander un prêt complémentaire. Ils avaient presque entièrement utilisé celui qu'on leur avait accordé pour démarrer, et il leur restait encore du matériel à commander. Ils avaient besoin d'argent pour commencer l'année scolaire. De plus, il leur fallait une marge de sécurité s'ils désiraient couvrir les dépenses imprévues. Cinq mille livres supplémentaires devraient suffire. Ou plutôt dix, afin d'éviter les mauvaises surprises.

La banque avait donné son accord, se contentant d'indiquer avec courtoisie dans sa lettre que les intérêts seraient alors, comme M. Chambers pouvait s'en douter, plus élevés que ceux du prêt principal. *Tout en ayant la certitude que vous n'aurez aucune difficulté à rembourser ce prêt, nous souhaitons attirer votre attention sur le montant total de votre endettement, qui dépasse désormais de loin celui initialement prévu. En particulier, nous trouvons préoccupant que vous gardiez deux prêts à votre nom. Peut-être pourriez-vous nous faire savoir s'il y a du nouveau concernant la vente de votre maison de Russell Street ?*

Les doigts de Jonathan se crispèrent légèrement sur son stylo et il regarda par la fenêtre. Si seulement cela avait été le cas ! Si seulement il avait pu être débarrassé de cette maison, une fois pour toutes !

Plus que jamais, Liz avait les joues en feu. L'homme debout dans l'entrée la dévisageait avec curiosité, attendant à l'évidence qu'elle explique son éclat. Elle lança un coup d'œil au jeune employé soudain sur la défensive pour voir s'il allait dire quelque chose, mais il étudiait ses dossiers sans enthousiasme. Elle ne pouvait plus reculer.

Elle leva la tête vers le nouveau venu.

— Excusez-moi de m'être emportée, dit-elle avec une mine contrite.

— Ne vous excusez surtout pas ! Je suis entièrement d'accord avec vous. Le marché de l'immobilier, on s'en moque ! N'est-ce pas, Nigel ?

— Ma foi… On peut voir les choses de cette manière, répondit l'intéressé non sans un sourire hypocrite. Au diable, le marché de l'immobilier ! ajouta-t-il dans un éclat de rire, avant de se reprendre brusquement et de s'éclaircir la voix.

— À présent, éclairez un peu ma lanterne, déclara l'homme près de la porte en regardant Liz avec bienveillance. Votre remarque avait-elle un sens général, ou s'appliquait-elle à un problème particulier ?

— Mme Chambers…, commença Nigel.

— … peut très bien préciser sa pensée elle-même, interrompit l'homme.

— En effet, s'empressa de répondre Liz, rassemblant son courage. Je regrette de m'être mise en colère, mais mon mari et moi, nous nous trouvons dans une situation impossible. Nous avons mis notre maison en vente il y a dix mois, nous n'avons pas trouvé d'acheteur, et maintenant que nous avons déménagé, il faut impérativement que nous la vendions et…

Comment s'appelait ce jeune homme, déjà ? Ah oui, Nigel...

— ... et Nigel me suggère de baisser notre prix de cinquante mille livres et d'installer une douche avec hydromassage pour attirer les acheteurs. Malheureusement, c'est tout à fait au-dessus de nos moyens. Nous venons d'acheter un cours privé et nous avons promis à la banque de rembourser l'emprunt sur la maison avant la fin de l'été. Or, nous sommes déjà en septembre...

Elle eut un geste d'impuissance. Si elle n'avait pas été distraite par le visage déconfit de Nigel, elle aurait fondu en larmes.

— J'ai seulement voulu dire..., commença Nigel dès qu'elle eut fini.

De la main, l'homme l'interrompit une nouvelle fois.

— Nous reviendrons au problème de la douche dans un instant, Nigel.

Il ajouta sur un ton catégorique, à l'intention de Liz :

— Redoutables, ces nouveaux modèles, vous ne trouvez pas ? On dirait qu'on vous plante des aiguilles dans le dos. Enfin, tout ça ne vaut pas un bon bain.

— Je n'ai jamais utilisé de douche avec hydromassage, reconnut Liz.

— Eh bien, n'essayez pas, si vous voulez mon avis. Dites-moi, quel établissement avez-vous acheté ?

— Le cours privé de Silchester, répondit-elle, sans pouvoir dissimuler sa satisfaction.

Elle ne rêvait pas. Ils étaient bel et bien devenus propriétaires d'un cours privé. Elle éprouvait toujours la même jubilation à annoncer la nouvelle, à guetter les réactions de ses interlocuteurs. Cette fois, elle fut comblée.

— Non ! C'est vrai ?

L'expression débonnaire et vaguement moqueuse de l'homme fit place à un sourire approbateur, et il fixa Liz avec un regain d'intérêt.

— J'y ai subi une préparation intensive avant mon brevet. Un excellent établissement… Cela dit, ça ne m'a pas empêché d'échouer. Sûrement par ma faute : j'étais un cas désespéré.

Il sourit avec nostalgie.

— C'est Mlle Hapland en personne qui me donnait des leçons d'anglais. À la fin de l'année, elle devait me détester.

— Elle est décédée, dit Liz avec ménagement.

— Vraiment ?

Durant quelques secondes, la tristesse se lut sur son visage.

— C'est dans l'ordre des choses, j'imagine. À l'époque où elle me donnait des cours, elle était déjà d'un âge canonique.

— Sa mort ne remonte qu'à l'an passé, précisa Liz. Voilà pourquoi l'établissement a été mis en vente.

— Et c'est vous qui l'avez acheté. Formidable ! Je suis sûr que vous aurez des élèves cent fois plus brillants que moi.

— Vous avez une licence en droit, tout de même, protesta Nigel.

Calé dans son fauteuil, il contemplait le plafond d'un air sinistre. Un nuage cachait le soleil, la pièce paraissait subitement plus sombre et plus froide.

— Oui, j'ai quand même fini par être reçu à plusieurs examens, concéda l'homme, non sans un certain agacement. Quoi qu'il en soit, là n'est pas la question.

Nous parlions de votre maison. Où est-elle située exactement ?

— Dans Russell Street.

— Je vois très bien. Un quartier résidentiel. Il y a un jardin, non ?

Liz acquiesça.

— Dans ce cas, compte tenu de ce que vous nous avez expliqué, vous auriez sans doute intérêt à la louer quelques mois, le temps que le marché reprenne. Votre emprunt est-il remboursable par mensualités ?

Liz acquiesça une nouvelle fois.

— Alors les loyers devraient couvrir vos versements, au moins en partie. Et, avec un peu de chance, en totalité.

— Vraiment ? demanda Liz, reprenant espoir.

— D'autant plus qu'à l'heure actuelle les locataires ne manquent pas, surtout pour une maison aussi jolie et bien située que la vôtre.

Il lui sourit de nouveau et elle se sentit fondre, comme si le compliment lui était personnellement destiné.

— L'agence peut se charger de tout, établir un bail locatif à court terme, et lorsque le marché semblera favorable, nous essaierons de remettre votre maison en vente. À votre place, je ne me laisserais pas tenter par la douche avec hydromassage, ajouta-t-il avec un clin d'œil complice qui semblait dire : *Nous sommes deux contre ce niais de Nigel*. En proie à une euphorie subite, Liz lui rendit son sourire.

— J'ai suggéré l'installation de ce type de douche uniquement dans le cadre de la première option proposée, précisa Nigel, se retenant à l'évidence d'adopter un ton aussi véhément qu'il l'aurait souhaité. Je m'apprêtais à évoquer la solution locative.

— Peut-être auriez-vous dû commencer par là, répliqua l'homme d'une voix cassante.

Nigel sursauta, et Liz se demanda pour la première fois qui était cet inconnu. Quelqu'un d'important, selon toute vraisemblance.

— En fait, ajouta-t-il, se tournant de nouveau vers Liz, il se peut même que je connaisse des gens intéressés. Une charmante jeune femme et son mari. Elle travaille pour nous en tant qu'attachée de presse – vous avez sûrement rencontré Ginny Prentice, déclara-t-il à Nigel, qui fit oui de la tête. Elle est adorable… et son mari est acteur. Je crois bien l'avoir entendue dire qu'elle envisageait de louer par ici. Votre maison leur conviendrait parfaitement.

— Ce serait formidable ! s'exclama Liz. Mais je ne suis pas certaine de pouvoir accepter. Nous sommes censés vendre la maison afin de rembourser l'emprunt. La banque risque de ne pas apprécier que nous gardions ce premier prêt en plus de celui qu'elle nous a accordé pour l'achat du cours privé.

Elle lui lança un regard implorant, dans l'espoir qu'il tirerait un autre lapin de son chapeau. L'homme la contempla à son tour, plongé dans ses pensées. Un long silence s'ensuivit.

— Quelle est votre banque ? demanda-t-il soudain.

— Brown & Brentford.

— L'agence principale de Silchester ?

— Oui.

Nouvelle pause, durant laquelle Nigel leva les yeux de ses dossiers d'un air désapprobateur.

— Je vais voir ce que je peux faire. Bien sûr, je ne vous promets rien. Mais je vais essayer, dit-il avec le sourire.

Liz le dévisagea, le rose aux joues, le cœur débordant de reconnaissance. Elle se surprit à regretter de ne pas avoir mis ses lentilles de contact, ce matin-là. L'homme jeta un coup d'œil à sa montre.

— Bon sang ! Il faut que j'y aille. Désolé. Je vous appellerai. Nigel me donnera les précisions nécessaires.

Il lui fit un nouveau clin d'œil complice.

— Attendez ! s'écria Liz d'une voix trop aiguë. Je ne sais même pas comment vous vous appelez.

Une expression amusée éclaira le visage de l'homme.

— Marcus, répondit-il. Marcus Witherstone.

Marcus longea le couloir menant à son bureau avec la satisfaction du devoir accompli. Qu'il était donc facile de venir en aide à autrui : un effort dérisoire, récompensé par le sentiment d'être en paix avec soi-même. Et quelle femme charmante ! Sa reconnaissance était touchante. D'ailleurs, rien que pour le plaisir de remettre ce raseur de Nigel à sa place, le jeu en valait la chandelle. Il fronça les sourcils en ouvrant la porte de son bureau. C'était son cousin Miles qui avait engagé Nigel – ou, plus exactement, qui l'avait volé à Easton's, leur principal concurrent à Silchester. Miles voyait en lui un élément dynamique et compétent. Peut-être. Mais, quelles que soient ses compétences, elles n'excusaient aux yeux de Marcus ni son horrible voix nasillarde ni son air suffisant.

Nigel n'était que l'un des nombreux sujets de désaccord entre les deux cousins. Ce matin encore, Marcus avait perdu une demi-heure à tenter de persuader Miles qu'ils devraient s'intéresser aux marchés étrangers. Ouvrir une agence dans le sud de la France, par exemple. Ou en Espagne.

« Tous les grands noms de la profession y viennent, avait-il déclaré en brandissant une liasse de brochures sur papier glacé. Regarde ! Des villas d'un demi-million de livres, voire d'un million. Voilà le genre d'affaires que nous devrions conclure.

— Et tu y connais quoi, au marché immobilier français ? avait rétorqué Miles du ton catégorique qu'il avait déjà petit garçon.

— Suffisamment pour affirmer que nous devrions l'explorer. Je pourrais aller sur place, prendre des contacts, évaluer les possibilités…

— Ça ne me paraît pas une bonne idée. »

Miles avait prononcé à peu près la même phrase le jour où Marcus, alors âgé de sept ans, avait voulu le convaincre de sortir par une fenêtre de la maison de leurs grands-parents pour aller au pub du village acheter du Coca-Cola et des chips en vue d'un festin nocturne. À l'époque, il se dégonflait déjà, pensa Marcus, furieux. Et, sous prétexte qu'il était de trois ans son aîné, Miles exerçait sur lui une autorité à laquelle ni l'un ni l'autre ne parvenait à renoncer complètement. Même s'ils étaient censés partager des responsabilités similaires à l'agence.

Marcus avait lancé un regard noir à son cousin qui fumait tranquillement sa pipe ridicule, toujours aussi guindé dans son costume trois-pièces démodé.

« Miles, tu ne vis pas dans le monde réel. On ne parle plus que d'expansion. De diversification.

— Dans des domaines auxquels nous ne connaissons rien… Et où nous sommes sûrs d'échouer. »

Miles avait retiré ses lunettes pour les essuyer avec son mouchoir.

« C'est toi qui ne vis pas dans le monde réel. »

Bien qu'il ait parlé sans animosité, Marcus avait été démangé par l'envie de lancer une ou deux remarques bien senties. Il les avait gardées pour lui. S'il y avait une chose que Miles ne supportait pas, c'étaient les règlements de comptes familiaux à l'agence.

« Le moment est au contraire venu de consolider nos activités, avait-il repris. Si la France t'attire tellement, pourquoi n'y vas-tu pas en vacances ? »

À présent, Marcus contemplait à regret les superbes brochures restées sur son bureau, et qui le narguaient avec leurs photos de ciel bleu, de piscines, de bougainvillées. Il relut les quelques slogans inspirés qu'il avait imaginés : *Witherstone's, c'est aussi l'étranger. Évadez-vous avec Witherstone's. Partez en week-end à l'étranger avec Witherstone's*. Il n'avait même pas pu les montrer à Miles. Sans doute cela valait-il mieux. Il rangea les brochures au fond d'un tiroir. Dans six mois, il reviendrait peut-être à la charge. Il jeta un coup d'œil à sa montre. Déjà dix-sept heures vingt, et il avait promis de passer prendre Anthea et les enfants devant la bibliothèque à la demie.

Plusieurs Post-it ornaient son bureau, comme autant de petites ailes jaunes. Ils attendront jusqu'à demain, se dit-il, empoignant son attaché-case où il fourra quelques papiers. Soudain, alors qu'il parcourait machinalement les différents messages, l'un d'eux retint son attention. Il le considéra en silence et, comme s'il craignait qu'on l'observe, regarda autour de lui avant de s'asseoir négligemment dans son fauteuil pivotant en cuir, d'où il pourrait le lire sans y toucher. Il était rédigé par Suzy, sa secrétaire, de la même écriture ronde d'écolière que les autres, à l'encre bleu turquoise. Entre la demande de renseignements d'un homme d'affaires japonais intéressé par l'achat d'une résidence secondaire et l'annulation d'un déjeuner de travail, il semblait parfaitement anodin. Il était formulé avec la concision habituelle : *Pourriez-vous rappeler Léo Francis au 879560 ?*

Marcus jeta un nouveau coup d'œil à sa montre. Bon sang ! Presque vingt-cinq. À la porte de la bibliothèque, Anthea devait déjà guetter son arrivée et s'interroger à voix haute devant les garçons : leur père n'aurait-il pas oublié qu'il devait quitter l'agence plus tôt que d'habitude ? Une fraction de seconde, Marcus fixa le téléphone. Plus il s'attarderait dans son bureau, plus il serait en retard. Pourtant, il ne pouvait se résoudre à partir, à se demander toute la soirée si Léo avait appelé au sujet de cette fameuse affaire, à écouter les bavardages d'Anthea alors qu'il se sentirait gagné par une impatience croissante. Le cœur battant, il décrocha et composa le numéro.

— Francis, Frank & Maloney, j'écoute.

— Pourrais-je parler à… Léo Francis ?

Voilà qu'il bafouillait !

— Désolée, M. Francis s'est absenté pour la journée. Dois-je prendre un message ?

Marcus contempla le téléphone. Léo absent, il devrait attendre jusqu'au lendemain pour en savoir davantage. À sa grande surprise, il éprouva un profond soulagement.

— Dites-lui simplement que Marcus Witherstone a appelé, répondit-il avant de raccrocher.

Bon sang ! Dans quoi mettait-il les pieds ?

Les mains tremblantes, il referma son attaché-case, décolla de son bureau le Post-it sur lequel était inscrit le numéro de Léo, le plia en deux et le glissa dans la poche intérieure de sa veste. Il s'en débarrasserait chez lui, dans la poubelle de la cuisine. Encore qu'en y réfléchissant…, il avait bien le droit d'avoir un message de Léo sur sa table de travail. Après tout, c'était un notaire réputé à Silchester, et l'agence Witherstone's avait souvent travaillé avec lui. Je sombre dans la paranoïa, se dit-il en fermant la porte de son bureau derrière lui. Par ailleurs, il n'avait pas encore parlé à Léo. Il pouvait toujours changer d'avis.

Rassuré, il traversa la réception en se passant la main dans les cheveux d'un geste nonchalant, prit congé des employés encore présents, et sourit à un jeune couple qui feuilletait avec inquiétude une liasse de documents dans la salle d'attente. Une fois dehors, il faillit bousculer une femme occupée à défaire l'antivol de son vélo attaché à la grille.

— Oh, bonsoir ! s'exclama-t-elle en ébauchant un sourire.

Marcus la salua à son tour d'un ton jovial, tout en déverrouillant à distance les portières de sa Mercedes.

— Je voulais juste vous remercier, expliqua-t-elle dans un souffle.

Marcus se retourna pour mieux la voir. Bien sûr, c'était la cliente de Nigel. Elle le regardait avec une reconnaissance éperdue et écartait quelques mèches brunes de son visage.

— Je n'ai fait que mon devoir, répondit-il avec cette modestie qui faisait son charme.

— Pas du tout. C'est vraiment gentil à vous de vous être intéressé à nos difficultés. Jamais je n'aurais deviné qui vous étiez.

Liz leva les yeux vers l'enseigne lumineuse « Witherstone & Co. » au-dessus de la porte d'entrée.

— Vous avez sûrement autre chose à faire qu'à régler les problèmes des autres.

Marcus haussa les épaules.

— Je suis juste un agent immobilier, vous savez.

— Non, vous ne ressemblez pas à vos confrères.

Marcus laissa échapper un petit rire.

— C'est le plus beau compliment que vous puissiez me faire. Mais surtout, ne répétez à personne que je vous ai dit ça.

— Entendu, promit Liz avec un clin d'œil, avant de s'éloigner en poussant son vélo sur le trottoir. Au revoir, et encore merci !

Marcus monta dans sa voiture d'excellente humeur. C'était pourtant évident : les gens comme Nigel, aussi intelligents et compétents soient-ils, n'avaient pas les faveurs des clients. Marcus rapporterait l'anecdote au cours de la prochaine réunion hebdomadaire, en mentionnant le commentaire de la cliente sur le fait que lui était différent de ses confrères. À coup sûr, Miles serait mortifié. Sans parler de son précieux protégé. J'ai décidé de veiller personnellement à la conclusion de cette affaire, Nigel, dirait-il d'une voix suave. Je ne suis pas certain que vous ayez l'art et la manière avec cette dame. Nous ne pouvons pas nous permettre de mécontenter notre clientèle, vous savez. Il eut un sourire narquois. Plusieurs années auparavant, Miles l'avait réprimandé exactement en ces termes lorsqu'il avait déclaré à un vieux couple odieux que personne n'achèterait leur pavillon, à cause de la puanteur qui y régnait. Il voyait d'ici l'expression de son cousin quand il tiendrait le même langage à Nigel. Le plus drôle était que Miles, prisonnier de son idéal de solidarité familiale et déterminé à offrir au personnel l'image d'une bonne entente, n'aurait sans doute pas un mot pour défendre son nouvel employé.

Liz rentra chez elle les yeux brillants, un sac de beignets à la main. Elle surgit derrière Jonathan, toujours à son bureau, et déposa un baiser sur ses cheveux.

— C'est l'heure du thé. Assez travaillé. Tu mérites bien un beignet.

— Les nouvelles sont bonnes ? La maison est vendue ? demanda Jonathan en la suivant dans la cuisine.

Liz remplit la bouilloire. Lorsqu'elle se retourna, elle arborait un sourire triomphant.

— Ce n'est plus la peine : nous allons la louer.

— Quoi ?

— Le loyer devrait suffire à rembourser les mensualités de l'emprunt. Tout s'équilibrerait.

— Qui t'a dit ça ? L'agent immobilier ?

Jonathan semblait sceptique, et l'agacement se lut sur le visage de Liz.

— Parfaitement. Et pas n'importe lequel. Le grand patron. M. Witherstone en personne.

— Qu'est-ce qu'il en sait ?

Liz foudroya Jonathan du regard.

— Vas-tu cesser de poser toutes ces questions ? Honnêtement, je m'attendais à ce que tu te réjouisses un peu plus.

— Bien sûr que je me réjouis, protesta Jonathan, sortant les beignets du sac pour les disposer sur une assiette. Cela dit, je me demande en quoi cela va résoudre nos problèmes. Nous étions censés vendre la maison pour diminuer notre endettement.

— Mais si nous percevons un loyer, ce n'est plus nécessaire, me semble-t-il. C'est une façon de rembourser l'emprunt.

— Je ne suis pas certain que la banque voie les choses de cette manière…

— Et moi, je pense que tu ne vas pas tarder à découvrir le contraire. M. Witherstone doit rencontrer les gens de la banque.

Jonathan s'interrompit, un beignet à la main.

— Tu plaisantes ?

— Pas du tout, répondit Liz, qui rougissait légèrement. Il m'a promis de leur parler. D'essayer d'arranger les choses, enfin, tu vois ce que je veux dire…

— Tout ça me paraît bien compliqué. Pourquoi ne pas essayer de vendre la maison comme prévu ? As-tu une idée du montant total de notre endettement ? Ce sera déjà bien assez difficile de payer les mensualités du second emprunt sans devoir en plus se préoccuper de celui de la maison !

— Pour l'amour du ciel, Jonathan, tout se passera bien ! Nous allons trouver des locataires, leur loyer remboursera l'emprunt, et nous n'aurons plus aucun souci à nous faire.

Certes, mais si le loyer ne suffit pas ? s'apprêta à répliquer Jonathan. Et si la banque n'est pas d'accord ? À la vue du visage empourpré de son épouse, il décida de garder ses interrogations pour lui. L'eau de la bouilloire arriva à ébullition, Liz remplit la théière.

— De toute façon, reprit-elle sur un ton peu amène, il faudra bien que ça marche. Sinon, nous devrons baisser le prix de la maison de cinquante mille livres. C'est ce qu'on m'a affirmé à l'agence. Nous ne la vendrons pas, autrement.

— Quoi ? Cinquante mille livres ? C'est impossible !

Jonathan s'était laissé gagner par le découragement.

— Tu vois bien, rétorqua Liz. Si jamais nous choisissions cette solution, nous n'aurions plus aucune chance de rembourser l'emprunt. Nous serions au pied du mur.

Jonathan la suivit des yeux. Elle cherchait deux tasses dans le placard et semblait éviter son regard.

— Ça n'a pas l'air de beaucoup t'inquiéter, lança-t-il, s'efforçant de contenir son agressivité.

— Précisément parce qu'il n'y a aucune raison de s'inquiéter. Tout va s'arranger. Je te l'ai déjà dit.

— Et si cette hypothèse ne tient pas ses promesses ?

Jonathan préférait ne pas y penser. Le prêt complémentaire l'angoissait déjà assez. Mais là, c'était pire. Si leur maison valait cinquante mille livres de moins que prévu, cette dette demeurerait, même après la vente. Cinquante mille livres ! La comparaison de cette somme avec son salaire annuel, du temps où il enseignait au lycée, le fit frissonner. Comment pourraient-ils espérer rembourser autant d'argent, même en réalisant des bénéfices ?

— Voilà ton thé.

Devant l'expression soucieuse de son mari, Liz fronça les sourcils.

— Allons. Ne fais pas une tête pareille.

Jonathan se redressa et se força à sourire. Liz le dévisagea d'un air désolé en mordant avec appétit dans un beignet.

— J'ai eu une journée éprouvante, tu sais.

— Je sais, dit Jonathan, adoptant aussitôt un ton compatissant. Pourquoi ne vas-tu pas t'asseoir ? Je t'apporterai un toast.

Elle s'exécuta sans enthousiasme et continua à manger son beignet.

— Où est Alice ? demanda-t-elle, la bouche pleine.

Jonathan prit le couteau à pain dans un tiroir.

— Elle est sortie tout à l'heure. Elle n'a pas précisé où elle allait.

Elle n'avait pas changé. Toujours aussi rassurante. Aussi familière. Sa maison. De son emplacement stratégique sur le trottoir d'en face, Alice se dit que, si elle s'était contentée de lever la tête en passant, elle aurait même pu s'imaginer qu'elle y vivait encore ; qu'il lui suffisait d'entrer pour trouver sa mère dans la cuisine, ou dans le salon en train de regarder *Summer Street* à la télévision, et son père occupé à écouter de la musique classique dans le bureau. Une odeur de pâtisserie flotterait dans l'air, Oscar serait endormi devant la cheminée.

L'adolescente se mordit la lèvre, son visage s'assombrit et elle rentra la tête dans ses épaules étroites, se pelotonnant dans sa vieille veste en daim marron. Ils avaient été obligés de donner Oscar. À cette horrible Antonia Callender, par-dessus le marché. *Oh, quel chat magnifique ! Il va te manquer, j'en suis sûre. Tu peux venir le voir quand tu veux, tu sais*. Sale garce ! Jamais Alice ne remettrait les pieds chez Antonia. Elle la détestait depuis qu'elles s'étaient retrouvées assises côte à côte le jour de la rentrée en quatrième : Antonia avait voulu connaître sa boisson préférée et s'était esclaffée bruyamment en apprenant que c'était la limonade. Antonia, elle, ne buvait que du gin tonic, bien sûr. Ensuite, toutes les filles de la classe avaient dit la même chose, sauf les plus tartes. À présent, elle cherchait sans arrêt à savoir qui s'était défoncé pendant le week-end, et le trimestre précédent elle avait raconté à tout le monde qu'elle allait passer ses vacances chez ses cousins, qui étaient absolument géniaux et fumaient des joints devant leurs parents. Alice était persuadée qu'elle avait tout inventé... Lorsqu'elle était allée avec ses parents chez Antonia pour donner Oscar, la mère de sa camarade lui avait offert de l'orangeade. Mais elle avait été incapable d'en boire une seule goutte.

Ils avaient emmené Oscar en voiture, dans son panier de voyage, ce qu'il détestait. Alice se rappelait encore le contact de l'osier sur ses genoux, la pression plus forte dès qu'Oscar se déplaçait. Il avait griffé énergiquement les parois pendant presque tout le trajet, comme s'il était impatient d'arriver. Mais, lorsqu'ils avaient ouvert la petite porte, il avait jeté un regard inquiet autour de lui et était retourné se cacher à l'intérieur. Il avait fallu renverser le panier pour l'obliger à sortir : pris de panique, il s'était alors tapi sur le sol, puis avait disparu d'un bond sous le canapé. Plus tard, il avait vomi sur la moquette. Bien fait ! jubila Alice.

Une vieille dame chargée d'un cabas la bouscula et la tira de sa rêverie.

— Pardon ! aboya-t-elle en dévisageant la jeune fille d'un air soupçonneux.

Alice lui lança un regard glacial. Après tout, c'était toujours sa rue, celle où elle avait grandi. Elle s'y sentait encore chez elle. Bien plus que dans cet affreux cours privé.

Cet après-midi, elle n'aurait pas pu y rester une minute de plus. Son père essayait de mettre un peu d'ordre dans les salles de classe du rez-de-chaussée et l'avait appelée à plusieurs reprises pour qu'elle descende l'aider à déplacer des tables. Ensuite, il lui avait demandé de mettre sa radio moins fort, avant de lui reprocher son manque de coopération : alors que beaucoup d'adolescentes de quatorze ans travaillaient le samedi pour gagner un peu d'argent, il ne lui réclamait qu'une demi-heure de son temps libre. Plus il le prenait sur ce ton, moins elle avait envie de faire un effort. Elle avait enfilé sa veste et, après avoir vérifié que ses cigarettes étaient dans sa poche, avait dévalé l'escalier. Incapable de faire amende honorable devant son père – dont le sourire plein d'espoir l'exaspérait encore plus que les critiques –, elle ne l'avait pas prévenu qu'elle sortait. De toute façon, il s'en apercevrait…

L'air fraîchissait, Alice sentit quelques gouttes de pluie. Indécise, elle tripota son briquet. Au départ, elle n'avait pas eu l'intention de venir ici. Elle voulait juste trouver un endroit pour fumer en paix, peut-être sur la pelouse, au pied de la cathédrale. Il fallait reconnaître que le fait d'habiter le cours privé présentait au moins un avantage : le centre-ville était plus proche. Mais, bien qu'elle soit partie dans cette direction, elle n'avait pas rejoint le quartier de la cathédrale. Ses pas l'avaient imperceptiblement guidée vers l'ouest, reprenant l'itinéraire d'autrefois, lorsqu'elle rentrait à pied de Sainte-Hélène, son ancienne école. Et voilà qu'elle se retrouvait dans Russell Street…

Étrange, tout de même, qu'elle ait suivi son instinct au lieu de la direction initialement choisie. Comme hypnotisée, ou en proie à un accès de somnambulisme. Elle en parlerait à Geneviève dans sa prochaine lettre. *Il m'est arrivé quelque chose d'étrange*, commencerait-elle. Non, *quelque chose de bizarre* – l'adjectif préféré de Geneviève. Geneviève… sans doute en train de démontrer aux habitants de l'Arabie saoudite que tout était *bizarre* chez eux, à commencer par eux-mêmes, peut-être. Elle pouffa de rire en imaginant sa meilleure amie en plein désert, dans un vieux Levi's dont elle avait coupé les jambes, en train d'expliquer à un Saoudien en djellaba blanche à quel point il était *bizarre*.

Le briquet d'Alice était un cadeau d'adieu de Geneviève. Celle-ci l'avait caché dans une boîte indienne en bois sculpté, soigneusement emballée, qu'elle n'avait pas hésité à lui offrir en présence de leurs parents à toutes deux. Alice avait cru s'évanouir en découvrant son contenu. Évidemment, il avait fallu que sa mère s'extasie sur la boîte, et qu'elle demande à en admirer l'intérieur. Alice avait foudroyé Geneviève du regard, tandis que celle-ci, hilare, disait : « Enfin, Alice, montre-la à ta mère. » Pour finir, Alice avait dû froisser l'emballage et y fourrer subrepticement le briquet, pour le récupérer le lendemain matin dans la corbeille à papier.

Chromé, aussi lisse et compact qu'un galet, il reposait à présent au creux de sa main. Furtivement, elle vérifia que la rue était déserte. Pourquoi n'irait-elle pas fumer sa cigarette dans le garage ? Après tout, il leur appartenait toujours. Comme la maison, d'ailleurs. Elle regretta de ne pas s'être munie de la clef de la porte d'entrée : elle aurait alors pu s'installer dans la cuisine, ou dans le salon. Ou dans n'importe quelle autre pièce.

Prenant un air aussi naturel que possible – malgré la certitude qu'elle ne faisait rien de mal –, elle traversa et alla jusqu'au numéro 12. La grille s'ouvrit avec un grincement familier. Si Alice ne s'était pas écartée machinalement des rosiers bordant l'allée, elle aurait déchiré son nouveau caleçon noir. En proie à un sentiment de culpabilité ridicule, elle parcourut rapidement la pelouse, puis gagna le jardin derrière la maison.

À coup sûr, ses parents n'avaient pas réparé la serrure de la porte du garage donnant sur le jardin. Elle la poussa d'un coup d'épaule et pénétra dans la pénombre familière. Même si les piles de journaux qui leur faisaient des sièges confortables, à Geneviève et à elle, avaient disparu, elle trouva un coin assez propre et s'assit. Elle chercha ses cigarettes, referma la main sur son briquet, l'alluma et, renversant la tête en arrière, elle aspira voluptueusement une longue et réconfortante bouffée.

2

Jonathan s'éclaircit la voix et parcourut l'assemblée du regard avec un sourire inquiet.

— Comme vous le voyez, nous avons apporté quelques changements, déclara-t-il.

Il s'interrompit et regarda de nouveau autour de lui. Le corps enseignant du cours privé de Silchester avait les yeux fixés sur lui. Il y eut un ou deux hochements de tête approbateurs, mais aucun sourire. Tout le monde était réuni dans l'ancienne salle des professeurs, à l'arrière du bâtiment, longue pièce claire qui donnait sur un petit jardin. Du temps de Mlle Hapland, elle avait le charme d'un salon avec ses fauteuils recouverts d'un tissu fleuri un peu passé, sa machine à café et son téléviseur ; on venait s'y détendre entre deux cours. Désormais, c'était une salle de classe fonctionnelle équipée d'une bibliothèque, d'un tableau blanc et d'un rétroprojecteur.

En arrivant ce matin-là, les enseignants croyaient pouvoir s'installer dans leur fauteuil habituel, une tasse de café à la main, et leur stupéfaction évidente devant la transformation de la pièce n'avait pas contribué à rassurer Jonathan. Leur soutien est indispensable, se dit-il, soudain en proie à une certaine appréhension ; il aurait peut-être fallu les prévenir ?

— Comme vous le voyez, répéta-t-il, nous avons fait quelques modifications. La salle des professeurs, par exemple. Nous l'avons transférée au premier étage, dans l'ancienne salle de langues.

D'un geste hésitant, il désigna le plafond. Certains levèrent la tête, d'autres échangèrent un coup d'œil surpris. Une voix décidée s'éleva d'un coin de la pièce.

— Je n'aurais jamais cru que la salle de langues était assez grande !

M. Stuart, responsable des mathématiques, défiait Jonathan.

— Peut-être pas vraiment, concéda celui-ci. Cela dit, elle sert uniquement à ceux d'entre vous qui ne sont pas en cours… Par conséquent, il y a peu de chances que vous vous y retrouviez tous en même temps !… Il nous a semblé qu'on pouvait utiliser tout cet espace de manière plus rationnelle, ajouta-t-il avec bonne humeur, avant de marquer une nouvelle pause.

Assise à côté de lui pour le soutenir, Liz bouillait d'impatience. Pourquoi s'interrompait-il si souvent ? Chaque fois, elle voyait des membres de l'assistance s'interroger du regard ; Jonathan devait absolument mobiliser leur attention. Elle lui sourit afin de l'encourager à poursuivre. Il vérifia ses notes.

— Cette pièce-ci deviendra donc notre nouvelle salle de langues. Nous avons l'intention d'y installer un laboratoire où les élèves pourront travailler en libre-service. Nous voulons faire de l'enseignement des langues vivantes une priorité.

Il s'éclaircit de nouveau la voix.

— Liz est diplômée en quatre langues, comme certains d'entre vous, peut-être même tous, le savent déjà…

Liz n'y tint plus.

— Oui, nous voulons faire de notre établissement une école de langues, pas seulement un cours privé où l'on bachote avant les examens. L'apprentissage d'une langue vivante a pris une importance cruciale pour les jeunes, et si nous leur offrons un enseignement efficace des principales langues européennes, ainsi que d'autres langues sur demande, nous devrions pouvoir attirer de nouveaux élèves en plus de ceux qui ont besoin de rattrapage scolaire. À plus ou moins long terme, nous pourrions proposer nos services à des entreprises recherchant une formation de qualité et, éventuellement, organiser des cours de vacances pour enfants. Dans ce but, il nous faut absolument un équipement performant et du personnel compétent. Je rencontrerai les professeurs de langues lors d'une prochaine réunion pour discuter du matériel et des programmes. Toutes les suggestions sont les bienvenues.

Elle jeta un rapide coup d'œil dans la salle. Aucun doute, l'assistance était tout ouïe à présent. Les professeurs de langues qu'elle reconnaissait manifestaient un intérêt évident ; les autres enseignants paraissaient indifférents, méfiants, voire carrément hostiles.

— Cela signifie-t-il que vous envisagez de supprimer certaines disciplines ? demanda l'un d'eux.

— Bien sûr que non. Nos projets ne remettent pas en cause l'enseignement des disciplines générales. Notre objectif est d'arriver à un fonctionnement plus efficace, de manière à disposer du temps et des moyens nécessaires pour tout faire.

Sans regarder Jonathan, elle reprit son souffle.

— Pour parler franchement, cet établissement a besoin de sortir de sa routine. Si nous avons déplacé la salle des professeurs, c'est, entre autres, parce que nous souhaitons qu'il y ait moins de temps passé près de la machine à café, et davantage à enseigner.

Voilà. Elle l'avait dit. Jonathan n'apprécierait sûrement pas. Ils s'étaient déjà disputés sur la façon de présenter les choses lors de cette réunion de rentrée. Jonathan avait prêché le tact et la diplomatie, affirmant qu'il fallait ménager les enseignants. Agacée, Liz avait rétorqué qu'ils avaient au contraire besoin d'être bousculés après avoir eu si longtemps la belle vie. Ils se croyaient ici chez eux, venant faire cours aux heures qui leur convenaient, allant même jusqu'à se servir des locaux pour donner des leçons particulières. À voir les livres de comptes, Mlle Hapland s'était plus ou moins désintéressée des problèmes financiers au cours des cinq dernières années. Elle aimait voir les enseignants dans la maison, descendre bavarder avec eux tandis qu'ils dégustaient le café fourni à volonté, confortablement installés sur les sièges mis à leur disposition.

À la différence de ses successeurs, la vieille dame n'était pas tenue de faire des bénéfices à cause d'un emprunt exorbitant. Elle considérait davantage le cours privé, à la fin de sa vie tout au moins, comme un lieu convivial que comme une entreprise. Rien de tel pour Liz et Jonathan. S'ils voulaient gagner de l'argent et rembourser la banque, ils devaient impérativement reprendre l'établissement en main. À commencer par le corps enseignant. Certes, la mort de Mlle Hapland les avait atteints. Mais, contrairement à ce que semblait penser Jonathan, ce n'était pas une raison pour laisser passer le premier trimestre en faisant comme si rien n'avait changé. Il valait mieux débuter l'année sur de nouvelles bases.

Liz patienta quelques secondes, le temps que ses propos fassent leur effet. Et, malgré les visages renfrognés, les haussements de sourcils, les regards perplexes échangés à travers la pièce, elle crut déceler un changement d'atmosphère : un certain enthousiasme, un regain d'énergie. Elle risqua un coup d'œil vers un professeur d'allemand arrivé depuis peu, une jeune femme charmante. Rayonnante, celle-ci ne la quittait pas des yeux, attendant la suite de son intervention.

— Cette aventure devrait se révéler passionnante, reprit Liz en la fixant. Je suis sûre que vous avez tous des remarques et des suggestions sur la marche à suivre, et je suis impatiente d'en discuter avec vous.

Liz vit la jeune femme rougir, et lui sourit. Enfin. Elle avait au moins une alliée. Les autres se rendraient à ses arguments en comprenant qu'ils avaient tout à y gagner.

Elle regarda furtivement Jonathan. Il esquissait un sourire contrit. Il avait dû se laisser abattre par les visages renfrognés. Pour l'amour du ciel, ne pouvait-il pas se secouer un peu et les ignorer, comme elle ? C'était lui, le directeur, après tout.

— Cela dit, nous avons également des projets concernant les cours de préparation à l'examen de fin d'études primaires, ajouta-t-elle d'un ton enjoué. Des nouveautés intéressantes, n'est-ce pas, Jonathan ?

Plus tard, après le départ de tout le monde, Liz lui fit une tasse de café soluble qu'elle lui apporta dans sa classe.

— Je te demande pardon, dit-elle.

— De quoi ?

Il cherchait dans un manuel de littérature latine la première version destinée aux cinq candidats qui repasseraient l'épreuve de latin à l'examen de fin d'études secondaires. Comme chaque fois que Liz voyait une page de latin, la première ligne du texte au programme l'année de son brevet lui revint en mémoire : *Gallia est omnis divisa in partes tres*. Elle l'avait apprise par cœur, à l'époque, et ce devait être la seule citation latine dont elle se souvînt. Elle contempla les mots vaguement familiers par-dessus l'épaule de Jonathan. Pourquoi tant de jeunes s'obstinaient-ils à apprendre une langue morte alors qu'il y avait un tel éventail de langues bien vivantes à travers le monde ? Et puis non, rien d'étonnant à cela, au fond. En plus, c'était exactement le genre d'idée reçue qui faisait bondir Jonathan.

— Quelle langue magnifique ! s'exclama-t-elle, éprouvant un obscur besoin de se racheter. Et si proche de l'italien.

Encore un lieu commun ! Que voulait-elle dire, déjà ? Ah oui…

— Jonathan, je suis navrée de t'avoir volé la vedette pendant la réunion. Je n'avais pas l'intention de monopoliser la parole.

Elle posa la main sur son épaule. Il leva les yeux vers elle, l'air à la fois bienveillant et surpris.

— Ne t'excuse pas, ma chérie. Tu as été formidable. Ton intervention était excellente. Tu t'en es beaucoup mieux sortie que je n'aurais su le faire.

Il eut ce sourire en coin un peu résigné, auquel ne résistaient ni ses élèves ni leurs parents, et Liz ressentit au plus profond d'elle-même un étrange mélange de tendresse et de soulagement. Bien sûr, se surprit-elle à penser, voilà pourquoi je l'aime. Je savais bien qu'il y avait une raison…

Daniel Witherstone se doutait que le jour de la rentrée sa mère l'attendrait avec impatience à la sortie de l'école. Il s'attarda quelques minutes dans le vestiaire avec Oliver Fuller, qui rentrait chez lui à pied et pouvait partir quand il le voulait : il aurait aimé rester plus longtemps au calme, près des radiateurs et des sacs de sport, à jouer à la console Nintendo de Fuller. Mais sa mère risquait de venir le chercher, comme ce jour mémorable où il avait oublié l'heure après avoir emprunté le baladeur de Martin Pickard. Elle avait paniqué, s'imaginant qu'il s'était fait renverser, ou enlever. Au bord de la crise de nerfs, elle était allée voir M. Sharp. D'après Pickard, lorsqu'elle était arrivée dans le vestiaire et qu'elle l'avait vu pelotonné sur le banc, complètement absorbé par la musique de Michael Jackson, elle avait failli éclater en sanglots. Daniel ne remercierait jamais assez Pickard d'avoir gardé l'incident pour lui, évitant qu'il devienne un sujet de plaisanteries dans leur classe. Il avait cependant juré qu'on ne l'y reprendrait pas.

Aussi s'arracha-t-il au niveau 3 de Mortal Kombat et, sans hâte inutile, il quitta le vestiaire, monta l'escalier, traversa le hall d'entrée, puis s'engagea dans l'allée principale de Dene Hall. La voiture de sa mère était garée à proximité de l'école, et Andrew, son frère cadet, déjà attaché sur le siège arrière. Daniel préférait quand c'était Hannah, leur employée de maison, qui venait les chercher. Elle était super-sympa, passait des cassettes en mettant le son à fond et injuriait les chauffards avec son accent écossais. Mais, aujourd'hui, à coup sûr, sa mère serait là. Elle venait toujours les chercher le jour de la rentrée. Et elle voudrait savoir s'il ferait partie de la classe spéciale de préparation aux examens permettant d'obtenir une bourse dans les meilleurs établissements privés.

Rien que d'y penser, Daniel exulta intérieurement. À cause de la manière dont M. Williams avait déclaré, comme si ça allait de soi :

« Naturellement, vous en serez aussi, Witherstone. Vous allez tenter de décrocher l'une ou l'autre de ces bourses, j'imagine. »

Il avait eu un sourire entendu – preuve qu'il connaissait les espoirs de Daniel, mais ne trahirait pas le secret – avant de demander aux élèves d'ouvrir leur livre de mathématiques. Daniel avait passé le reste de la journée sur un nuage. Même lorsque Mlle Tilley l'avait informé qu'elle n'avait pas d'autre choix que de lui proposer de venir prendre sa leçon de clarinette chaque lundi matin à huit heures et demie, il avait répondu avec le sourire que ce n'était pas grave. Rien ne semblait pouvoir l'atteindre.

À présent, toutefois, il allait devoir annoncer la nouvelle à sa mère. Derrière le pare-brise, il aperçut son regard interrogateur. Au moins avait-elle perdu l'habitude de sortir de la voiture en posant des questions gênantes, du style : « Et en dictée, tu as eu combien ? » Malheureusement, elle demanderait tout de même si M. Williams avait parlé de la classe spéciale. Alors, il serait obligé de descendre de son nuage et de lui dire la vérité.

Paradoxalement, il redoutait non pas de la mécontenter, mais qu'elle soit trop contente. Qu'elle en parle trop, et veuille tout savoir par le menu : combien de garçons avaient été retenus pour la fameuse classe ; ce que M. Williams avait dit exactement ; pendant quel cours il avait donné l'information ; s'il avait mentionné à quels examens ils pourraient se présenter ; s'il y avait des candidats à une bourse d'entrée à Bourne College…

Il ne devrait omettre aucun détail, en discuter durant tout le trajet de retour, avant de l'entendre répéter l'histoire à Hannah, puis à son père… à la terre entière. La fois où il avait été lauréat du concours de clarinette, elle s'était arrangée pour annoncer la nouvelle à toutes les mères d'élèves de sa classe. Il aurait voulu rentrer sous terre.

Lorsqu'il approcha de la voiture, elle se pencha pour lui ouvrir la portière arrière.

— Dépêche-toi de monter. La journée s'est bien passée ?

— Très bien, bougonna-t-il.

— Quoi de neuf ?

— Rien. Qu'est-ce qu'il y a pour dîner ?

— Hannah s'en occupe. Sûrement quelque chose qui vous plaira.

En marche arrière, elle quitta l'endroit où elle était garée et descendit lentement l'allée. Le silence s'installa. Daniel regardait fixement par la fenêtre. Andrew lisait un magazine de bandes dessinées humoristiques qu'il avait dû emprunter à un camarade de classe.

— Tu me le passeras, à la maison ? lui demanda Daniel à voix basse.

— D'accord, marmonna Andrew sans lever les yeux.

— Que dites-vous ? interrogea leur mère d'un ton enjoué.

— Rien, répondit Daniel.

Sa mère détestait les bandes dessinées : elle insistait pour qu'ils lisent des livres, alors qu'elle-même était toujours plongée dans des magazines féminins avec plus de photos que de texte. Il aurait mieux fait de se taire ; elle risquait de se retourner et de demander à Andrew ce qu'il était en train de lire. Il se fit tout petit et essaya de trouver un sujet de conversation anodin. Sans succès.

— À propos…, commença-t-elle.

Il jeta un nouveau coup d'œil par la fenêtre. Peut-être s'adressait-elle à son frère.

— Daniel ?

— Oui ? dit-il le plus distraitement possible.

— Tu as eu M. Williams, aujourd'hui ?

Il aurait pu mentir. Mais ça ne marchait jamais. Il rougissait jusqu'aux oreilles, sa voix tremblait, et sa mère s'en apercevait toujours.

— Oui, répondit-il à contrecœur.

— Ah, très bien !

Elle se retourna brièvement, le visage rayonnant, et il sentit son cœur se serrer. Il ne voulait pas partager son secret. En regardant défiler les maisons, il s'efforça de se remémorer précisément le sourire de M. Williams ; sa jubilation lorsque celui-ci avait prononcé son nom ; l'expression vaguement admirative de Xander, son meilleur copain… Mais la voix de sa mère se frayait inexorablement un chemin à travers ses pensées et les faisait voler en éclats, lui gâchant sa joie.

— A-t-il parlé…

Elle s'interrompit le temps de négocier un rond-point.

— A-t-il parlé de la classe spéciale ?

À vingt heures, Marcus considéra qu'il en avait assez entendu sur les bourses d'étude. À son retour de l'agence, il avait trouvé Anthea euphorique, même si – à ce qu'il avait compris – le seul fait nouveau était l'annonce, par un professeur de Daniel, que leur fils pouvait essayer d'obtenir une bourse. La belle affaire ! On pouvait s'y attendre, étant donné le nombre de fois où Anthea avait abordé le sujet avec les professeurs. Ils avaient dû en conclure qu'ils auraient failli à leur mission s'ils n'admettaient pas Daniel dans la classe spéciale. C'était devenu une idée fixe chez elle. Marcus, lui, se montrait plus réservé et il décida sans enthousiasme d'en discuter avec elle.

Après le dîner, il prépara du café bien noir – décaféiné, à la demande d'Anthea – et emporta la cafetière au salon. Les garçons avaient proposé d'aider Hannah à remplir le lave-vaisselle : un bon prétexte, se dit Marcus, pour s'attarder dans la cuisine où ils pouvaient impunément écouter la radio et respirer la fumée des cigarettes de la jeune femme. Il dut retourner chercher le lait dans la cuisine, où il les trouva tous deux assis par terre en train de lire des bandes dessinées – ce qu'Anthea leur avait formellement interdit. Daniel sursauta, avec cet air d'animal traqué qu'il avait hérité de sa mère. Ignorant les signes désespérés de son frère, Andrew leva paisiblement les yeux de son magazine et lança :

— Surtout, n'en parle pas à maman.

— C'est du joli ! protesta Hannah en s'essuyant les mains sur un torchon dont le motif imprimé représentait des pommes vertes.

Elle le posa sur le porte-serviettes chauffant près de l'évier, fit glisser l'élastique de sa queue de cheval, et une masse de cheveux teints en violet recouvrit lentement ses épaules. Quelques nattes encadrèrent son visage, décorées à leur extrémité par des perles de couleur qui avaient fait leur apparition l'an passé, après le festival de Glastonbury.

— Vous savez que vous n'avez pas le droit de lire des bandes dessinées, poursuivit-elle. Si votre mère s'en aperçoit, tant pis pour vous !

— Je t'avais prévenu, souffla Daniel à Andrew en jetant un regard affolé à son père.

Marcus se sentit obligé d'intervenir.

— Mettons les choses au point, les garçons, commença-t-il du ton le plus sévère possible. Qu'a dit votre mère au sujet des bandes dessinées ?

Daniel baissa la tête et referma son magazine, comme pour faire disparaître la preuve de sa désobéissance.

— Donne-nous la permission, juste pour ce soir ? demanda Andrew avec un sourire plein d'espoir. J'ai presque fini, mais Daniel voudrait lire celui-là.

Mi-amusé, mi-peiné, Marcus vit son fils aîné rougir, puis fixer le sol, le front caché par ses mèches brunes. Il était un peu désemparé. Pour sa part, il trouvait naturel que des garçons de cet âge lisent des bandes dessinées. Dans son collège privé, il avait même été abonné à une demi-douzaine de magazines. Cependant, il avait suffisamment discuté du problème avec Anthea pour savoir qu'elle ne céderait pas. Et, par principe, il soutenait toutes ses décisions concernant les enfants, qu'il soit d'accord ou non.

À l'évidence, Andrew n'éprouvait pas l'ombre d'un remords. De nouveau plongé dans son magazine, il semblait dévorer un maximum de dessins humoristiques avant qu'il ne soit confisqué. Il laissa même échapper un petit rire. Daniel, lui, ne riait pas : il s'attendait à ce que la colère paternelle s'abatte sur lui d'une minute à l'autre. Marcus eut un moment d'agacement. Pourquoi fallait-il qu'il tremble de peur, comme si son père allait le frapper ?

Cependant, son agacement fut de courte durée. À cause des yeux baissés de Daniel, de son air résigné, de ses doigts tachés d'encre. Il avait dû passer une journée épouvantable avec cette histoire de bourse d'étude. La lecture de quelques bandes dessinées ne pourrait que lui faire du bien.

— Écoutez-moi, tous les deux, déclara-t-il. Pour cette fois, Daniel, puisque ton travail est très satisfaisant, je t'autorise à finir le magazine que tu as commencé avant de te coucher. Mais c'est tout. Demain, vous rendrez ces revues à celui qui vous les a prêtées.

— D'accord. Et merci, murmura Daniel avec un sourire penaud.

— Merci, papa ! s'exclama Andrew, ravi. Tu voudras les lire quand on aura fini ?

— Euh…, non, merci, bredouilla Marcus.

Il croisa le regard d'Hannah, qui avait du mal à garder son sérieux.

— C'est moi qui les conduis à l'école, demain matin. Je veillerai à ce que les magazines soient rendus… Ou mis à la poubelle, ajouta-t-elle d'une voix menaçante à l'intention d'Andrew.

— Je vous remercie, Hannah, dit Marcus. J'étais venu chercher du lait…

La jeune fille attrapa une brique dans le réfrigérateur.

— Voilà.

— Merci. Mais je crois que…

Hannah soupira.

— Je sais. Il faut le mettre dans un pot.

— Maman a horreur des briques, précisa Andrew.

— En effet. Et moi aussi, répliqua Marcus.

Ignorant l'expression perplexe d'Hannah, il emporta le pot à lait en porcelaine dans le séjour.

Les doubles rideaux étaient tirés, et les lampes disposées à travers la pièce diffusaient une lumière douce. Assise sur le canapé en soie brochée jaune, Anthea fronçait les sourcils à la lecture d'un ouvrage intitulé *Comment améliorer le Q.I. de votre enfant*. Le menton appuyé sur une main, elle tapotait machinalement ses dents de son ongle au vernis rose pâle. Marcus jeta un coup d'œil par-dessus son épaule en lui versant du lait dans son café. Sur un dessin en haut de la page, un enfant et un parent échangeaient un sourire au-dessus d'un livre ouvert. *Ces exercices de logique aideront parents et enfants à développer leurs capacités d'argumentation*, disait la légende.

Marcus eut un petit frisson. Les capacités d'argumentation d'Anthea étaient déjà bien assez développées. Elle avait toujours eu un esprit acéré, capable de saisir la moindre faille dans les théories de l'adversaire pour les démolir avec une facilité déconcertante. C'était d'ailleurs l'une des choses qui l'avaient le plus séduit chez elle à l'époque où, étudiante ambitieuse à la silhouette mince et élancée, elle préparait une licence à Oxford. Il prenait un malin plaisir à venir accompagné de la jeune femme aux réunions de famille : confortablement installé, il guettait le moment jubilatoire où elle rejetait en arrière ses longs cheveux roux, avant de démonter point par point, avec un calme olympien, le raisonnement de son interlocuteur. Surtout quand il s'agissait de son cousin Miles… Depuis le début, celui-ci n'en revenait pas.

« Ce n'est qu'une gamine ! » s'était-il exclamé la première fois que Marcus avait invité Anthea pour la faire admirer.

« À peine vingt ans, avait répondu Marcus avec un large sourire. Elle est en avance dans ses études. Mais très intelligente. Brillante, même. »

C'était bien ce qui l'avait attiré chez elle. À force de vivre à Silchester où, se pliant à ce qu'on attendait de lui, il avait progressivement pris les rênes de l'agence immobilière familiale, Marcus se retrouvait à l'approche de la trentaine avec la désagréable impression de s'enfoncer dans la médiocrité. De devoir se satisfaire de l'existence confortable d'un notable de province. Et il en était secrètement angoissé. Avec un enthousiasme inconnu pendant ses années d'université, il s'était mis à fréquenter chaque week-end les night-clubs londoniens et à fumer quelques joints, dans l'espoir de rattraper le temps perdu. C'est alors qu'il avait rencontré Anthea : jeune, belle et intelligente, elle dansait à Stringfellow au milieu d'un groupe d'étudiants. Son teint pâle et sa chevelure auburn l'avaient séduit avant même qu'il s'en aperçoive. Et lorsqu'elle lui avait annoncé, l'air de rien, qu'elle avait dix-huit ans et étudiait les mathématiques à Oxford, il avait été saisi d'une admiration mêlée de respect. À ses yeux, elle incarnait l'intelligence. L'excellence. La première fois qu'il lui avait rendu visite dans son collège d'Oxford, elle était arrivée en retard, retenue par une obligation ; ses longues jambes nues et sa minijupe, révélées par la toge noire qui flottait au vent tandis qu'elle traversait en hâte la cour intérieure, avaient fait monter en lui un désir presque irrépressible.

Au cours des semaines et des mois suivants, assis dans son sinistre bureau de Silchester, il regardait sans cesse par la fenêtre, imaginant Anthea entourée de piles de livres à la bibliothèque universitaire Bodléienne, ou en train de prendre des notes sur des notions ardues dans une immense salle de cours lambrissée. Au moment de sa licence, il avait pris chaque soir la route d'Oxford pour savoir comment s'étaient déroulées les épreuves de la journée ; le dernier jour, il l'attendait près de la maison des examens avec un énorme bouquet de fleurs et une bague de fiançailles en diamant.

« Je vais m'installer à Oxford pour que tu puisses préparer une maîtrise. Ou à Londres. Ou aux États-Unis. À toi de choisir », avait-il déclaré.

Elle contemplait la pierre étincelante à sa main gauche.

« Vraiment ? Je ne suis pas encore décidée. On pourrait peut-être se contenter d'habiter Silchester pour commencer.

— Bien sûr. Excellente idée. »

Ainsi Anthea avait-elle emménagé chez Marcus où, pendant deux ou trois ans, ils avaient entretenu l'illusion qu'elle poursuivait des recherches pointues en mathématiques. Marcus l'avait abonnée à plusieurs revues spécialisées qu'il laissait bien en évidence dans le salon ; il avait acheté un ordinateur sophistiqué et mentionnait fréquemment les travaux d'Anthea dans la conversation. Dès la première semaine, pourtant, son manque d'intérêt avait été évident.

Avec le recul, Marcus se rendait compte que la discipline en elle-même ne l'avait jamais passionnée. Son seul objectif avait été d'être la meilleure de sa promotion, de décrocher la note la plus élevée, de battre les autres étudiants. Les mathématiques n'avaient été que le vecteur de sa réussite. Dès lors qu'il n'y avait plus d'émulation, elles perdaient leur attrait. Désormais, elle y faisait seulement référence pour le travail scolaire des garçons.

Anthea regarda son mari verser le lait et sourit. Ses cheveux, toujours auburn mais légèrement foncés par une teinture, étaient à présent coupés très court, lui faisant un visage d'elfe qui avait d'abord consterné Marcus. D'autant qu'elle ne l'avait pas prévenu. Six mois plus tard, il lui arrivait encore de sentir son cœur se serrer en la voyant. Il n'avait pas pu lui expliquer pourquoi la pensée de ses cheveux magnifiques éparpillés sur le sol du salon de coiffure et le spectacle de sa nuque frêle soudain exposée au regard le choquaient. Après cette première dispute frustrante, il n'en avait jamais reparlé, sauf pour affirmer combien cette nouvelle coupe lui plaisait, maintenant qu'il s'y était habitué.

— J'ai permis aux garçons de lire des magazines de bandes dessinées avant de se coucher, annonça-t-il une fois assis.

Inutile de compter sur eux pour garder le secret. Andrew, en particulier, ne pourrait s'empêcher de leur raconter les exploits de Dennis la Menace lorsqu'ils iraient lui souhaiter bonne nuit.

— Ah oui ? Et comment les ont-ils eus ?

Anthea avait la peau si fine et pâle que, malgré sa relative jeunesse, le moindre froncement de sourcils lui dessinait de légères rides sur le front.

— Par un camarade de classe, répondit Marcus, désireux de minimiser l'incident. À propos, Daniel a rapporté de bonnes nouvelles, non ?

Il s'aperçut aussitôt qu'il n'en pensait rien.

— Cela dit, je me demande s'il doit vraiment se porter candidat à une bourse, poursuivit-il, pesant soigneusement chaque mot. Faut-il lui compliquer la vie à ce point alors que nous pouvons nous passer de cet argent ?

— Voyons, Marcus ! s'écria Anthea d'une voix trop aiguë et agressive pour être naturelle.

Peut-être s'attendait-elle à ce genre de remarque de sa part ?

— Ce n'est pas une question d'argent, mais de prestige. Dont il bénéficiera toute sa vie. Une bourse d'entrée à Bourne. Combien de personnes peuvent faire figurer pareil atout sur leur C.V. ?

— Eh bien, moi, je suis certain qu'à la fin de ses études Daniel aura un C.V. bien rempli, avec ou sans la bourse de tel ou tel établissement.

— Bourne College n'est pas n'importe quel établissement. C'est l'une des écoles privées les plus réputées !

— Je suis bien placé pour le savoir. J'y ai été élève, grogna Marcus, qui se faisait soudain l'effet d'un vieillard irascible.

— Tu vois !

— Mais j'y suis entré sans bourse. Je n'en ai pas eu besoin.

Au cours des minutes suivantes, Anthea garda ostensiblement le silence.

— Écoute, finit par dire Marcus, retrouvant son calme. Je cherche la meilleure solution pour Daniel. Si elle passe par l'obtention d'une bourse, très bien. Mais, à mon avis, il est suffisamment sous pression… Nous devrions le laisser souffler un peu, ajouta-t-il, conciliant.

Il aurait mieux fait de se taire.

— Ne sois pas hypocrite, rétorqua Anthea. En réalité, tu penses que c'est moi qui devrais le laisser souffler un peu.

— Mais non…

— Comment sais-tu ce qui est le mieux pour Daniel ? Tu n'as pas la moindre idée des obstacles qu'il faut surmonter pour réussir dans le monde d'aujourd'hui, de l'importance d'avoir des armes pour se battre. Tu n'as même pas eu à chercher un emploi, si je ne m'abuse ?

— En effet…

Toi non plus, d'ailleurs, faillit-il ajouter.

— … simplement, je ne veux pas voir Daniel s'angoisser sans raison. Tu le connais. Il s'inquiète pour un oui ou pour un non.

— Il n'a aucune raison de s'angoisser. Pas s'il fait bien son travail. Il est très intelligent. Tu n'as pas l'air de t'en rendre compte.

— Bien sûr que si ! Je le crois parfaitement capable de décrocher n'importe quelle bourse s'il le décide… Et je suis très fier de lui, ajouta Marcus, d'une voix plus douce.

Il vida sa tasse et se leva pour atteindre la cafetière. Anthea esquissa un sourire tandis qu'il la resservait : un signe de réconciliation temporaire.

En se rasseyant, il comprit qu'il serait illusoire d'espérer un changement d'attitude de la part de sa femme. Ses prouesses universitaires, sa bourse d'entrée à Oxford, tout ce qui l'avait attiré chez elle, Anthea les devait à la même détermination sans faille que celle dont elle faisait preuve aujourd'hui avec le pauvre Daniel. C'était dans sa nature. Et, à plus d'un titre, il leur faciliterait la vie à tous – dans l'immédiat, au moins – en ne la contrariant pas.

3

Une semaine plus tard, Alice pensa qu'il fallait soulever le problème du séjour à la neige organisé par le lycée, séjour annoncé à l'assemblée générale dès le matin de la rentrée. Déjà en uniforme, assise en équilibre instable sur un tabouret en skaï à pieds chromés, elle prenait son petit déjeuner dans la minuscule cuisine au-dessus du cours privé.

C'était une pièce sinistre, avec un linoléum marron de la plus haute antiquité, des placards aux portes grises et pas de place pour mettre une table. Au fond, ils auraient mieux fait d'utiliser le salon adjacent, où, au moins, il y avait un coin salle à manger. Mais Alice, Liz et Jonathan avaient l'habitude de prendre leur petit déjeuner ensemble dans la cuisine. Celle de leur maison de Russell Street disposait d'une table en pin avec de confortables chaises en osier. Rien de tel ici : chaque matin, ils se répartissaient au hasard les tabourets et les surfaces disponibles. Jonathan se calait souvent contre le réfrigérateur, d'où il pouvait atteindre le grille-pain sur le plan de travail en formica écaillé en face de lui. Affamé, il dévorait régulièrement une dizaine de toasts – tout en gardant une silhouette de jeune homme, comme Liz le lui répétait avec une pointe de jalousie. Alice, qui avait hérité de la minceur paternelle, engloutissait elle aussi des quantités invraisemblables de nourriture. Liz, en revanche, surveillait son tour de hanches. Ce matin-là, adossée à l'évier, elle mangeait une banane par petites bouchées, se retenant pour ne pas faire de remarque à Alice, en train de se resservir un énorme bol de céréales.

C'est au moment où elle versait du lait sur sa montagne de corn flakes aux raisins et aux noix que l'adolescente se souvint du séjour à la neige. Après avoir refermé le paquet, elle lança, sans préambule :

— Je peux aller au ski avec le lycée ? C'est en janvier.

Et elle enfourna une cuillerée de céréales. Elle n'avait aucune envie particulière de faire du ski, qu'elle imaginait, de manière un peu abstraite, comme un sport ennuyeux où l'on descendait des pistes sans effort. Mais on leur avait demandé d'en parler à leurs parents… Jonathan mit un toast dans le grille-pain, puis se tourna vers elle :

— C'est très cher, Alice ?

— Six cents livres.

Il en eut presque le souffle coupé.

— Dans ce cas, nous verrons. Ta mère et moi allons en discuter. Tu sais que nous sommes un peu à court d'argent, ces temps-ci. Mais si tu tiens vraiment à y aller…

La voix de Liz couvrit la sienne.

— En discuter ? À quoi cela servira-t-il ? Peu importe qu'elle tienne à y aller ou pas : nous n'en avons absolument pas les moyens. Désolée, Alice.

— Je comprends, répondit la jeune fille.

— On pourrait peut-être se débrouiller, exceptionnellement.

Jonathan adressa un regard implorant à Liz. Il a l'air épuisé, pensa-t-elle. Elle-même se sentait à bout. La première semaine après la rentrée avait été une suite ininterrompue de cours, de complications administratives, de réunions avec les parents et de problèmes imprévus.

— Ne sois pas ridicule, Jonathan, nous n'avons pas ces six cents livres. Et un séjour à la neige n'est pas une priorité à l'heure actuelle.

Jonathan ne releva pas.

— Toutes tes amies y vont ? demanda-t-il.

Sa fille haussa les épaules.

— Aucune idée.

Depuis le départ de Geneviève, elle ne savait plus exactement qui étaient ses amies. Pendant les récréations, elle se joignait sans enthousiasme à la bande que Geneviève et elle avaient parfois fréquentée. C'étaient en réalité plutôt les amies de Geneviève que les siennes. Elle commençait d'ailleurs à se demander si elle n'aurait pas préféré se lier avec deux ou trois autres filles de sa classe. Mais elles formaient déjà un groupe très fermé, dont Alice ne faisait pas partie. La situation était assez compliquée.

— C'est peut-être une occasion à saisir pour Alice, expliquait Jonathan.

— Pour quoi faire ? Apprendre à skier ? Il n'y a qu'à l'envoyer en faire sur une piste artificielle.

— C'est pas grave, marmonna Alice. Je n'ai pas vraiment envie d'y aller. Je voulais juste vous mettre au courant.

— Nos difficultés financières ne seront pas éternelles, lui dit Jonathan d'un ton las qui agaça Liz. Je te promets que tu pourras partir à la neige l'an prochain. Quand nous aurons vendu la maison… Ou adopté je ne sais quelle solution miracle, ajouta-t-il en fixant son épouse.

— Tu sais très bien de quelle solution il s'agit, répliqua celle-ci avec une assurance en partie feinte. Nous allons louer la maison en attendant que le marché reprenne.

Elle s'interrompit, cherchant autre chose à dire. Chaque fois qu'ils évoquaient la location de la maison, elle essayait de se rappeler les propos rassurants de cet agent immobilier si sympathique, de trouver les mots qui aideraient Jonathan à partager le même optimisme. Malheureusement, ils semblaient s'être évanouis, ne lui laissant que cette réalité à laquelle elle se raccrochait : ils allaient louer la maison. Elle n'en savait pas plus. Aucune nouvelle de l'agent depuis leur première rencontre. Les locataires promis ne s'étaient toujours pas matérialisés. Elle aussi commençait à douter de la réussite du projet.

Jonathan gardait un silence obstiné. Il sortit du grille-pain un toast qu'il beurra avec soin. Liz l'observa avec une exaspération croissante. Enfin, elle n'y tint plus.

— Cesse de faire cette tête !

— Quelle tête ?

— Celle de celui qui ne dit rien, mais n'en pense pas moins et considère sa femme comme une imbécile.

— Absolument pas.

— À quoi penses-tu, alors ?

Alice les interrompit.

— Bon, moi, je pars au lycée…

Elle rangea son tabouret à toute vitesse et quitta bruyamment la cuisine en évitant le regard de ses parents. Liz oublia un instant ses préoccupations.

— Très bien. Bonne journée, ma chérie.

Sa fille ne se retourna même pas.

— Nous devrions éviter ce genre de dispute devant Alice, déclara Jonathan après avoir entendu claquer la porte d'entrée.

— Qu'est-ce que tu racontes ? Elle s'en moque. Et puis d'abord, ce n'est pas une dispute, juste une discussion animée. À laquelle tu essaies d'échapper.

— Pas du tout. C'est simplement que…

— Quoi ?

— Eh bien, cette histoire de location. Tu es rentrée un soir en m'annonçant que c'était la meilleure solution, sans m'avoir demandé mon avis, ni m'en avoir parlé d'abord, et, au fond, je ne m'en formaliserais pas si j'étais sûr que ça marche.

— Mais ? demanda-t-elle, consciente du tremblement dans sa voix.

— Mais le problème, c'est que dans l'immédiat ça n'a pas l'air de marcher. Pas vraiment… Après une semaine, nous ne sommes pas plus avancés. Où sont donc ces fameux locataires que ton agent devait sortir de son chapeau ?

— Je n'en sais rien. Il doit s'en occuper.

Liz se leva brusquement et rassembla sur la table bols et assiettes avec des gestes nerveux.

— Je vais l'appeler ce matin, si tu veux. À moins que tu ne préfères tout annuler ?

Jonathan eut un geste de dénégation.

— Surtout pas ! Après tout, je n'y connais rien. Il me semble seulement que nous devrions être en train de vendre la maison, ou de la louer, et que rien ne se passe. Mais tu as sûrement raison. Le problème va se régler. À ta place, j'appellerais quand même l'agent. Il a dû mettre notre dossier tout en bas de la pile.

Il sourit à Liz pour l'encourager, puis commença à débarrasser la vaisselle du petit déjeuner.

Va au diable, Jonathan, se dit Liz en le regardant empiler méthodiquement les assiettes, ranger les paquets de céréales dans le placard, passer un chiffon sur le plan de travail. Elle s'installa devant l'évier, ouvrit le robinet d'eau chaude, ajouta une bonne giclée de liquide vaisselle, puis plongea les mains dans l'eau brûlante comme pour se punir de son agressivité envers son mari. Pourquoi était-il toujours si raisonnable ? Pourquoi n'explosait-il jamais ? Et, surtout, pourquoi ne pouvait-elle pas s'empêcher, elle, de monter sur ses grands chevaux ?

Dans la matinée, dès qu'elle eut une minute, elle composa le numéro de Witherstone's. Il était peut-être un peu présomptueux de demander à parler à M. Witherstone en personne. Pourtant, elle ne voulait pas courir le risque qu'on lui passe ce maudit Nigel.

— Quel M. Witherstone ? demanda la secrétaire d'un ton peu aimable.

Liz, debout dans le bureau encombré du cours privé, fut prise au dépourvu.

— Excusez-moi, pourriez-vous…

— M. Miles Witherstone, ou M. Marcus Witherstone ?

Liz se creusa la tête. Elle se souvenait d'un prénom commençant par un M, ce qui ne lui était pas d'un grand secours.

— Marcus, je crois.

— Malheureusement, M. Marcus Witherstone est absent ce matin, répondit aussitôt la secrétaire avec une note de triomphe dans la voix. Voulez-vous laisser un message ?

— En effet. Pourriez-vous lui dire que Mme Chambers a appelé au sujet de sa maison de Russell Street, pour savoir si on lui a trouvé des locataires ?

Liz donna le numéro du cours privé et raccrocha, très contente d'elle, et en particulier de la manière dont elle avait formulé sa question. À présent, elle pouvait cesser de se sentir coupable. Le sort de la maison ne la concernait plus : à Marcus Witherstone de régler le problème.

Au même moment, celui-ci remontait en voiture la rue principale de Collinchurch, le village où vivait Léo Francis. Quand il avait pris la route, ce matin, la perspective du rendez-vous avait provoqué chez lui une décharge d'adrénaline. Tandis qu'il affrontait la circulation sur la rocade de Silchester, son enthousiasme avait fait place à une nervosité grandissante.

Difficile de croire qu'il avait vraiment sauté le pas. Qu'il avait répondu à l'invitation rédigée avec soin par Léo, et acceptait implicitement… quoi, au juste ? Il frémit à l'examen des différentes possibilités, en proie à une appréhension confuse où perçait néanmoins une certaine curiosité. Et déjà un sentiment de culpabilité. Alors qu'il n'avait pas encore franchi le seuil de la maison de Léo, ni écouté son offre ! En fait, il n'avait strictement rien à se reprocher pour l'instant.

Sauf d'avoir menti à Miles. Ce brave Miles qui ne se doutait de rien et lui avait proposé de déjeuner avec lui le jour même. Il avait posé la question d'un ton conciliant, preuve qu'il s'en voulait d'avoir rabroué Marcus de manière péremptoire la semaine précédente. Il avait suggéré d'aller au Manoir, laissant entendre que Marcus serait son invité. Par principe, celui-ci ne refusait jamais une invitation de son cousin, surtout au restaurant Le Manoir, et il avait eu un moment de panique.

« Désolé, Miles… Je dois voir une cliente… Cette histoire de location dont je t'ai parlé. Un autre jour, peut-être ? »

Il avait raccroché d'une main tremblante. Il grimaça à ce souvenir. Qu'est-ce qui l'avait pris de donner un mauvais prétexte ? Pourquoi ne pas avoir mentionné son rendez-vous avec Léo Francis ? Une rencontre informelle, entre deux notables locaux : un agent immobilier et un notaire. Quoi de plus normal ?

À ceci près que… Diable ! À l'idée de ce qui l'attendait, un mélange de plaisir et d'effroi l'envahit. Était-il réellement impliqué dans cette aventure ? Lui, Marcus Witherstone, de l'agence Witherstone's ? Mieux valait ne pas y penser et se rendre chez Léo, où il prendrait un ou deux whiskys bien tassés.

Il y avait déjà trois mois que, lors d'une soirée sans grand intérêt, Léo était soudain apparu près de Marcus et lui avait glissé quelques phrases ambiguës à l'oreille. Des phrases à double sens. Que Miles, par exemple, aurait délibérément – ou même inconsciemment – mal comprises.

Marcus n'était pas Miles. Il ne lui ressemblait en rien. Aussi avait-il écouté les propos apparemment anodins de Léo, avant de porter son verre à ses lèvres pour gagner du temps. Si les autres invités avaient entendu ce que le notaire venait de lui proposer à demi-mot, ils auraient été choqués. Horrifiés. D'ailleurs, une partie de lui-même s'offusquait de ces suggestions douteuses. Certes, il connaissait l'existence de ce genre de combine, mais n'avait jamais pensé s'y trouver confronté. Lui, si respectable.

Pourtant, de là venait en partie l'attrait de la proposition. De la possibilité de concilier l'existence sans surprise d'un agent immobilier d'âge mûr, à la réputation bien établie, avec une activité plus risquée et lucrative. Moins soporifique, en tout cas. Marcus, les doigts crispés sur son verre, avait dû se rendre à l'évidence en mesurant les implications des paroles de Léo : sa vie quotidienne chez Witherstone's était d'un ennui mortel. Il n'apprenait plus rien, ayant déjà mis en œuvre tous les projets, toutes les idées possibles et imaginables. Il bénéficiait d'un emploi stable et peu astreignant, où il pouvait choisir ses clients, où il ne lui restait plus rien à prouver.

Il avait avalé sa gorgée de vin d'une traite, s'était tourné vers Léo et avait répondu à mi-voix :

« Ce que vous me dites est très intéressant. »

Sans aller jusqu'à faire un clin d'œil, il avait pris l'air entendu de celui qui n'est pas né de la dernière pluie. Durant le reste de la soirée, il s'était promené dans la pièce le sourire aux lèvres, jubilant intérieurement.

Le lendemain matin, sourire et jubilation n'étaient plus qu'un souvenir, et il se demandait s'il ne s'était pas trompé sur le sens des propos de Léo. Il avait failli raconter toute l'histoire à Anthea : seule la conviction qu'elle n'y comprendrait rien l'en avait empêché. Au fil des semaines, sans nouvelles de Léo, il s'était persuadé que son imagination lui avait joué des tours.

Pourtant, il n'avait pas rêvé. Tout était bien réel. Presque trop !

À l'approche de la maison de Léo, Marcus ralentit instinctivement, au point de rouler à la vitesse d'un escargot. Sur le trottoir d'en face, une jeune mère de famille qui poussait un landau le dépassa et lui jeta un regard étonné. La barbe ! Il allait attirer l'attention.

— Circulez ! Il n'y a rien à voir ! dit-il entre ses dents.

Il écrasa l'accélérateur, repartit sur les chapeaux de roue, et freina quelques mètres plus loin en apercevant sur sa gauche les grilles de la propriété. Il prit soin de mettre son clignotant avant de tourner lentement dans l'allée, dont le gravier produisit un crissement rassurant sous ses pneus tandis qu'il descendait jusqu'à la maison.

Il sortit de voiture et claqua la portière d'un geste décidé. Il respira profondément, puis adressa un sourire confiant à son reflet dans la vitre. En se retournant pour gagner la porte d'entrée d'un pas résolu, il surprit la jeune femme au landau en train de l'observer de l'autre côté de la rue. Les battements de son cœur s'accélérèrent.

Un sourire crispé, et elle s'éloigna aussitôt. Troublé, il se dirigea vers la maison. Il voulait y disparaître au plus vite. Il sonna en se plaquant contre la lourde porte, comme pour se fondre dans le bois. Des aboiements lui parvinrent des profondeurs du bâtiment et des pas se rapprochèrent. La porte s'ouvrit brusquement.

— Marcus !

Celui-ci faillit sursauter en entendant le cri de bienvenue de Léo, auquel s'ajoutaient les jappements de deux setters qui lui faisaient fête. Atterré par ce remue-ménage, il se fit tout petit dans sa veste. Léo, parfaitement serein, lui tendit une main aux doigts boudinés et eut un clin d'œil discret tandis qu'ils se saluaient. Marcus s'efforça de prendre un air complice.

— Allons nous mettre à l'aise. Suivez-moi, déclara Léo en le conduisant le long d'un couloir dallé.

Ils pénétrèrent dans une salle de séjour vaste et claire, et Léo désigna deux fauteuils vert sombre capitonnés. Marcus jeta un coup d'œil inquiet autour de lui : à une extrémité de la pièce, une rangée de fenêtres donnait sur la rue.

— Asseyez-vous, je vous en prie. J'ai demandé qu'on nous apporte du café.

Marcus s'installa au bord d'un fauteuil. Il n'avait pas du tout imaginé leur rencontre de cette manière. Il s'était plutôt attendu à un petit bureau discret, loin des regards du monde extérieur, où ils se seraient enfermés à double tour pour discuter. Dans cette grande pièce, à la vue de tous, il se sentait vulnérable et mal à l'aise.

— Alors, de quoi s'agit-il ? lança-t-il plus sèchement qu'il n'aurait voulu.

En parlant, il regardait malgré lui en direction de la fenêtre. Plus tôt cet entretien serait terminé, plus tôt il aurait quitté les lieux, mieux ce serait. Il se tourna vers son hôte, dans l'espoir que celui-ci allait entrer dans le vif du sujet.

Assis en face de lui, Léo se contenta de sourire et de presser délicatement ses doigts les uns contre les autres. Malgré ses cinq ou dix ans de moins que Marcus, il était plus massif, on lui aurait facilement donné la cinquantaine. Des boucles blondes encadraient son visage couperosé et, lorsqu'il sourit de nouveau, ses lèvres charnues découvrirent des dents pointues d'une blancheur éclatante.

— Passons donc aux choses sérieuses, finit-il par déclarer.

Aiguë et sonore, sa voix sembla rebondir sur le parquet. Puis le suspens reprit.

Je pourrais m'en aller, songea Marcus. Me lever sans lui laisser le temps de réagir, inventer une grave maladie… Comme pour se préparer à partir, il essaya d'avancer un pied, de prendre appui sur sa jambe. C'était compter sans la force d'inertie de son corps, maintenant calé au fond du fauteuil. Marcus se réinstallait sous le regard suffisant de Léo, ses scrupules mis de côté, quand il éprouva une sensation oubliée. Au creux de son estomac, enfouie sous la gêne et la culpabilité, sa curiosité se réveillait doucement.

Ce jour-là, après le déjeuner, Alice avait un trou de deux heures dans son emploi du temps. Elle était censée les passer en bibliothèque, à faire des recherches et à commencer les lectures au programme. La semaine précédente, puisque leur classe entamait la préparation au brevet, des élèves de terminale avaient consacré un cours entier à leur montrer comment utiliser la bibliothèque. Les professeurs avaient confié cette tâche aux déléguées les plus sérieuses, qui avaient expliqué en détail le fonctionnement du fichier et la manière de ranger les livres retournés. Alors qu'Alice faisait semblant d'écouter, elle avait remarqué les élèves assises aux tables en bois verni, occupées à rédiger un essai ou à apprendre, sourcils froncés, une liste de vocabulaire. Il régnait un calme et un ordre propices au travail. Alice, toutefois, préférait faire ses devoirs recroquevillée sur le sol de sa chambre, assise à la table de la cuisine en écoutant la radio ou, mieux encore, devant la télévision, de manière à pouvoir regarder quelque chose d'intéressant entre deux exercices.

D'ailleurs, seules les filles les plus tartes suivaient les conseils des professeurs et fréquentaient la bibliothèque. Dès qu'elles avaient un moment de liberté, plusieurs élèves de sa classe allaient s'asseoir sur les feuilles mortes, derrière le rideau d'arbres qui bordait le terrain de sport, pour bavarder et fumer. Un autre groupe se rendait discrètement au McDonald le plus proche. Un professeur les avait déjà reconduites sans ménagement vers le lycée, ce qui ne les empêchait pas de recommencer. D'autres se réfugiaient dans la salle de musique, où l'on pouvait écouter des CD avec un casque. Uniquement de la musique classique, en principe, mais personne ne vérifiait jamais.

À la cantine, coincée dans la file d'attente avec son plateau, Alice passa en revue ces différentes possibilités. Aucune ne la tentait. Pas tant à cause des activités en question que des filles impliquées. La simple idée de se retrouver sur les feuilles mortes à côté de Fiona Langdon, qui rejetait ses cheveux en arrière toutes les trente secondes, lui parut un supplice. Elle aurait bien aimé se joindre à deux ou trois camarades du cours d'anglais de l'autre classe qu'elle ne connaissait pas très bien mais qui avaient l'air sympathiques.

Installée devant son assiette de lasagnes, sa pomme et son verre d'eau, elle vit passer l'une d'elles et l'interpella.

— Salut, Charlotte ! Tu es libre après déjeuner ?

— Pas de danger ! J'ai deux heures de biologie. La dissection du lombric.

— Répugnant !

Charlotte s'éloigna à la recherche d'une place, et Alice planta son couteau dans ses lasagnes. Elle mangea, perdue dans ses pensées, arrivant à la conclusion qu'elle n'avait pas assez d'amies. En fait, la solitude me pèse, se dit-elle, plutôt satisfaite d'avoir mis le doigt sur le problème. Elle avait toujours été surprise de la facilité avec laquelle les gens mettaient un nom sur chaque état d'âme. Comment pouvait-on affirmer que tout le monde éprouvait les mêmes émotions ?

Elle se revoyait assise à l'arrière de la voiture, un jour qu'elle allait à un anniversaire. L'estomac noué par l'appréhension, elle avait demandé :

« Qu'est-ce qu'on ressent quand on n'a pas envie de faire quelque chose, quand on pense que tout va mal se passer ? Ça s'appelle comment ?

— Être déprimé, avait répondu sa mère.

— Eh bien, je suis déprimée. »

En réalité, c'était seulement du trac. Par la suite, pourtant, en présence de cette même angoisse, elle avait longtemps répété qu'elle était déprimée. Elle avait dû finir par découvrir la confusion, mais quand ?

À présent, en tout cas, sa solitude lui pesait bel et bien. Elle essaya d'analyser ce sentiment. Si elle n'avait pas envie de pleurer, elle se sentait la tête lourde. Elle ne rêvait que d'une chose : se pelotonner devant la télé ou, mieux encore, être au lit avec une tasse de chocolat chaud. Vision réconfortante qui lui permit de s'évader brièvement de l'agitation et du vacarme de la cantine, pour s'imaginer dans le salon devant un bon feu et un film intéressant.

Puis elle revint à la réalité. Quelle idiote ! Elle se croyait encore au 12, Russell Street, alors qu'elle habitait le cours privé de Silchester. Elle se représenta la salle de séjour exiguë et sombre de l'appartement de fonction, sa petite chambre moche et encombrée de caisses. Sans parler des affreuses salles de classe du rez-de-chaussée…

La semaine précédente, elle avait dû rentrer chez elle en milieu de journée pour récupérer des partitions qu'elle avait oubliées. En franchissant les grilles, elle s'était souvenue que le travail avait repris au cours privé, qu'il y aurait des professeurs et des élèves partout. Jusque-là, les classes étaient vides, avec une odeur de renfermé après les vacances et, sur les murs, des affiches près de tomber. Alors qu'elle tournait le plus silencieusement possible la clef dans la serrure, elle avait perçu des voix et de l'animation autour d'elle. À travers les vitres en verre dépoli des portes, elle devinait des visages flous, et avait même entendu son père prononcer une phrase en latin. Paniquée, elle avait gravi quatre à quatre l'escalier menant à l'appartement pour se réfugier dans sa chambre. Elle avait beau se savoir chez elle, la perspective d'être surprise et sommée de justifier sa présence l'emplissait d'une terreur inexplicable.

D'où sa nouvelle habitude de partir tôt de chez elle chaque matin, afin de ne pas risquer de croiser les élèves et les professeurs. Et l'après-midi, elle rentrait sans se presser, prenant le temps de s'arrêter et de fumer. Après avoir fini son verre d'eau, elle chercha dans sa poche la présence rassurante de son paquet de cigarettes. Elle allait en griller une en solitaire.

Marcus reprit la route de Silchester revigoré et plein d'entrain. Lancé à pleine vitesse sur l'autoroute, la radio à fond, il chantonnait en donnant de temps à autre un coup sur le volant, et s'émerveillait de la simplicité enfantine de ce qui l'attendait. L'entretien avec Léo avait été une pure formalité. Marcus s'était contenté d'écouter, approuvant à intervalles réguliers d'un signe de la tête ou d'un mot. Pourtant, sans effort particulier de sa part, il se trouvait désormais entraîné dans une affaire qu'en toute honnêteté on pouvait seulement qualifier de..., de...

Lorsque le mot « escroquerie » lui traversa l'esprit, son cœur fit un bond dans sa poitrine, mais il se ressaisit aussitôt. Vraiment, ce n'était pas si grave. « Escroquerie » était un terme beaucoup trop fort. En réalité, il s'agissait juste d'un petit arrangement, qui lui rapporterait une jolie somme. Au moins deux cent mille livres, facilement gagnées.

Mais l'argent n'était pas la question – ni pour Léo, ni pour lui-même. Tout le monde savait que le notaire avait hérité d'une petite fortune à la mort de son père. Quant à Marcus, il n'était pas aux abois non plus. Ce n'était certainement pas l'appât du gain qui l'avait poussé à écouter avec intérêt la première proposition de Léo. La motivation principale, c'était le risque. L'attrait de l'interdit. N'importe qui peut respecter la loi, se dit-il. Combien de personnes, en revanche, avaient l'intelligence et l'audace nécessaires pour faire ce que Léo et lui envisageaient ?

Tandis qu'il ralentissait à l'approche de la rocade, la voiture entière semblait vibrer sous l'effet de sa jubilation. Ça y était ! Il avait répondu oui à Léo. Il jouait dans la cour des grands. À cette pensée, il se sentit tout-puissant et sûr de lui. Prêt à évoluer dans un milieu cosmopolite et bien informé. Il débordait d'une telle énergie qu'il lui était impossible de regagner immédiatement son bureau. Il avait envie de marcher dans la campagne, de visiter une propriété. Tout, plutôt que retourner directement à l'agence Witherstone's, si provinciale.

La perspective de feuilleter des dossiers dans son sinistre bureau l'horrifia soudain. De surcroît, il y avait

Miles, qui passerait sans doute dans l'après-midi demander comment s'était déroulée l'entrevue. Le prétendu rendez-vous avec sa cliente... L'affolement s'empara de lui. Irrité, il secoua la tête. Lamentable ! Un homme de son envergure n'avait pas à s'inquiéter de ce que son cousin borné pouvait penser. Il était au-dessus de ça, voyons : il n'appartenait plus au même monde. Il jouait gros, était son propre patron et n'avait de comptes à rendre à personne.

Mieux valait préparer sa réponse, au cas où... Il mit son clignotant et s'engagea sur la rocade, essayant de se souvenir de la cliente qu'il avait invoquée comme prétexte. Celle qui cherchait des locataires. Peut-être faudrait-il aller voir sa maison sans attendre, puisqu'il s'était chargé du dossier. Il avait oublié le nom de cette femme, mais pas l'expression de son visage lorsqu'il avait proposé de l'aider. Elle exprimait une telle reconnaissance, et lui, pour l'instant, ne s'était encore occupé de rien. Envahi par un sentiment de culpabilité, il tenta de retrouver l'adresse de la maison. Quelque part à l'ouest de Silchester... Mais où exactement ?

L'information devait figurer sur la liste récemment mise à jour qu'il avait fourrée dans son attaché-case la veille au soir. Une main sur le volant, il s'efforça d'atteindre l'attaché-case et se tordit le poignet pour l'ouvrir. À tâtons, il récupéra la feuille, un peu froissée. Il parcourut la liste, sachant qu'il reconnaîtrait l'adresse dès qu'il la verrait... Mais oui ! 12, Russell Street. C'était bien ça. Et, par un heureux hasard, la prochaine sortie y conduisait.

En se garant devant le numéro 12, Marcus crut voir une silhouette menue disparaître derrière le garage. Il descendit de voiture, fit quelques pas, inspecta l'allée.

Personne. Sans doute un habitant du quartier qui avait pris un raccourci. À moins que son imagination ne lui ait joué des tours. Il pivota pour avoir une vue d'ensemble : une agréable maison victorienne jumelée. Pas immense. Mais certainement assez grande pour Ginny Prentice et son mari. Ginny lui avait dit qu'elle cherchait à louer à Silchester, il n'y avait donc aucune raison qu'elle refuse cette offre.

Après avoir poussé la grille, il remonta sans hâte l'allée. Il lui faudrait revenir avec les clefs s'il voulait visiter en détail. Mais au moins aurait-il une première idée. Il fit lentement le tour du bâtiment, jetant un coup d'œil à travers les fenêtres à guillotine aux vitres poussiéreuses. D'abord, l'habituel salon-salle à manger avec deux cheminées, peut-être d'époque. Des murs blancs, une moquette bordeaux. Pas mal. À l'arrière, une cuisine spacieuse. Des placards en pin tout à fait présentables. Un parquet verni qui se poursuivait dans le couloir. De l'autre côté de l'escalier, sans doute un petit bureau. Et à l'étage, il y avait vraisemblablement deux ou trois chambres. Ainsi qu'une ou deux salles de bains… Plutôt une seule, tout bien réfléchi.

Il se retourna et observa le jardin : de la pelouse et quelques arbustes. Rien d'extraordinaire. L'idéal pour des locataires, cependant. Et il y avait même un garage. Une fois devant, il donna un bon coup dans la porte. Qui opposa une résistance inattendue, alors que la serrure semblait cassée. Le bois avait dû gonfler à cause de l'humidité. Il faudrait réparer ça et faire un peu de nettoyage. Toutefois, la maison était parfaite. Pour Ginny et son acteur de mari, en tout cas. Il lui téléphonerait dès son retour au bureau, ça lui changerait les idées.

Alice attendit d'avoir entendu la voiture démarrer et s'éloigner avant de relâcher la pression qu'elle exerçait sur la porte. Elle ignorait qui était venu fouiner, mais elle éprouvait une certaine satisfaction à l'idée que cette personne l'ait approchée de si près sans deviner sa présence. Elle regarda sa montre. Seulement treize heures vingt. Elle avait encore presque deux heures devant elle. Et bien malin qui aurait pu savoir où elle se trouvait !

4

« À saisir, belle maison victorienne dans une rue très recherchée des quartiers ouest de Silchester. » Ginny leva les yeux de sa feuille de papier et pouffa de rire.

— J'ignorais que l'ouest de Silchester était ce qu'on appelle un quartier très recherché…

— Bien sûr que si, répondit Piers. Pour l'Anglais moyen. Ton problème, c'est que tu fréquentes trop les échotiers de *Country Life*.

Affalé sur sa chaise, il resserra son peignoir et but une gorgée de café dans sa tasse italienne peinte à la main.

— Allez, continue. Quels sont les autres détails ? demanda-t-il.

— « Très spacieuse, cette maison jumelée dispose d'un salon-salle à manger avec cheminées d'époque. Elle possède aussi une cuisine assez grande pour y prendre des repas, trois chambres et une jolie salle de bains de style victorien. » Pas si mal !

— Très bien, même. On la prend.

— « À l'arrière, la pelouse est ombragée par plusieurs arbustes de bonne taille, et un garage en brique jouxte la maison. »

— Des arbustes ! Génial ! Juste ce qu'il nous faut ! Appelle l'agence aujourd'hui et dis-leur que nous sommes preneurs.

— Non, intéressés seulement, rectifia Ginny sur un ton mi-moqueur, mi-réprobateur. De toute façon, je dois descendre mardi à Silchester pour un rendez-vous. Accompagne-moi, et nous irons la visiter.

— Inutile, en ce qui me concerne. Je vois exactement à quoi elle ressemble. Trois chambres et une salle de bains victorienne. Où doit trôner une de ces gigantesques baignoires avec de la place pour cinq, et des pieds en forme de pattes de lion.

— Pas du tout. Elle sera minuscule, couleur crème, entourée de panneaux de bois, avec des robinets dorés.

— Génial ! J'adore les robinets dorés.

Piers fit une grimace provocante à l'intention de Ginny. Mais celle-ci n'était pas d'humeur à prendre la mouche. En ce matin d'octobre ensoleillé, elle se sentait mince et en pleine forme. De plus, leur installation à Silchester semblait en bonne voie. Avant de se resservir une tasse de café, elle adressa un sourire radieux à son mari, toujours assis à l'intérieur de la *bay window* de leur cuisine londonienne sophistiquée, dans une pose nettement inspirée d'une adaptation des *Liaisons dangereuses* sortie deux ans auparavant. Ginny était fin prête pour partir au bureau : chaussures élégantes, collant assorti et un nouveau tailleur couleur ambre qui allait plutôt bien, trouvait-elle, avec sa chevelure blonde et souple. Piers, lui, se préparait de toute évidence à traîner à la maison. Ginny savait pourtant que, dans la matinée, il finirait par s'habiller avec une certaine recherche. Après tout, puisqu'il avait toute la journée devant lui, pourquoi devrait-il enfiler n'importe quoi à toute vitesse ?

En revanche, elle serait très occupée à accompagner un groupe de journalistes sur un nouveau lotissement situé à plusieurs kilomètres de Londres. D'un geste sec, elle ouvrit son attaché-case afin d'en vérifier le contenu : le programme de la journée, la liste des journalistes ayant répondu à l'invitation et la documentation sur papier glacé qui leur était destinée. Elle passa rapidement en revue la pile de photos, pour s'assurer que chaque point fort de l'opération immobilière était représenté. Les jardins paysagés. Les baies vitrées. Les cheminées avec un banc en brique de chaque côté.

Clarissa, son associée, avait beaucoup ironisé sur ce dernier détail. Elle ne voulait pas entendre parler de ces nouvelles résidences et se demandait comment Ginny pouvait consacrer une journée entière à vanter leurs mérites à la presse.

« Des boîtes sur mesure pour cadres minables ! Remplies de costumes en tissu infroissable ! » s'était-elle esclaffée de sa voix mutine.

Ginny s'était contentée de sourire et de contempler les photos, s'imaginant en femme de cadre rayonnante, l'aspirateur à la main ou en train de faire de la pâtisserie, peut-être même vêtue d'une blouse fleurie. Une vie confortable et sans surprise.

« Ce n'est pas si épouvantable. Et ce sont de bons clients, avait-elle répondu à Clarissa.

— Je ne sais vraiment pas comment tu fais.

— Moi non plus. »

En réalité, Ginny le savait très bien. Curieusement, n'importe quelle habitation, minuscule appartement ou propriété imposante, retenait son attention. Devant la maison la plus modeste, elle réussissait à se représenter l'existence agréable qu'on pouvait y mener, lui prêtant un charme souvent immérité. Des dizaines de journalistes l'écoutaient, captivés, lorsque, à l'entrée d'un lotissement en zone rurale, elle faisait un tableau idyllique de la vie de famille à la campagne. Ou quand, dans le loft d'un entrepôt londonien en cours de réhabilitation, un casque de chantier sur la tête, elle chantait les louanges des cuisines américaines, parfaitement adaptées au rythme trépidant de la capitale britannique. Elle attribuait ce talent à un don particulier, qui faisait d'elle l'attachée de presse idéale pour les campagnes des promoteurs.

La musique de Mozart fit place à l'indicatif des informations. Avec un léger sursaut, Ginny revint à la réalité.

— Bon, j'y vais, dit-elle.

— Bonne journée.

— Je vais essayer.

Elle avait renoncé à demander à Piers comment lui-même comptait occuper sa journée. Depuis peu, il se sentait mis en cause par cette question ; ils s'étaient même disputés à ce sujet. Elle l'embrassa rapidement, se redressa, tira sur sa veste et s'assura que son collant n'était pas filé.

— Ginny…

Elle tressaillit en entendant son nom. Piers avait une voix extraordinairement grave et profonde, qu'il savait utiliser à son avantage dans les magasins et les restaurants : les vieilles dames s'écartaient précipitamment sur son passage, les serveuses rougissaient et notaient plus vite sa commande.

— Oui ? bredouilla-t-elle.

Après quatre années de mariage, cette voix la faisait encore fondre.

— Dis à l'agence que nous irons visiter la maison tous les deux. J'ai très envie de la voir.

Avec un sourire, il rejeta en arrière une mèche de cheveux noirs et drus.

— Formidable !

L'enthousiasme naturel de Ginny reprit le dessus.

— On pourrait en profiter pour sortir un peu. Aller déjeuner dans un petit restaurant sympathique, par exemple ? Bien sûr, j'ai ce rendez-vous à l'agence Witherstone's, mais tu trouveras sûrement de quoi t'occuper à Silchester, non ?

— J'espère bien ! répliqua Piers. Après tout, c'est là que nous allons vivre…

L'agence de relations publiques Prentice Fox avait ses bureaux dans un petit local à Chelsea, à quelques centaines de mètres de l'appartement loué par Ginny et Piers. En marchant sur les feuilles détrempées qui jonchaient le trottoir, la jeune femme se demandait comment annoncer à Clarissa que, mardi, elle allait visiter une maison à Silchester. Elle avait déjà prévenu son associée qu'elle envisageait de quitter Londres, qu'elle ne supportait plus la capitale et avait eu le coup de foudre pour Silchester… Mais Clarissa ne l'avait pas prise au sérieux.

« Jamais tu ne déménageras. Londres te manquerait trop…

— Je passe déjà la moitié de mon temps ailleurs qu'ici, avait fait remarquer Ginny. Il semblerait que presque tous les clients dont je m'occupe sont installés à Silchester. Witherstone's est un gros budget, désormais, et il y a ces deux entreprises de déménagement juste à côté.

— Et Brinkburn ? Et les journalistes ? Ils sont tous ici.

— Je sais. Mais je pourrai toujours revenir deux ou trois fois par semaine. Beaucoup d'habitants de Silchester travaillent à Londres. Et puis je pourrais aussi bien faire tout ça de chez moi, non ? »

Elle désignait les ordinateurs, les armoires métalliques remplies de fichiers, les piles de dossiers, les communiqués de presse à envoyer.

« Mais tu ne peux pas me laisser toute seule ! avait gémi Clarissa. Nous sommes associées.

— Bien sûr. Et ce serait toujours le cas. Simplement, je ne serais plus là en permanence. Ne t'inquiète pas trop, nous ne sommes pas encore partis. »

À présent, elle essayait de trouver des formules rassurantes. Inutile de cacher à Clarissa qu'ils allaient visiter une maison. Même si Witherstone's n'avait pas fait partie de leurs clients, elle aurait très vite appris la nouvelle. Ce n'était pas pour rien que dans l'immobilier elle comptait parmi les meilleurs consultants en relations publiques. Depuis des générations, sa famille dirigeait l'une des agences immobilières les plus en vue du pays, et elle-même savait, par son sens du contact, soutirer des confidences à des gens à peine conscients d'avoir quelque chose d'intéressant à raconter. Ginny la considérait par ailleurs comme une de ses meilleures amies, et ce serait pour elle un véritable déchirement que de renoncer à leur complicité professionnelle et à leurs fous rires.

Cependant, impossible de passer le reste de son existence à partager des fous rires dans un bureau. Pour Clarissa, c'était facile : avec un père et un mari aussi riches qu'attentionnés, son avenir était tout tracé. Il incluait, de son propre aveu, un bébé à trente-deux ans, un autre à trente-quatre et une aventure extraconjugale à trente-six.

« Pour me prouver que je peux encore séduire. Et pour me maintenir en forme », avait-elle expliqué à Ginny de sa voix de femme-enfant.

L'année précédente, elles avaient fêté ensemble leur trentième anniversaire, à l'occasion duquel Clarissa avait confié à son amie qu'elle envisageait sérieusement d'attendre trente-trois ans avant d'avoir son premier bébé. Trente-quatre, même.

« Ce qui repousse mon aventure à trente-huit ans. Mais ce n'est pas gênant, dis ? » avait-elle demandé, passablement ivre, en s'accrochant à l'épaule de Ginny.

L'avenir de cette dernière n'était assuré que dans le cadre étroit de sa carrière. Sa vie avec un acteur lui avait appris que la stabilité sociale ne condamnait pas nécessairement à l'ennui : ce n'était pas seulement un boulet auquel les gens besogneux du monde entier choisissaient de s'enchaîner, mais aussi une garantie, un revenu, voire une forme de libération.

Durant les deux années avant leur mariage, Piers avait presque toujours eu du travail. Après plusieurs pièces à petit budget saluées par la critique, il avait connu un succès inattendu avec *Coppers*, une série policière télévisée où il jouait le rôle de Sebastian, nouvelle recrue d'origine bourgeoise qui s'adaptait difficilement à la vie dans un commissariat. Grâce à ce feuilleton très populaire, Piers était pratiquement devenu une célébrité au moment de son mariage avec Ginny.

Mais Sebastian, trop éprouvé par l'apprentissage du métier de policier, avait fini par se suicider. Ce dénouement prévu depuis le début n'avait surpris personne – même si Ginny regrettait encore qu'on n'ait pas gardé le personnage. Après son départ de la série,

Piers avait eu une période de flottement. Comme l'avait expliqué Malcolm, son agent, il était trop connu pour accepter des petits rôles… et pas assez pour être sollicité par les producteurs. Peut-être ferait-il mieux de se consacrer au théâtre pendant quelque temps.

Facile à dire, songeait Ginny en tournant dans la rue où se trouvait son bureau. Malheureusement, la petite troupe à laquelle appartenait Piers avait fait faillite pendant qu'il incarnait Sebastian. Il ne semblait y avoir de travail nulle part. Il ne décrochait que des rôles mal payés, quand il n'était pas rémunéré au pourcentage. Et, durant les six derniers mois, rien ne s'était présenté.

Ginny, qui se moquait bien de faire fortune, considérait qu'elle avait des goûts plutôt modestes. Elle ne rêvait pas d'un immense appartement à Knightsbridge, comme celui de Clarissa, d'une voiture de sport ou d'une existence dorée. En revanche, elle voulait une maison avec jardin. Et être femme au foyer pendant quelques années, avoir des enfants, les élever, sans devoir pour autant rogner sur les vêtements, la nourriture et les sorties. Les autres ont l'air d'y arriver, non ? se dit-elle en gravissant les marches de l'entrée de l'immeuble. Ils ont des maisons gigantesques, des quantités d'enfants et ils partent même en vacances chaque année.

Oui, mais les autres n'ont pas épousé un acteur, lui souffla une petite voix à l'oreille.

À onze heures, après avoir pris un bain, mis un jean et un T-shirt, Piers regardait une émission du matin à la télévision. Il était absorbé par un débat sur le problème des pitbulls et autres molosses lorsqu'il entendit le courrier atterrir sur le sol de l'entrée. Chaque fois son cœur faisait un bond, même si toutes les propositions arrivaient désormais par téléphone ou par télécopie.

Il alla sans hâte jusqu'à la porte et, ne découvrant rien d'intéressant, tourna son attention vers le numéro hebdomadaire de *The Stage*, sa revue professionnelle. Inutile de se faire des illusions en espérant y trouver une offre qui lui convienne. Comme toujours, les rôles les plus intéressants devaient déjà être attribués, grâce à la mafia des agents dont le sien, Malcolm, ne semblait pas faire partie. L'idée qu'il devrait changer d'agent lui traversa une nouvelle fois l'esprit, aussitôt remplacée par un vague sentiment de loyauté. Après tout, c'était Malcolm qui lui avait déniché son rôle dans *Coppers*. Mais, depuis, tellement de temps avait passé. Quelqu'un comme lui n'aurait jamais dû être obligé d'éplucher les offres d'emploi dans les dernières pages de *The Stage*.

Afin de se prouver que ce n'était pas son unique raison de lire la revue, il revint au début et se plongea dans le compte rendu interminable d'une querelle syndicale. Même quand le téléphone sonna, il leva les yeux d'un air agacé et reprit sa lecture, avant de finir par aller décrocher, sans lâcher son journal.

— Tu as vu la même chose que moi, mon trésor ?

Piers reconnut la voix inimitable de Duncan McNeil, le seul ami du cours d'art dramatique qu'il voyait toujours. De petite taille, cabotin et émotif, Duncan vivait à deux pas de chez eux, comme du temps où ils habitaient Islington, et avant cela Wandsworth.

« Je n'y peux rien, c'est dans l'air du temps. Quelque chose me dit que le moment est venu pour moi de m'installer à Fulham. C'est un quartier très bien fréquenté », s'était-il défendu lorsqu'ils avaient découvert que, pour la troisième fois, il s'apprêtait à les suivre.

À présent, il parlait d'une voix encore plus aiguë et nerveuse que d'habitude.

— De quoi s'agit-il ? demanda Piers, le plus calmement du monde.

— Des offres d'emploi de *The Stage*. Tu as reçu le dernier numéro, je suppose ?

— Oui. Et alors ?

Son cœur se mit à battre plus vite.

— Il y a quelque chose d'intéressant ? ajouta-t-il d'un ton détaché.

— Si tu es aveugle à ce point, je vais venir te montrer moi-même. À tout de suite.

Ducan raccrocha, et Piers retourna fébrilement à la fin de la revue. Il parcourut chaque page d'annonces, puis recommença. Pas l'ombre d'un rôle pouvant lui convenir. Maudit Duncan ! Encore une de ses blagues stupides…

Au premier coup de sonnette, il alla ouvrir, pris d'une lassitude soudaine.

— Qu'est-ce que c'est que cette histoire ? lança-t-il avec sévérité dès que la tête ronde de Duncan apparut à la porte.

— Là, idiot !

Duncan saisit la revue et désigna un grand encadré au milieu de la page. « Rôles à pourvoir dans une comédie musicale du West End. Audition ouverte à tous lundi et mardi prochains. »

— Sans doute, mais as-tu lu ceci ? « Longue pratique de la danse nécessaire. Apporter chaussons et partitions. »

Duncan haussa les épaules.

— Si tu commences à croire tout ce qu'ils racontent… Moi, je pense y aller. Je n'ai jamais essayé la comédie musicale, j'ai peut-être un talent caché.

Piers jeta un regard appuyé à la silhouette enveloppée de son ami.

— Et moi qui te prenais au sérieux !

— Mais je suis sérieux ! Enfin… presque. De toute façon, beaucoup d'acteurs de comédie musicale ne savent pas danser. On pourrait toujours essayer d'esquisser quelques pas ensemble… Bon, d'accord, j'arrête, déclara-t-il devant l'exaspération croissante de Piers. C'était pour rire. Je fais du café ?

— Il n'y a plus de lait.

— Je t'en offre un, alors ?

Le café italien où ils allaient toujours commençait à se remplir de jeunes mères et de couples du troisième âge venus faire leurs courses.

— Vite ! souffla Duncan. Prends la table près de la fenêtre avant cette vieille bique.

Peu après, porteur de deux tasses d'espresso crémeux, il rejoignit Piers. Après avoir posé délicatement son blouson de cuir et son écharpe sur les deux chaises vides, il s'assit, but une gorgée, puis releva la tête, la lèvre supérieure recouverte d'une fine moustache blanche.

— Alors, quoi de neuf ? demanda-t-il.

— Nous nous installons à Silchester.

À cause de son agacement envers Duncan, les mots étaient sortis plus vite qu'il ne l'aurait voulu. Ginny et lui s'étaient abstenus de parler de leurs projets à Duncan : celui-ci risquait de mal le prendre et de chercher à les dissuader alors que rien n'était encore sûr. Ils ne partiraient sans doute pas. Piers, en particulier, n'arrivait pas à se décider. Parfois, il pensait que c'était de la folie de vouloir quitter la capitale, centre de la vie artistique. À d'autres moments, il rêvait d'une existence provinciale puisqu'en fait ils allaient très rarement au théâtre à Londres.

— Quoi ?

La voix de Duncan tremblait légèrement, il regarda Piers avec stupéfaction. Celui-ci se rappela aussitôt que son ami avait toujours très bien su jouer les innocents trahis.

— Rien n'est encore fait ; nous allons visiter une maison là-bas la semaine prochaine.

— Je vois…

Duncan considéra son café d'un air attristé. Piers tourna nerveusement sa cuiller dans sa tasse. Soudain, Duncan leva les yeux, son visage s'éclaira.

— Tu as bien dit Silchester ? Ça alors ! Pas plus tard qu'hier, je me faisais la réflexion que, si jamais je quittais Londres, ce serait pour aller vivre à Silchester. Étrange, non ?

— Duncan…

— Je n'ai jamais cru aux coïncidences, mais là, c'est vraiment incroyable, tu ne trouves pas ?

— Ça, on peut le dire, soupira Piers.

Il préférait capituler. Il serait toujours temps d'affronter Duncan le moment venu. S'il venait un jour. Il se leva et alla chercher deux autres cafés, ainsi que deux croissants aux amandes. À son retour, Duncan avait manifestement quelques potins à partager.

— Tu as sûrement entendu parler d'Ian Everitt, commença-t-il avant que Piers ait eu le temps de s'asseoir.

— Et alors ?

La jalousie maladive de Piers dès qu'il était question de leur ancien camarade du cours d'art dramatique avait fait place, au fil des ans, à un pincement de dépit à peine perceptible. Il pouvait même le regarder jouer trois fois par semaine dans *Summer Street* sans avoir l'estomac noué par l'envie et le regret à cause des occasions manquées.

Les deux hommes avaient un physique de beau ténébreux. À l'époque où Piers avait commencé à jouer dans *Coppers*, Ian Everitt avait accepté un petit rôle de courte durée dans un nouveau soap opera intitulé *Summer Street*. Mais, alors que le rôle de Piers avait très vite atteint son apogée avant de disparaître, celui d'Ian s'était progressivement étoffé jusqu'à devenir permanent. *Summer Street* était désormais le feuilleton télévisé le plus populaire du pays, et Ian connaissait la gloire que Piers avait ratée de si peu. Le pire étant que ce dernier, à qui l'on avait d'abord proposé le rôle d'Ian, l'avait refusé pour jouer dans *Coppers*...

— Hollywood l'appelle, annonça Duncan.

— Quoi, pour un film ?

— Apparemment. Il paraît que c'est le nouveau Hugh Grant.

Piers eut un ricanement.

— Bien sûr. Où avais-je la tête ?

Duncan haussa les épaules.

— Il quitte *Summer Street* au printemps.

— Que vont-ils faire ? Tuer son personnage ?

Occupé à mastiquer un bout de croissant et à promener délicatement sa cuiller sur le bord de sa tasse, Duncan ne répondit pas tout de suite.

— Il semblerait qu'on lui cherche un remplaçant, finit-il par dire, l'œil dans le vague.

Piers lui lança un regard incrédule.

— Mince alors. C'est sérieux ?

— C'est ce qu'on raconte. Au Duke's Head, en tout cas.

— Bon sang ! Comment s'en assurer ?

Un court silence s'ensuivit, durant lequel Piers contempla distraitement l'intérieur du café. Lorsqu'il posa de nouveau les yeux sur Duncan, celui-ci avait une expression amusée.

— Qu'est-ce qu'il y a de si drôle ?

— Je viens de me rappeler quelque chose. Je savais bien que j'avais raison de lire ce nouveau magazine sur les résidences secondaires et le jardinage. À ton avis, où se trouve la ravissante maison de campagne de style géorgien d'Ian Everitt ?

— Comment veux-tu que je le sache ?

D'abord irrité, Piers fixa soudain Duncan avec intérêt.

— Non, impossible. Pas à…

Duncan lui adressa un sourire triomphant.

— Bien sûr que si. C'est dans l'air du temps. Silchester est une ville très bien fréquentée.

5

Après plus d'un mois à la tête du cours privé, Liz n'arrivait pas à se faire une opinion sur sa nouvelle vie. Elle passait en permanence d'un extrême à l'autre, tour à tour grisée par son pouvoir tout neuf, son énergie débordante, sa maîtrise des événements, et accablée par la certitude de s'être lancée dans une entreprise trop ambitieuse, qui finirait par les dépasser et les conduire à la ruine. Dans ses bons jours, elle parcourait le bâtiment avec l'œil satisfait du propriétaire, prenait d'une voix claire et assurée toutes les décisions nécessaires et s'émerveillait de voir l'établissement tourner tout seul, ou presque, se demandant même s'ils ne devraient pas s'agrandir. Dans ses mauvais jours, en revanche, elle devait se forcer à sortir de l'appartement pour assumer son rôle de directrice ; elle rêvait de redevenir simple enseignante, avec des attributions bien définies et aucune responsabilité en dehors de sa classe.

Jonathan, pour sa part, ne se laissait pas démonter. Il s'était engagé dans cette aventure sans illusions, pour le meilleur et pour le pire, et prenait chaque jour comme il venait : il ne connaissait ni les moments d'exaltation de son épouse, ni ses accès de désespoir. Ce soir-là, après une réunion particulièrement réussie avec les professeurs de langues vivantes, Liz était d'humeur joyeuse. Ses yeux brillaient, ses joues roses reflétaient sa satisfaction. Elle épluchait des carottes pour le dîner, et, alors qu'elle posait une troisième fois son couteau afin d'expliquer, avec force gestes, ses projets de voyage scolaire en Italie, Jonathan prit le relais sans rien dire.

Il remplissait une casserole d'eau quand le téléphone sonna. Forte de sa confiance retrouvée, Liz décrocha sans hésiter.

— Oui ?

— Madame Chambers ?

Cette voix masculine ne lui était pas inconnue.

— Elle-même.

Était-ce un professeur ? Un élève ?

— Marcus Witherstone, à l'appareil. De l'agence Witherstone's.

Le cœur de Liz fit un bond.

— Oh, bonsoir, répondit-elle, soudain plus chaleureuse.

Jonathan leva les sourcils d'un air interrogateur, mais, pour une raison obscure qu'elle éluciderait plus tard, Liz détourna les yeux. Elle rejeta ses cheveux en arrière et adressa un petit sourire au panneau en liège en face d'elle.

— Je vous ai trouvé des locataires ! Ginny et Piers Prentice. Le couple dont je vous avais parlé.

Marcus Witherstone semblait très content de lui.

— Comme c'est gentil à vous !

Liz ne put s'empêcher de décocher un coup d'œil triomphant à Jonathan qui lui tournait le dos.

— Quelle bonne nouvelle ! Quand emménagent-ils ?

Jonathan pivota sur lui-même sans pouvoir cacher sa surprise, mais, avant qu'il ait pu croiser le regard de Liz, celle-ci s'était déjà retournée.

— Plus tôt que prévu, déclara Marcus. Apparemment, ils peuvent quitter leur appartement londonien dans une quinzaine de jours. Et Ginny sera demain à Silchester. Elle se demandait s'il serait possible que l'on se rencontre pour signer le contrat et parler du mobilier. Nous avons pensé que la meilleure solution serait de se retrouver après le déjeuner au 12, Russell Street.

Liz sentit sa gorge se serrer. Elle avait cours tout l'après-midi.

— Excellente idée, s'entendit-elle pourtant répondre. Disons trois heures. À demain.

Sans se soucier de Jonathan, elle composa aussitôt le numéro de Beryl, un professeur proche de la retraite qui travaillait seulement le matin.

— Beryl ? Ici Liz Chambers. Dites-moi, pourriez-vous assurer deux heures de cours à ma place, demain après-midi ? À partir de trois heures. Une obligation imprévue. Oui, je vous donnerai tous les détails à midi. Vraiment ? Oh, Beryl, c'est formidable. Oui, bien sûr, au tarif habituel. Absolument. Au revoir !

Les yeux brillants et les joues en feu, Liz raccrocha et se tourna vers Jonathan.

— Nous avons des locataires pour la maison.

— J'avais compris. Enfin une bonne nouvelle !

Il alla jusqu'à la porte.

— Alice ! Viens mettre la table !

— C'est tout ce que tu trouves à dire ? Après m'avoir demandé pendant des jours où étaient ces fameux locataires ? lança Liz, vaguement honteuse de sa hargne subite.

Jonathan se força à sourire.

— Bien sûr que non. Je regrette de m'être conduit comme saint Thomas. J'ai eu tort. Excuse-moi.

Il passa devant elle pour attraper le ketchup sur l'étagère, et elle dut se retenir pour ne pas le gifler. Exaspérée par son front pensif, ses épaules tombantes, ses mains osseuses, elle eut du mal à canaliser l'agressivité qui montait en elle.

La porte de la cuisine s'ouvrit, et Alice entra en traînant les pieds.

— Salut, marmonna-t-elle.

— Sors les fourchettes et les couteaux, Alice, lui ordonna Jonathan.

Il jeta un coup d'œil à l'intérieur du four.

— Qui veut deux parts de poisson ?

Seul un silence pesant lui répondit. Alice s'installa sur un des tabourets chromés et examina ses ongles. Liz quitta des yeux les épaules de son mari, qui paraissaient encore plus étroites dans son pull en laine, et adressa un sourire maternel à sa fille.

— Bonsoir, ma chérie. Comment s'est passée ta journée ?

Alice fit semblant de n'avoir pas entendu. Elle ne supportait pas que ses parents lui posent des questions. Surtout aussi idiotes que celle-ci. Que raconter ? Elle n'avait rien d'intéressant à dire sur le lycée, sauf des choses qu'ils ne comprendraient pas. Elle fixa le sol, grinçant machinalement des dents, reculant le plus possible le moment où elle devrait capituler, lever la tête et répondre.

— Alice ?

Liz ébouriffa la frange brune et soyeuse de sa fille, qui s'efforça de rester impassible.

— Nous avons reçu de bonnes nouvelles, poursuivit-elle gaiement. L'agence a trouvé des locataires pour la maison.

— Très bien.

Alice avait la sensation qu'on lui arrachait les mots. Elle se détourna légèrement, de manière à éviter le regard de sa mère. Parfois, elle se demandait comment elle réussissait à vivre sous le même toit que ses parents.

— Je dois les rencontrer demain… Les locataires, précisa Liz d'une voix trop aiguë.

— Vers quinze heures, je crois ? demanda Jonathan, apportant une carafe d'eau. Demain, je n'ai pas cours de l'après-midi. J'aurais pu y aller à ta place. Alice, où sont les fourchettes et les couteaux ?

— Vraiment ? dit Liz d'un ton détaché, tandis qu'Alice descendait à regret de son tabouret. Tant pis, tout est arrangé maintenant.

Le lendemain après-midi, Liz se surprit par deux fois à tenir des propos incohérents devant ses élèves. À la fin du cours, elle remonta aussitôt à l'appartement et jeta ses livres sur le lit de sa sinistre chambre. Près de la fenêtre, elle se regarda dans un miroir. Avec une touche de maquillage, elle serait plus séduisante. Mais elle risquait aussi de donner l'impression d'en avoir trop fait. Elle vit défiler, comme lors d'une présentation de mode, des images de femmes impeccables qui n'hésitent pas à se maquiller chaque jour avec soin. Malheureusement, elle avait trop attendu pour rejoindre leurs rangs. Par ailleurs, il était déjà trois heures moins dix. Prise de panique, elle considéra quelques secondes son reflet dans le miroir. Au moins avait-elle des couleurs. Elle avait même pensé à mettre ses lentilles. Et un brossage rapide avant de quitter la voiture suffirait à rendre sa coiffure tout à fait présentable.

L'agent immobilier était déjà adossé à la grille du numéro 12 lorsqu'elle tourna dans Russell Street. Il la reconnut et son visage s'éclaira. Liz lui rendit son sourire, espérant qu'il ne verrait pas la brosse à cheveux posée sur le siège avant. Après une série de manœuvres familières, elle se gara sans difficulté devant la maison, parallèlement au mur de brique bordant le jardin. D'instinct, elle ouvrit la portière avec précaution, pour l'empêcher de heurter la bordure du trottoir. Rien n'a changé, se dit-elle en descendant de voiture. Elle avait l'impression de ne pas avoir quitté le quartier. Seule nouveauté : la présence devant elle d'une Mercedes cossue aux chromes étincelants. Et, juste à côté, Marcus Witherstone. Une bouteille de champagne à la main.

— Bonjour, monsieur Witherstone.

En fermant la portière, Liz jeta un coup d'œil à son reflet dans la vitre pour tenter de se rassurer sur son apparence.

— Je vous en prie, appelez-moi Marcus.

Troublée par son regard charmeur, Liz eut un sourire crispé.

— Alors, appelez-moi Liz.

Elle se força à lâcher la poignée de la portière, puis à marcher vers lui d'un pas naturel. Une vision de Marcus et elle côte à côte lui traversa l'esprit et, pour la première fois de sa vie, elle s'inquiéta de ce que penseraient les voisins s'ils la voyaient. Difficile de ne pas la remarquer. Dans la rue déserte, sa voix lui semblait stridente. Elle se plongea ostensiblement dans la contemplation de la maison.

— Eh bien voilà, soupira-t-elle.

— Je vous comprends. Ce ne doit pas être évident de louer une maison où l'on a vécu en famille.

— En effet. Mais c'est plus facile que de la vendre…

Elle s'interrompit et rougit, se rappelant soudain son éclat face au malheureux Nigel.

— … je veux dire que nous devions absolument trouver une solution. À tout prendre, je préfère celle-ci… C'est très gentil à vous de vous être occupé de tout.

— Aucun mérite. Ça fait partie du service.

Marcus brandit sa bouteille de champagne avec bonne humeur.

— Tout de même… Dénicher des locataires aussi vite !

— Un jeu d'enfant.

Il lui souriait, parfaitement détendu, et elle le regarda avec admiration. Si seulement il pouvait continuer à parler et lui insuffler un peu de son aisance, de son insouciance. Il tenait cette bouteille de champagne avec une désinvolture impressionnante : sûrement le genre d'homme à la déboucher d'un geste précis, sans en renverser une goutte.

En voyant ce qui retenait l'attention de Liz, Marcus revint brusquement à la réalité.

— Qu'est-ce qui me prend de garder cette bouteille ? Elle est pour vous !

Stupéfaite, Liz referma les doigts sur le goulot glacé.

— Chez Witherstone's, on a une nouvelle coutume, expliqua Marcus. À chaque vente, on offre le champagne.

— Mais…

— Puisque nous avons été incapables de vous trouver un acheteur, nous vous devons bien ça.

— Diantre !

À présent, Liz était encore plus certaine de se faire remarquer. Russell Street n'était pas une rue où les bouteilles de champagne passaient inaperçues. Pas plus que les inconnus dans une voiture de luxe. Ne sois pas ridicule, se dit-elle. Ce n'est pas un inconnu mais un agent immobilier. Elle observa Marcus à la dérobée. Dans sa veste de tweed et ses chaussures bien cirées, il n'avait pas grand-chose de commun avec l'agent immobilier moyen. De nouveau adossé à la grille, il plissait les yeux à cause du vent. Ses larges épaules cachaient entièrement à Liz la porte d'entrée. Il s'appuyait d'une main sur le mur de brique. Elle osait à peine lever la tête vers lui.

Après quelques minutes de silence, elle éprouva une certaine gêne. Et chercha désespérément un sujet de conversation.

— Cette voiture a beaucoup de classe.

À peine eut-elle ouvert la bouche qu'elle s'en voulut. *Quelle remarque banale et sans intérêt !* Pourtant, Marcus se tourna vers la Mercedes, l'air agréablement surpris, comme s'il la voyait sous un jour nouveau.

— Un beau modèle, n'est-ce pas ? Je crois vraiment que je le préfère à celui qui vient de sortir.

Il lui lança un regard interrogateur. Mais Liz ne se sentait pas de taille à comparer les différents modèles de Mercedes. Elle changea de main la bouteille qui lui glaçait les doigts, se demandant de quoi elle allait bien pouvoir parler.

— Où est donc passée Ginny ?

Marcus jeta un coup d'œil à sa montre avec un sourire désolé.

— Navré de vous faire perdre votre temps. Si vous préférez partir et remettre cette entrevue à plus tard, je suis sûr que Ginny comprendra.

— Oh non !... Maintenant que je suis là, autant attendre, s'empressa de répondre Liz.

Elle regarda sa montre.

— Après tout, il n'est que le quart.

Elle posa la bouteille de champagne sur le trottoir et frotta l'une contre l'autre ses paumes engourdies par le froid. Malgré le soleil radieux, la température baissait de plus en plus, et un vent glacial s'était levé.

— Si vous le souhaitez, ajouta-t-elle lentement, nous pouvons toujours attendre à l'intérieur de la maison.

— Évidemment ! Où avais-je la tête ?

Marcus prit soudain dans les siennes les mains glacées de Liz.

— Mais vous êtes gelée ! Je suis confus de vous avoir obligée à rester dans ce froid. Bien sûr que nous serions mieux à l'intérieur !

Il poussa la grille et précéda Liz dans l'allée. Celle-ci chercha au fond de sa poche la clef de la porte d'entrée. Elle en caressa machinalement les angles familiers, puis l'introduisit dans la serrure, la soulevant avant de la tourner d'un geste devenu instinctif. La porte s'ouvrit avec le grincement familier qu'elle ne remarquait plus depuis des années. L'odeur pénétrante du parquet monta jusqu'à eux et, à sa grande honte, Liz ne put retenir ses larmes.

À quatre heures, Alice entra sans bruit dans la cuisine, ouvrit le réfrigérateur et prit un yaourt. En voulant attraper une cuiller dans le tiroir, elle fit sursauter Jonathan, qui se faisait une tasse de thé.

— Alice ! Juste à l'heure pour le thé.

— Je déteste le thé.

L'adolescente s'attarda quelques instants à la porte, incapable de décider si elle devait s'abaisser à rester avec son père dans la cuisine plutôt que de manger son yaourt seule dans sa chambre. Elle le regarda verser avec soin un peu de lait dans son thé, remettre la bouteille au réfrigérateur, essuyer le plan de travail. Ses deux parents passaient leur temps à astiquer cette cuisine, à balayer les miettes, à aligner les tasses à thé. Comme s'ils pouvaient la rendre plus jolie en la maintenant en ordre. Dans la cuisine de la maison de Russell Street, il régnait toujours un joyeux désordre, jusqu'au moment où quelqu'un – Jonathan, en général – prenait les choses en main. Et même une fois rangée, la pièce était remplie de tout un bric-à-brac : des plantes, des livres, le panier d'Oscar, ses jouets éparpillés sur le sol. Dans leur nouvelle cuisine, il n'y avait de place que pour une seule plante, qui semblait déjà bien mal en point.

Jonathan se tourna vers sa fille et lui sourit.

— Tu rentres tôt, aujourd'hui.

Alice préféra prendre cette remarque comme un reproche.

— Pas du tout.

— On ne te voit pas souvent à quatre heures de l'après-midi.

Elle leva les yeux au ciel et poussa un profond soupir.

— J'avais une heure de cours libérée. On a le droit de rentrer chez nous. Je peux te montrer mon emploi du temps, si tu ne me crois pas.

— Mais si, je te crois.

Jonathan emporta sa tasse de thé dans la salle de séjour, et Alice le suivit de loin, en traînant les pieds.

— Une heure de cours libérée..., répéta-t-il, songeur, en s'asseyant sur le canapé à côté d'un paquet de copies. Pourquoi parler d'heure de cours, si c'est du temps libre ?

— Parce qu'elle fait partie de l'emploi du temps, marmonna Alice, desserrant à peine les dents. Ce n'est pas un cours où on apprend quelque chose.

— Je vois. J'espère tout de même qu'il y a des cours où tu apprends quelque chose, dit-il, amusé.

— Évidemment.

Elle le foudroya du regard. Il la traitait parfois comme si elle était encore à l'école primaire.

— À propos, ça marche, en grec ?

En mangeant son yaourt, elle pensa à ses cours de grec, à ces symboles étranges, ces incantations rythmées. *Alpha, bêta, gamma, delta*. Elle se passionnait déjà pour cette matière qu'elle étudiait seulement depuis le début du trimestre. Son professeur lui avait mis un « Très Bien » à son premier devoir et avait déclaré devant toute la classe :

« Tu salueras ton père de ma part, Alice, et tu lui diras que je suis très content de toi. »

À l'idée de transmettre un tel message, elle se sentait horriblement gênée. Elle haussa les épaules et détourna le regard.

— Pas mal, dit-elle en grattant bruyamment le fond de son pot de yaourt.

Lorsqu'elle eut fini, elle s'affala sur le canapé et s'empara de la télécommande.

— Tu n'oublieras pas de jeter ton pot vide, n'est-ce pas ? demanda Jonathan.

— Mais non, répondit-elle, agacée.

Pourquoi fallait-il qu'il pose la question ? Pourquoi n'attendait-il pas de voir si elle allait le jeter d'elle-même ? Elle alluma le téléviseur, et une voix enjouée précéda de peu l'apparition d'un homme blond, en train de se débattre avec une marionnette en peluche.

— Il est maintenant quatre heures et quart, l'heure de *Nina's Gang*, annonça-t-il, haletant, à la caméra.

Des dessins psychédéliques envahirent l'écran, accompagnés d'un indicatif assourdissant à la guitare. Jonathan se leva avec une grimace.

— À l'heure qu'il est, ta mère doit prendre le chemin du retour. Je vais refaire du thé, dit-il, se penchant pour ramasser le pot de yaourt.

Liz n'avait pas du tout pris le chemin du retour. Elle était assise par terre dans son ancienne chambre, adossée au mur entre la bouteille de champagne – à moitié vide, désormais – et Marcus.

C'était elle qui avait insisté pour ouvrir la bouteille. Bien qu'elle ait vite séché ses larmes, elle était encore sous le coup de l'émotion quand elle avait fait visiter la maison à Marcus, expliquant d'une voix mal assurée qu'ils avaient laissé leur table en pin faute de place dans l'appartement de fonction et que la chatière avait été installée pour Oscar, leur chat tigré qu'ils avaient dû donner à des amis avant le déménagement.

« Ici, c'est notre chambre », avait-elle déclaré, poussant la porte d'une pièce lumineuse dont la fenêtre donnait sur le jardin de devant. Une zone de moquette plus sombre, de forme carrée, indiquait l'ancien emplacement du lit.

« Enfin, c'était notre chambre », devrais-je dire.

Elle clignait les yeux à cause des rayons de soleil qui traversaient l'atmosphère poussiéreuse, dessinant des flaques roses sur la moquette rouge.

« Nous avons emporté notre lit, s'était-elle cru obligée d'ajouter. Il y en avait déjà un dans l'appartement, mais nous ne voulions pas nous en séparer.

— C'est normal. Pour moi, le lit conjugal est sacré. »

C'étaient pratiquement les premières paroles de Marcus depuis son entrée dans la maison, et, tandis qu'elles restaient en suspens dans la pièce vide et silencieuse, il avait soudain éprouvé un sentiment d'irréalité. Cette rencontre ne prenait pas la tournure prévue.

Il y avait d'abord eu cette crise de larmes à la porte. Ensuite, Liz s'était ressaisie et semblait décidée à ne lui épargner aucun détail sur la maison. Il l'avait patiemment suivie de pièce en pièce, écoutant ses explications décousues et sans grand intérêt, à partir desquelles il avait tenté de se faire une idée de leur vie de famille. Désormais, à ce qu'il avait compris, ils étaient entassés dans un minuscule logement au dernier étage du cours privé. Pas étonnant que la malheureuse cède à l'émotion !

« Au fond, pourquoi avez-vous déménagé ? » avait-il demandé à brûle-pourpoint.

Liz s'était soudain animée.

« Nous n'avions pas le choix. Une occasion à ne pas manquer. Cet établissement a un potentiel immense, et nous tenons une chance de lui faire prendre un nouveau départ. Nous allons développer l'enseignement des langues vivantes, organiser des cours d'été, réaménager progressivement les locaux pour leur donner un coup de jeune… »

Elle s'était passé la main dans les cheveux d'un geste décidé et avait embrassé la pièce du regard.

« Bien sûr que cette maison me manque, avait-elle dit en détachant chaque mot. C'est humain. Mais il faut penser à l'avenir. Les choses finiront par s'arranger, nous ne passerons pas toute notre vie dans ce petit appartement.

— Vous n'avez pas choisi la facilité. »

Liz s'était brusquement tournée vers lui, les yeux étincelants.

« Bien sûr que non. C'est même diablement difficile. Je me demande parfois pourquoi nous avons renoncé à notre petite vie confortable. Mais il n'y a pas que le confort dans l'existence, n'est-ce pas ?

— Vous avez sans doute raison. »

Il n'avait pu s'empêcher d'admirer l'ardeur qui illuminait ses traits. Elle s'était assise dans une flaque de soleil sur la moquette, s'étirant comme un chat.

« J'ai toujours adoré cette chambre », avait-elle déclaré, les yeux mi-clos.

Gêné, Marcus s'était éclairci la voix, puis était allé à la fenêtre.

« Aucune trace de Ginny. Je devrais peut-être appeler l'agence ?

— Et si nous ouvrions cette bouteille de champagne, en attendant ? » avait demandé Liz, les paupières toujours baissées.

Marcus avait froncé les sourcils.

« Vous ne préférez pas la garder pour la partager avec votre mari et… – comment se prénommait leur fille, déjà ? – … et Alice ? »

Liz avait ouvert les yeux.

« Franchement, ce que je préférerais, c'est la boire maintenant. »

Joignant le geste à la parole, elle la lui avait tendue. Après une courte hésitation, Marcus avait fait taire ses scrupules et entrepris de retirer l'armature métallique du bouchon. Ce n'était qu'une bouteille, après tout. À Liz de décider ce qu'elle voulait en faire. Après cette crise de larmes, mieux valait ne pas la contrarier.

Ainsi s'étaient-ils retrouvés assis côte à côte contre le mur, buvant chacun leur tour une gorgée de champagne. De temps à autre, Marcus se levait pour vérifier si Ginny n'arrivait pas, mais il finit par capituler. Elle avait dû se tromper de jour, ou d'adresse, à moins qu'elle n'ait eu un empêchement de dernière minute. De toute manière, elle ne viendrait sans doute plus. Le bon sens leur dictait de rentrer chez eux.

Pourtant, Marcus n'avait aucune envie de rentrer chez lui. Il commençait à apprécier le calme de la pièce, la chaleur du soleil sur son visage et la fraîcheur pétillante du champagne dans sa bouche. Devant l'insistance de Liz, il avait accepté de partager la bouteille avec elle, même s'il était certain d'avoir bu deux fois moins qu'elle. Assez, en tout cas, pour qu'une agréable sensation de bien-être l'envahisse. Et Liz aussi, à en juger par sa tête renversée, ses paupières closes et la touche rose vif sur ses pommettes.

Alors qu'il promenait son regard à travers la pièce, Marcus s'attarda de nouveau sur la zone de moquette qui témoignait de la présence du lit conjugal. Là, Liz et son mari avaient dormi, ils s'étaient réveillés, disputés parfois. Et avaient fait l'amour. À quelques dizaines de centimètres de l'endroit où il était assis. Liz devait y mettre la même ardeur que dans ses propos. Ensuite, elle devait se reposer, tête renversée et pommettes roses, comme en ce moment. À cette pensée, ses sens se réveillèrent. Il lança un nouveau coup d'œil furtif au visage épanoui de la jeune femme.

Il s'était promis de rester fidèle à Anthea aussi longtemps qu'ils vivraient ensemble. De son point de vue, il avait tenu parole, plus ou moins. Il continuait bien à voir une ou deux fois par an, lors de retrouvailles aussi brèves qu'intenses, une de ses anciennes amies, mariée elle aussi. Et il avait commis l'erreur, quelques années auparavant, de devenir l'amant d'une secrétaire de l'agence. Leur liaison n'avait duré qu'une quinzaine de jours, mais elle lui avait compliqué la vie pendant des mois, jusqu'à ce qu'il trouve à la jeune femme, à sa demande, un emploi dans une prestigieuse agence immobilière new-yorkaise.

Dans l'ensemble, il considérait malgré tout ne pas avoir trahi sa promesse. Il n'avait jamais eu de véritable aventure. En toute honnêteté, l'occasion ne s'était jamais vraiment présentée. La plupart de ses relations féminines étaient des collègues, de vieilles connaissances, ou des amies d'Anthea. La clientèle de l'agence, plutôt distinguée, comptait surtout des hommes. Quant aux créatures impeccables qu'il lui arrivait de recevoir dans son bureau, elles lui paraissaient presque trop parfaites pour être séduisantes.

En revanche, cette femme aux pommettes colorées malgré l'absence de maquillage, aux yeux brillants et à l'enthousiasme contagieux, réveillait en lui un désir aussi violent qu'inattendu. Comme tiré par un fil invisible, il se pencha vers elle en silence. Elle ne semblait rien remarquer. Il se rapprocha encore, irrésistiblement, et regarda si ses paupières tressaillaient. Ses cils frémirent, mais elle n'ouvrit pas les yeux. Pourtant, elle devait bien sentir son souffle sur sa joue ! Et entendre un bruissement d'étoffe à chacun de ses mouvements ! Dormait-elle ?

Immobile, Liz priait intérieurement pour que Marcus vienne encore plus près. Le champagne l'avait plongée dans une douce béatitude, elle attendait de voir ce qui allait se passer. Rien ne sera vraiment de ma faute, se disait-elle, l'esprit embrumé, si je garde les yeux fermés en faisant semblant de ne me rendre compte de rien.

Consciente qu'il continuait à se rapprocher d'elle, que son visage n'était qu'à quelques centimètres, elle tourna imperceptiblement ses lèvres entrouvertes vers lui. Rien ne se produisit, et elle crut un instant s'être trompée sur les intentions de Marcus. Peut-être était-il retourné vérifier si Ginny arrivait ; peut-être même avait-il quitté la pièce.

C'est alors que des lèvres écrasèrent les siennes, qu'une main se posa sur sa joue, qu'une bouche inconnue, douce et tiède, s'ouvrit pour explorer la sienne, mettant son corps en émoi. Pendant quelques minutes exquises qui lui parurent des heures, Liz répondit spontanément à ce baiser, la tête vide et les sens en éveil.

Marcus se mit à la caresser, et elle frissonna de plaisir. Mais plus ces caresses se faisaient insistantes, plus le doute s'insinuait dans son esprit, la rappelant froidement à l'ordre.

— En fait..., murmura-t-elle, tandis qu'une main effleurait son sein droit.

Marcus s'arrêta net. Liz ouvrit les yeux et vit devant elle l'oreille gauche de son compagnon.

— Il y a un problème ? chuchota-t-il.

Elle sentit son souffle chaud et moite sur son cou. En proie à une appréhension subite, elle se libéra de son étreinte et s'adossa au mur, consciente de garder une trace humide de plus en plus fraîche derrière l'oreille, sous ses cheveux en désordre.

— Non, pas du tout..., répondit-elle, réprimant une soudaine envie de rire.

Elle observa Marcus. Il paraissait haletant et vaguement inquiet.

— C'est juste que..., comment dire ?...

Elle eut un geste d'impuissance.

— Ça me fait tout drôle... J'ai presque honte...

— Il ne faut pas. Nous ne faisons de mal à personne. Vous n'avez pas à vous culpabiliser.

On aurait dit qu'il cherchait à se convaincre lui-même. Liz réfléchit quelques instants.

— Non, finalement, je ne me sens pas coupable. J'ai bien le droit de me faire plaisir.

— Dans ce cas...

Marcus se pencha de nouveau vers elle, et elle lui offrit ses lèvres gourmandes. Il glissa la main sous son pull, descendit la fermeture Éclair de sa jupe, commença à lui retirer son collant. Pantelante, Liz se redressa brusquement.

— Excusez-moi, je ne sais pas ce qui m'arrive, souffla-t-elle en secouant la tête avec agacement. Tout le monde a pourtant l'air de penser que c'est la chose la plus naturelle du monde. Vous savez,... *et soudain, nous nous sommes retrouvés en train de faire l'amour...*

Elle avala sa salive et passa la main dans ses cheveux.

— Moi, je ne pourrais jamais me « retrouver » en train de faire l'amour. Il faudrait d'abord que j'en aie décidé ainsi. Et puis...

Marcus la contempla avec un mélange d'impatience et de curiosité.

— C'est cette pièce qui vous gêne ?

Liz haussa les épaules.

— Peut-être… Mais surtout l'idée que vous découvriez à quoi je ressemble réellement là-dessous.

Elle tira nerveusement sur son pull.

— Je parie que vous êtes habitué à des femmes au corps parfait. Pas aussi flasques que moi, en tout cas.

— Cessez donc de dire des bêtises !

Il songea à la silhouette mince d'Anthea, à ses petits seins fermes, à sa peau douce et pâle, à ses épaules menues. Avec elle, il avait l'impression de faire l'amour à un objet d'art : une expérience esthétique autant que sexuelle.

— Je n'avais pas prévu de finir dans vos bras. J'ai dû mettre le plus moche de mes soutiens-gorge, expliqua Liz.

Marcus la dévisagea, fasciné. Il se retenait à grand-peine de la déshabiller sur-le-champ, de lui enlever ses dessous qui n'avaient sans doute rien de sexy. Il voulait emplir ses mains de ses seins lourds, caresser son ventre rond, se perdre en elle.

— Je me fiche complètement de ce que vous portez. J'ai trop envie de vous, déclara-t-il d'une voix rendue rauque par le désir.

Le cœur battant, Liz soutint son regard et se sentit fondre à la pensée des moments délicieux qui l'attendaient.

— Ohé ! Il y a quelqu'un ?

De l'extérieur de la maison, une voix féminine enjouée, suivie d'un coup de sonnette, vint rompre le silence. Marcus et Liz échangèrent un regard affolé.

— Bon sang ! C'est Ginny ! siffla Marcus, furieux.

Il se leva d'un bond et arrangea sa coiffure. Liz était au bord des larmes. Marcus alla se pencher à la fenêtre.

— Bonjour ! Nous attendions à l'intérieur.

— Je suis navrée, Marcus ! Mme Chambers est-elle encore là ? Je me demande comment j'ai pu prendre un tel retard.

— Aucun problème, répondit Marcus lentement, en s'éloignant de la fenêtre.

Mal remis de sa surprise, il fixa Liz.

— Nous ferions mieux d'aller lui ouvrir, dit-il.

Liz porta les mains à ses joues brûlantes.

— Mon Dieu ! Est-ce que je suis très rouge ?

— Non… Enfin, si. Un peu.

Il lui lança un sourire complice, qui la fit fondre de nouveau.

— Je ne peux pas entrer ! La porte est fermée ! s'impatienta Ginny.

— J'y vais, décréta Marcus. Descends dès que tu seras prête.

— Sûrement pas ! Ça paraîtra louche. Il vaut mieux descendre ensemble, affirma-t-elle en tirant sur sa jupe.

Quand Marcus ouvrit la porte, Ginny se précipita à l'intérieur, avec l'impatience d'un chiot qui attend sa promenade. Elle embrassa Marcus sur les deux joues et adressa un sourire contrit à Liz.

— Toutes mes excuses, madame Chambers. Vous devez être gelée, à force d'attendre !

— Pas du tout, répondit Liz d'un ton joyeux.

Elle se sentait débraillée à côté de cette jeune femme tirée à quatre épingles.

— Nous avons sablé le champagne pour passer le temps, ajouta-t-elle sans réfléchir.

Les yeux brillants, Ginny regarda successivement Liz, puis Marcus.

— Vraiment ? Il en reste ?

— Désolée, nous avons fini la bouteille, gloussa Liz. Marcus prit Ginny par le bras.

— À la signature d'un contrat, nous offrons toujours une bouteille de champagne à nos clients, précisa-t-il.

— Je le savais, mais je n'avais pas compris que c'était pour la boire aussitôt.

— D'habitude, non, répliqua-t-il.

Ginny contempla de nouveau Marcus, puis Liz.

— C'est bien ce qui me semblait, dit-elle, l'air amusé.

6

Le troisième samedi d'octobre, Ginny et Piers allèrent chercher les clefs du 12, Russell Street, puis surveillèrent l'arrivée du camion de déménagement. Il ne fallut pas plus de une heure pour décharger le futon, les kilims, les grands chandeliers en fer forgé, les cartons remplis de vêtements, de CD, de photos et de livres. Ensuite, quand tout fut empilé dans la salle de séjour, ils fermèrent la maison à clef et partirent passer une semaine au pays de Galles, où un petit rôle dans un mystérieux film d'aventures pour enfants attendait Piers.

Le samedi suivant, Alice n'avait toujours rien remarqué. Des grilles de son lycée à la porte du garage, elle prenait le plus court chemin et avançait sans regarder autour d'elle, au rythme saccadé de la musique de son baladeur. Il aurait fallu qu'elle aille jeter un coup d'œil à la fenêtre du séjour pour découvrir les piles de caisses et les tapis enroulés contre la cheminée. Par ailleurs, bien que ses parents lui aient annoncé la bonne nouvelle, elle n'avait pas vraiment réalisé que la maison était louée. Les discussions sur l'emménagement des locataires lui étaient passées au-dessus de la tête, comme les bulletins d'information que Jonathan et Liz écoutaient chaque matin au petit déjeuner, dans l'espoir de l'intéresser à l'actualité.

Le garage était devenu très accueillant. Dans une vente de charité, elle avait acheté quelques coussins qu'elle avait empilés dans un coin et elle avait fixé sur une étagère, à la manière d'une lampe, une torche électrique apportée de chez elle. À cause de l'absence de chauffage, il y faisait de plus en plus froid au fil des semaines ; pourtant, elle éprouvait un bonheur inattendu, et une certaine fierté, à s'y installer pour écouter de la musique, fumer, grignoter des confiseries ou essayer de lire un magazine.

Aussitôt la porte refermée, elle tirait une Marlboro du paquet rangé dans sa poche de veste, sortait son briquet de l'autre main et en faisait jaillir la minuscule flamme. Elle avait pris l'habitude d'allumer sa cigarette avant de s'asseoir. Comme par principe, ou par superstition.

Ses visites au garage faisaient désormais partie de son existence. Elle s'y rendait pratiquement chaque jour, entre la fin des cours et l'heure du dîner. Ses parents lui demandaient parfois d'où elle venait, mais sans conviction. La seule fois où elle s'était donné la peine d'inventer une excuse crédible, sa mère lui avait coupé la parole pour raconter une anecdote sans intérêt sur le cours privé.

Alice revint brutalement à la réalité. Au diable ce cours privé ! Elle le détestait encore plus que quand ils y avaient emménagé. Et, à présent, leur petit appartement minable n'était plus son unique sujet de mécontentement. La semaine précédente, en rentrant dîner, elle avait vu une élève de son lycée sortir du bâtiment. Après avoir échangé avec elle un sourire gêné et un salut timide, Alice, écarlate, s'était élancée dans l'escalier qui menait chez elle.

« Que faisait Camilla Worthing ici ? » avait-elle demandé à sa mère qui regardait la télévision d'un œil distrait sur le canapé du salon.

« Camilla Worthing ? Ah oui, elle suit des cours de rattrapage en mathématiques, en vue du brevet. Elle a dû sortir en retard. »

Un sentiment de panique s'était emparé de l'adolescente.

« Des cours de rattrapage ? Après la classe, tu veux dire ?

— Évidemment. Nous n'allons tout de même pas inciter les élèves à sécher leurs cours habituels. »

Alice n'écoutait plus.

« Il y a beaucoup d'élèves, à ces cours de rattrapage ?

— Pas encore. Il est un peu tôt. Mais ils vont venir. C'est du moins ce que nous espérons. Plusieurs se sont déjà inscrits pour le trimestre prochain.

— Il y en a de mon lycée ?

— Quelques-uns.

— Et l'année prochaine ?

— Quoi donc ?

— Vous continuerez à organiser des cours de rattrapage pour le brevet ?

— Bien sûr que oui. »

Liz avait changé de chaîne : l'indicatif de *Summer Street* avait retenti dans la pièce.

« Moi aussi, je passe le brevet l'année prochaine, avait gémi Alice. Il y aura sûrement des élèves de ma classe qui viendront ici. Je ne saurai pas où me mettre.

— Ne sois pas ridicule !

— Mais je les verrai entrer ! Ce sera épouvantable…

— Pour l'amour du ciel, Alice, vas-tu grandir un jour ? »

Ses parents répétaient toujours la même chose. Qu'elle devait grandir, mûrir. Dans la pénombre du garage, elle fit une grimace amère. Et ensuite, ils continuaient à la traiter comme une gamine. Cet après-midi encore, elle avait passé des heures avec son père dans les rues de Silchester, à glisser des tracts sous les portes. Comme si elle n'avait que ça à faire !

Son père militait activement à ECO, groupe écologique local dont Alice était l'une des plus jeunes adhérentes. Ce qui ne l'engageait pas à grand-chose, puisqu'elle refusait d'assister aux réunions hebdomadaires. Toutefois, il était convenu qu'elle devait aider son père à distribuer les tracts. D'ordinaire, elle appréciait plutôt ces tournées amicales et silencieuses dans les quartiers résidentiels de Silchester, où, sans en avoir l'air, elle s'arrangeait pour finir son côté de la rue avant lui. Et sa mère la récompensait toujours en achetant quelque chose de bon pour le goûter.

Aujourd'hui, elle éprouvait la désagréable impression d'être exploitée. Il ne fallait pas qu'ils comptent systématiquement sur elle pour ce genre de corvée. Ils auraient dû commencer par lui demander son avis, et la remercier après. Elle n'était pas leur esclave. C'est donc sans enthousiasme qu'elle avait suivi son père, donnant des coups de pieds rageurs dans les feuilles mortes avec ses Doc Martens, fourrant les tracts dans les boîtes aux lettres d'un geste impatient. Elle s'était délibérément abstenue d'en lire le contenu, affichant son désintérêt pour le sujet. Il s'agissait encore de l'horrible défilé de Noël, qui avait lieu chaque année.

S'ils espéraient qu'elle y participe de nouveau, ils se faisaient des illusions !

À la fin de la tournée, son père et elle s'étaient retrouvés à l'ouest de Silchester, chacun avec deux sacs plastique vides, une liste de rues soigneusement rayées, et une collection d'élastiques qui avaient servi à entourer les paquets de tracts.

« Bon travail, collègue, avait déclaré Jonathan, comme chaque fois. Allons prendre un chocolat chaud et un casse-croûte au quartier général. »

Alice avait eu un mouvement d'irritation.

« Euh, avait-elle dit sans réfléchir, j'ai quelque chose à aller chercher. Je te rejoins plus tard.

— Ah bon… »

Devant l'air interloqué de son père, elle avait été prise de remords. Après tout, était-ce un tel sacrifice de rentrer chez elle, où l'attendait comme d'habitude un goûter particulièrement copieux ? Elle s'était senti rougir, en proie à la même gêne qu'au lycée lorsqu'elle s'apprêtait à lever le doigt.

« À tout à l'heure, avait-elle marmonné en s'éloignant.

— D'accord. Merci de ton aide, ma chérie. »

Faisant semblant de ne pas avoir entendu, elle avait disparu avant qu'il ait pu demander ce qu'elle devait aller chercher, ou proposer de l'accompagner. Les compliments lui pesaient presque plus que l'effort lui-même.

Quelques minutes plus tard, dans le garage de la maison de Russell Street, elle avait inspecté la pièce à travers un nuage de fumée de cigarette, guettant son habituelle sensation de bien-être. Mais il faisait un froid encore plus glacial que les autres jours. En s'affalant sur ses coussins, elle avait vu par une fente dans la porte le ciel s'obscurcir, et une étrange tristesse l'avait envahie. Elle qui voulait à tout prix venir ici, échapper au trajet de retour avec son père… Finalement, elle était presque déçue. Elle avait jeté un coup d'œil à sa montre. Dix-sept heures cinquante. Elle s'était blottie dans sa veste et avait fixé la pénombre d'un œil morose. Elle avait décidé de s'accorder vingt minutes de plus. Le temps de fumer encore deux cigarettes. Puis elle partirait.

Ginny, Piers et Duncan regagnèrent la maison de Russell Street à dix-huit heures. Après avoir passé la matinée à s'installer, ils étaient sortis faire un tour dans Silchester et acheter de quoi manger. À cause de Duncan, qui avait absolument besoin d'une liste impressionnante d'ingrédients exotiques pour le dîner, ils avaient parcouru tout le centre-ville avant de trouver une épicerie fine à l'heure de la fermeture. Duncan avait dû déployer des trésors de persuasion afin d'obtenir dix minutes de sursis, durant lesquelles il examina d'un air déçu les différents produits disponibles en demandant à la vendeuse des marques dont elle n'avait jamais entendu parler.

— Eh bien, si c'est ça la province…, soupira-t-il alors qu'ils remontaient l'allée du jardin. Vous avez vu leur choix d'huile d'olive ? Consternant…

— Ça suffit pour aujourd'hui, Duncan…, dit Ginny d'un ton menaçant. Piers, c'est toi qui as les clefs ?

— Bon, bon, excuse-moi, répondit Duncan. Cette ville est tout à fait charmante. Je vais sûrement m'y plaire.

C'était Piers qui avait eu l'idée de sous-louer quelque temps une chambre de la maison à Duncan : le bail de son appartement à Fulham arrivait à expiration, il ne trouvait pas de travail, et eux-mêmes avaient besoin d'argent. Duncan était resté discrètement à l'écart dans la cuisine pendant que Piers exposait ces arguments à Ginny. Fatiguée par sa journée de bureau et un trajet de retour sous la pluie, la jeune femme avait accepté, sans mesurer toutes les conséquences de cette décision.

À présent, elle toisait Duncan, debout au milieu de l'allée.

— Tu ne vas pas être une source de complications, j'espère ?

— Quel genre de complications ?

Elle lui lança un regard de biais, où la tendresse cachait mal sa méfiance grandissante.

— Je ne sais pas. Mais n'oublie pas que nous t'avons pris à l'essai.

— Je n'oublie pas. Et je promets de faire des efforts… À propos, j'ai invité Ian Everitt à dîner ce soir. Ce sera l'occasion de pendre la crémaillère.

— Comment as-tu osé !

— Pour l'amour du ciel, Duncan !

De l'intérieur du garage, Alice perçut des éclats de voix et s'approcha de la porte à pas de loup. Elle l'entrouvrit de manière à pouvoir passer la tête à l'extérieur et jeter un coup d'œil furtif. Le silence revenu, elle se dit que ce devait être des passants. Pourtant, au moment où elle rentrait la tête, elle reconnut avec stupéfaction le grincement familier de la porte d'entrée quand elle se refermait.

Elle pensa aussitôt à des cambrioleurs, qui allaient la découvrir dans sa cachette, la brutaliser, l'emmener de force dans un lieu où ils l'achèveraient. Elle passerait au journal télévisé : *Silchester pleure la mort tragique d'Alice*. Pendant quelques instants, elle ne bougea plus, pétrifiée par la vision de son visage triste faisant irruption chez tous ses amis, sur le téléviseur du salon.

Soudain, la cuisine s'alluma. Ce n'étaient donc pas des cambrioleurs. Mais alors… Immobile, la main sur la porte, Alice fronça les sourcils. Bien sûr ! Les locataires ! Émerveillée par son pouvoir de déduction, elle s'interrompit dans ses pensées. Les locataires. Elle avait souvent entendu ce mot chez elle ces dernières semaines, mais l'avait enregistré sans plus y réfléchir. À présent, plusieurs expressions utilisées par ses parents, ainsi que certains de leurs échanges, lui revenaient tardivement en mémoire. Et, pour la première fois, elle en comprenait la signification.

Son cœur se mit à battre plus fort. Si la maison était habitée, elle n'avait sans doute plus le droit d'être là. Elle jeta de nouveau un rapide coup d'œil à l'extérieur, vers la fenêtre éclairée de la cuisine. Elle vit une main ouvrir le robinet d'eau froide, placer une bouilloire dessous et disparaître. Après avoir compté jusqu'à dix, Alice mit un pied dehors. Puis l'autre. Elle longea lentement le garage en rasant le mur.

Dans le jardin de devant, elle s'arrêta. Le séjour était allumé. Mue par la curiosité, elle eut envie de voir à quoi il ressemblait avec un mobilier différent. Tandis qu'elle s'avançait sans bruit vers la fenêtre, un homme pénétra dans la pièce. Retenant son souffle, Alice battit en retraite en se cherchant fébrilement une excuse. Heureusement, il semblait crier quelque chose en direction de la porte et ne s'occupait pas de la fenêtre. Elle devait s'en aller tout de suite, avant que les autres le rejoignent et qu'elle soit coincée là. Sans regarder en arrière, elle traversa la pelouse en quelques enjambées, descendit l'allée, s'acharna un instant sur la grille et se retrouva sur le trottoir, où elle ne risquait plus rien. C'est seulement après s'être un peu éloignée qu'elle osa se retourner. Personne. Ils n'avaient pas remarqué sa présence. Elle était tirée d'affaire.

Ginny ne savait plus si elle ressentait d'abord de la colère, de l'excitation ou de l'inquiétude. Elle contempla distraitement les deux cartons vides qu'elle venait de transporter dans l'entrée.

— Pour l'amour du ciel, Piers ! Tu as vu dans quel état est cette pièce !

— Qu'est-ce que tu lui trouves ? Elle est très bien.

— Avec ces cartons de déménagement ? Et ces piles de livres partout ?

— Ça fait juste un peu bohème. Ou artiste…

Il fixa Ginny.

— Tu ne te mets pas martel en tête à cause de cette invitation, j'espère ?

— Bien sûr que non. Je veux simplement qu'il y ait un minimum d'ordre.

Il la prit par le poignet et l'attira contre lui, lui soulevant le menton de manière qu'elle ne puisse éviter son regard.

— Écoute-moi, dit-il d'une voix posée. Je ne suis même pas encore certain de vouloir ce rôle. Je n'ai pas fréquenté un cours d'art dramatique pendant plusieurs années pour jouer dans un soap opera…

Ginny ouvrit la bouche pour prendre la parole, puis se ravisa.

— Je veux juste voir comment les choses se présentent, poursuivit Piers. Et maintenant, calme-toi un peu. Quelques cartons de déménagement ne changeront rien à l'affaire…

— Voilà, je suis calmée, dit-elle alors qu'il lui lâchait le poignet. Tellement que je pourrais m'endormir.

— Je préfère ça. Si on buvait quelque chose ?

— Seulement quand tu auras emporté ces deux cartons dans le garage.

Elle l'interrompit d'un geste avant qu'il ait eu le temps de protester.

— Puisque je les ai amenés jusqu'ici, tu peux bien me relayer. Emmène aussi le vélo de Duncan. Pas question qu'il le laisse dans l'entrée !

— D'accord. Et après, on boit quelque chose.

— Entendu.

Tandis que Piers traînait les cartons sur le parquet de l'entrée, Ginny hésita quelques secondes, puis s'élança dans l'escalier. Elle s'enferma dans la salle de bains et regarda dans le miroir son visage aux joues roses et aux yeux brillants. Du calme, se dit-elle sans conviction, essayant d'adopter une expression plus sereine. Mais elle était tellement surexcitée qu'elle ne tenait pas en place.

Depuis que Piers lui avait parlé du rôle dans *Summer Street*, elle s'efforçait de lui cacher qu'elle en rêvait pour lui. Le nez dans sa tasse de chocolat chaud, elle avait écouté son mari et Duncan évoquer les sommes astronomiques que devait gagner Ian Everitt, alors qu'il n'avait jamais eu aucun talent. Il lui faudrait forcément un remplaçant, et Piers serait idéal pour le rôle. Dans l'euphorie du moment, tous trois s'étaient mis à bâtir des châteaux en Espagne.

Le lendemain matin, évidemment, la belle humeur de Piers avait disparu. Le rôle serait sans doute purement et simplement supprimé, avait-il annoncé, l'air sombre. Et, si tel n'était pas le cas, il y aurait une concurrence féroce. De plus, le producteur actuel le détestait – il lui avait déjà refusé un rôle. Après plusieurs années de mariage, Ginny avait appris à ne pas contredire Piers lorsqu'il sombrait dans le défaitisme, à ne pas afficher un optimisme malvenu. Dans son esprit, cependant, il était trop tard pour revenir en arrière. Elle ne pensait plus qu'à ce rôle.

En allant au bureau le lendemain, Ginny avait calculé la somme qu'ils pourraient emprunter grâce à un tel salaire et, en proie à une exaltation croissante, elle avait passé le reste de la matinée à étudier les annonces des propriétés de campagne. Depuis, elle parcourait les journaux à la recherche d'articles sur *Summer Street* et ses acteurs. Elle avait découvert avec surprise qu'Ian Everitt figurait sur la liste des invités au mariage d'un membre éloigné de la famille royale. Dévorée par l'envie, elle avait admiré les photos en couleurs d'un reportage sur une vedette féminine de la série et son bébé.

Ça pourrait être nous…, dit-elle à son reflet dans le miroir. Un jour, ce sera nous… Son reflet lui sourit d'un air entendu. Assise sur le rebord de la baignoire, elle ferma les yeux et s'abandonna brièvement à sa rêverie favorite : elle allumait la télévision, entendait l'indicatif reconnaissable entre tous, regardait défiler le générique… quand soudain Piers apparaissait sur l'écran. Une grande joie envahit Ginny. Il serait parfait. Et si séduisant. Il éclipserait les autres acteurs. À travers le pays, des milliers de femmes tomberaient amoureuses de lui.

Il ne fallait pas trop rêver, savoir rester raisonnable. Elle connaissait la règle : plus on désire quelque chose, moins on a de chances de l'obtenir. Surtout si on en parle autour de soi. Elle se leva, respira profondément et appuya ses joues brûlantes sur la surface fraîche du miroir. Il fallait redescendre sur terre, se calmer, prendre l'air détendu. Piers trouvait déjà que *Summer Street* revenait trop souvent dans la conversation. Elle allait devoir se surveiller. Surtout ce soir.

Ce soir ! Elle frémissait rien que d'y penser ! Dire que Duncan avait osé inviter Ian Everitt ! Il n'y avait que lui à pouvoir faire preuve d'un tel culot. Mais peut-être avait-il agi à dessein. Cette soirée pouvait très bien marquer un tournant dans leur existence. Ils s'en souviendraient le jour où Piers écrirait ses Mémoires. Oh, là, là ! Mieux valait penser à autre chose.

Ignorant le trac qui lui nouait l'estomac, Ginny ouvrit la porte de la salle de bains d'un geste résolu. Elle s'avança jusqu'à la rampe de l'escalier, jeta un coup d'œil dans l'entrée déserte et se mit à chantonner quelques mesures d'une mélodie pleine d'entrain, après avoir vérifié que ce n'était pas l'indicatif de *Summer Street*... Ensuite, elle descendit les marches une à une, rejetant ses cheveux en arrière avec une nonchalance étudiée, en prévision du reste de la soirée.

Alice ne s'aperçut de la disparition de son briquet qu'après le dîner, dans sa chambre où elle s'était retirée pour fumer une dernière cigarette par la fenêtre. Elle palpa ses poches de veste et chercha dans chacune d'elles, d'abord méthodiquement, puis avec une fébrilité croissante. Le briquet n'était pas non plus dans ses poches de jean, ni dans les sacs plastique qu'elle avait rapportés. Elle avait dû l'oublier dans le garage.

Elle décida qu'elle attendrait le lendemain pour le récupérer. Il ferait jour, les nouveaux occupants seraient sans doute sortis, et elle le retrouverait aussitôt. Il lui semblait bien l'avoir vu sur un des coussins, mais était-ce aujourd'hui, ou une autre fois ?

En tout cas, il était sûrement là-bas. Et il y avait peu de chances qu'on le vole dans l'intervalle.

Pourtant, plus elle y pensait, plus elle s'inquiétait. C'était bien joli d'attendre le lendemain, mais elle en avait besoin tout de suite. Elle voulait en sentir la surface lisse et rassurante dans sa main, le poids familier dans sa poche. Tout comme elle voulait chasser cette angoisse qui l'étreignait malgré elle, ce sentiment de panique à l'idée d'avoir perdu son briquet pour de bon.

— Je sors, annonça-t-elle devant la porte de la salle de séjour, essayant de donner l'impression qu'elle confirmait un projet prévu de longue date.

Elle évita le regard surpris de ses parents.

— À une heure pareille ?

— Où vas-tu ?

— Boire un milk-shake avec des copines au McDonald's… Comme quand Geneviève était encore là, précisa-t-elle d'une petite voix lamentable.

Sa mère échangea avec son père un regard qu'elle croyait discret, avant de se retourner avec un large sourire.

— Quelle bonne idée ! Je les connais ?

— Non, répondit Alice en tripotant le chambranle. Bon, à tout à l'heure.

— Entendu. Mais rentre avant onze heures, s'il te plaît.

— Tu as besoin d'argent ? demanda son père tout en cherchant son portefeuille.

Sa mère se redressa brusquement.

— Veux-tu que je te conduise ? Je pourrais te déposer en ville.

— Surtout pas ! protesta l'adolescente, avant de se reprendre et de remercier.

Elle se sentit rougir. Pourquoi se montraient-ils soudain si gentils ?

Toutes les fenêtres du 12, Russell Street étaient éclairées derrière les rideaux tirés. Tandis qu'elle traversait la pelouse en catimini, Alice entendit de la musique dans le salon. Elle contourna la maison, poussa doucement la porte du garage et s'avança d'un pas décidé. Elle connaissait si bien les lieux, désormais, qu'elle aurait pu aller les yeux fermés s'asseoir sur sa pile de coussins.

D'où son cri de dépit, autant que de douleur, lorsqu'elle trébucha, quelques secondes plus tard, sur un vélo inconnu. Furieuse de s'être laissé surprendre, elle ne réagit pas tout de suite. Elle resta immobile, coincée sous le poids du cadre métallique, jusqu'à ce qu'il bascule encore davantage, lui meurtrissant les tibias. Un nouveau cri lui échappa. Soudain affolée de se sentir prisonnière, elle se débattit furieusement, essayant de comprendre dans quel sens était tombé le vélo. Elle poussa un grognement exaspéré quand, au lieu du guidon, sa main rencontra une roue en train de tourner lentement. Si seulement elle avait une torche électrique, si seulement elle était venue en plein jour, si seulement…

— Bonsoir !

Une voix grave interrompit ses pensées. Terrifiée, Alice sursauta, et l'un des freins lui rentra dans les côtes. Durant une fraction de seconde, elle eut envie de ne plus bouger. Si elle faisait semblant d'être morte, peut-être l'inconnu s'en irait-il. Comme les grizzlis.

— À votre place, je ne me donnerais pas tant de mal, ironisa la voix. Ce vélo ne vaut pas grand-chose.

Outrée, Alice se retourna aussitôt.

— Quoi ! Vous croyez que je veux le voler ?

Par la porte entrouverte du garage, elle apercevait une silhouette masculine. Elle ne distinguait pas son visage, mais avait la désagréable impression que l'homme voyait le sien.

— Je ne suis pas une voleuse, insista-t-elle.

— Vraiment ?

Elle se sentit rougir de confusion. Il fallait reconnaître qu'elle devait offrir un étrange spectacle. Elle évita le regard de son interlocuteur.

— Je suis juste venue chercher quelque chose. J'habitais ici, avant.

— À d'autres.

— Il faut me croire ! Je m'appelle Alice Chambers, et c'était ma maison. Vous pouvez demander à n'importe qui.

Le faisceau d'une lampe torche lui balaya le visage. Elle écarquilla les yeux et tenta une nouvelle fois de soulever le vélo.

— Allons, inutile de s'énerver ! Attendez.

La silhouette se pencha et, d'une main énergique, l'aida à se dégager. Le vélo retomba par terre avec fracas, et Alice se retrouva debout, à côté de l'inconnu.

— Ça va ? demanda-t-il.

Sa torche éblouit une nouvelle fois l'adolescente.

— En effet, vous n'avez pas l'air d'une voleuse de bicyclette. Que cherchiez-vous, déjà ? Je croyais que ce garage était vide.

— Mon briquet, marmonna-t-elle.

— Comment ? Un briquet ? Quel âge avez-vous donc ?

Elle ne répondit pas.

— Je vois. À quoi ressemble-t-il ?

— Il est chromé. Il doit être là-bas.

Elle désigna son coin habituel où, dans la lumière de la torche, apparurent des coussins aux broderies usées, de vieux magazines, des emballages de barres de Mars éparpillés sur le sol.

— Vous étiez ici comme chez vous, on dirait ! lança l'homme.

Sans un mot, Alice suivait d'un œil inquiet le faisceau lumineux. Elle n'avait pas perdu son briquet, c'était impossible…

— Le voilà !

Sa voix s'éleva, remplie d'une joie qu'elle aurait préféré garder pour elle.

— Sur l'étagère. Près de la torche.

Aussitôt, elle revit avec une netteté déconcertante le moment où elle l'avait posé là, pendant qu'elle essayait d'orienter sa lampe torche vers le bas.

La silhouette s'avança, tendit le bras au-dessus des caisses qui barraient l'accès au coin d'Alice et récupéra le briquet.

— Merci, dit-elle en refermant la main sur sa forme familière. Mon Dieu, si par malheur je l'avais perdu…

— Votre mère vous aurait tuée ? suggéra la voix.

L'adolescente pouffa de rire et leva les yeux. Elle discernait des cheveux bruns, des yeux noirs, mais pas grand-chose d'autre…

— En tout cas, merci encore.

Elle fit un pas vers la porte.

— Pas si vite.

Une main attrapa l'épaule d'Alice, soudain prise de panique. Les violeurs procédaient de la même manière. Elle l'avait vu à la télévision. Tout sourires au début, ils changeaient subitement d'attitude.

— Ne croyez pas vous en tirer aussi facilement, poursuivit-il. Je vous emmène saluer les autres. Puisque vous avez habité ici…

— Il faut absolument que je rentre, bredouilla Alice, cherchant désespérément un moyen de s'enfuir.

— Tout le monde serait ravi de faire votre connaissance. Ils m'ont envoyé voir d'où venait tout ce bruit, et si je reviens bredouille ils seront déçus.

— Je ne sais pas…

Il avait pourtant l'air normal. Mais c'était peut-être un piège.

— Et je suis sûr que vous avez envie d'un café. Ou d'un whisky…

Elle jeta un coup d'œil à son visage aux traits indistincts. Il y avait d'autres personnes dans la maison. Elle les avait entendu parler. Et s'il tentait de la violer, elle braquerait la flamme de son briquet et hurlerait.

— D'accord, lâcha-t-elle sans enthousiasme.

— Formidable !

Ils se dirigèrent vers la maison, et les craintes d'Alice commencèrent à se dissiper à la vue rassurante de la porte de derrière.

— Si on se tutoyait ? Je m'appelle Piers. Toi, c'est Anna, je crois.

— Non, Alice.

Après avoir rapidement traversé la cuisine et l'entrée, ils arrivèrent dans le salon, où l'adolescente, décontenancée, regarda autour d'elle en clignant les yeux. C'était bien la même pièce qu'avant – mêmes murs, même cheminée, même canapé – mais remplie d'inconnus. Elle n'avait plus ni son odeur ni son apparence habituelles. Le sol était recouvert d'un nouveau tapis, il y avait des bougies partout et une chaîne hi-fi sophistiquée dans un coin. Piers prit la parole :

— Je vous présente Alice, qui a vécu dans cette maison et qui, à mon grand regret, n'est pas venue pour voler le vélo de Duncan.

Un homme assis par terre émit une sorte de couinement ; Alice tressaillit.

— C'était notre ami Duncan, reprit Piers. Ne t'occupe pas de lui. Et voici Ginny, ma femme…

Alice n'écoutait plus. Elle fixait l'homme installé sur le canapé. Son visage familier la tranquillisa définitivement et elle poussa un soupir de soulagement. Elle l'avait déjà vu. Mais où ? Au lycée ? Il ne faisait pas partie des professeurs et était trop jeune pour être le père d'une de ses camarades. Un habitant de Russell Street ? Un de ces voisins avec lesquels ils n'avaient jamais lié connaissance ? Soudain, son nom lui revint en mémoire.

— Je vous reconnais, commença-t-elle. Vous êtes Rupert…

Elle resta bouche bée et rougit. Grâce à ce prénom, elle venait de se rappeler où elle l'avait vu. Elle se mit à trembler de tous ses membres, n'osant en croire ses yeux. C'était Rupert, le héros de *Summer Street*, assis devant elle avec un sourire suffisant. Il devait la trouver ridicule.

— Excusez-moi…, bafouilla-t-elle.

— Ne vous excusez pas, mademoiselle ! Et appelez-moi Ian.

Il n'avait pas tout à fait la même voix qu'à la télévision, songea-t-elle, troublée. Mais c'était lui, aucun doute.

— Tu boiras bien quelque chose avec nous, proposa la jeune femme assise devant la cheminée. Je suis ravie de faire ta connaissance. Ta mère et moi nous sommes déjà rencontrées.

Elle fit un grand sourire à Alice, qui admira en silence ses cheveux blonds et soyeux, son T-shirt blanc moulant, son Levis percé à large ceinture de cuir.

— Que veux-tu boire ? demanda Piers. Tout le monde a choisi le whisky. Mais je peux te faire un café.

— Prends donc un whisky, toi aussi, souffla le petit gros installé par terre. C'est excellent pour la santé.

— Et viens donc t'asseoir à côté de moi, dit Ian-Rupert avec un regard enjôleur.

Alice alla le rejoindre dans un état second. Elle n'arrivait pas à croire à ce qui lui arrivait. Elle devait rêver.

7

La première fois qu'elle fit l'amour avec Marcus, Liz insista pour que ce soit dans l'obscurité. La fois suivante, elle accepta la lumière très tamisée d'une lampe de chevet. La troisième fois, Marcus la surprit dans son bain, et elle n'eut pas le temps d'atteindre l'interrupteur. Il la tira hors de la mousse au parfum de géranium et la coucha, furieuse et ruisselante, sur l'épaisse moquette de la salle de bains, où il étouffa ses cris en plantant ses lèvres sur les siennes et en glissant une main entre ses cuisses.

Plus tard, rayonnante devant la coiffeuse, Liz s'enduisit du contenu du petit flacon de lait corporel offert par l'hôtel, s'efforçant d'en ignorer la consistance aqueuse et l'odeur décevante. Quand Marcus vint poser une main sur son épaule d'un geste possessif, elle contempla son reflet dans le miroir de la coiffeuse et sourit. Elle appréciait cette possessivité, autant que son assurance au volant, son ton décidé, son pardessus bien coupé et même, paradoxalement, son ignorance des langues étrangères, dans laquelle il semblait se complaire.

Ils s'étaient rendus pour la première fois dans cet hôtel la semaine précédente, officiellement pour dîner.

Au cours de la soirée, toutefois, Liz avait eu l'agréable surprise de découvrir que Marcus s'était également soucié de réserver une chambre avec un lit à baldaquin.

« Et si, à la fin du repas, je t'avais simplement remercié en suggérant qu'il était temps de rentrer ? » lui avait-elle demandé alors qu'ils regagnaient Silchester en voiture.

« Dans ce cas, j'aurais réglé l'addition et je t'aurais raccompagnée… »

Il s'était interrompu pour lui effleurer la nuque.

« Mais j'étais à peu près sûr que ça ne se passerait pas comme ça. »

Au contact de ses doigts, elle avait tressailli d'aise, avant de se caler à nouveau dans le siège confortable de la Mercedes. Elle se sentait merveilleusement bien, à la fois choyée et protégée.

À présent, elle avait posé le flacon de lait corporel et étudiait dans le miroir le couple qu'ils formaient. Plus carré que Jonathan, Marcus avait les jambes, la poitrine et les avant-bras couverts d'une épaisse toison noire. Il se tenait très droit, l'air détendu, indifférent, et Liz se surprit à faire une comparaison injuste avec Jonathan toujours courbé sur ses livres, sauf lorsqu'il prenait brusquement conscience de son dos voûté et se redressait avec un sursaut.

— Allons boire un dernier verre avant de partir, dit Marcus en lui caressant l'épaule. Il faut que je sois rentré à minuit.

Leurs regards se croisèrent un bref instant. Un mince filet de lait corporel s'écoulait sur le bras de Liz, qu'elle s'empressa d'étaler sur sa peau. Jusque-là, elle avait soigneusement évité de penser à la femme de Marcus et à ses enfants, ces personnages stéréotypés restés dans l'ombre et qui menaçaient à tout instant de lui gâcher son plaisir.

Car c'était ainsi qu'elle considérait sa liaison : comme un plaisir qu'elle s'offrait. Elle ne l'avait pas volé, après tout le mal qu'elle s'était donné, toutes ces années de fidélité durant lesquelles elle ne s'était jamais plainte, sans parler de l'énergie dépensée pour faire redémarrer le cours privé. Oui, elle méritait bien une récompense. Et Marcus, en plus de sa grande taille, de son corps musclé, de son ardeur au lit – malgré un certain manque d'imagination –, exerçait sur elle le même attrait qu'un produit de luxe. Il suffisait à Liz d'écouter son autoradio jouer en sourdine, de le regarder signer un chèque au moment de l'addition, de se blottir contre le tissu raffiné de sa chemise, de respirer le parfum irrésistible de sa lotion après-rasage pour qu'un sourire illumine son visage. Elle ne voyait pas les choses en termes d'infidélité ou de trahison. Elle se faisait plaisir, voilà tout, et Jonathan n'y était pour rien. Il lui arrivait même de se persuader que s'il apprenait la vérité il s'en réjouirait. Pour elle.

Cela dit, il y avait peu de risque qu'il apprît quoi que ce soit. Le soir où Marcus l'avait invitée à dîner, Liz avait justifié son absence en invoquant son intention de reprendre ses cours de conversation italienne à Frenham Dale, à une trentaine de kilomètres de Silchester. Non seulement Jonathan ignorait que Grazia, l'ancien professeur d'italien, avait regagné son pays natal, mais il n'avait posé aucune question sur l'endroit où ils auraient lieu. Et Liz aurait difficilement pu espérer un soutien plus enthousiaste. Non sans une certaine honte, elle se souvenait des exclamations ravies de son mari, de son sourire approbateur. Il devait croire qu'elle voulait améliorer la qualité de son enseignement au cours privé... Pauvre naïf !

Liz n'avait pas cherché à connaître l'excuse de Marcus. Elle préférait ne pas y penser et ne pas lui rappeler l'existence de sa femme. Mais il lui arrivait de se demander s'il s'inquiétait pour elle. À présent, elle l'observait à la dérobée tandis qu'il boutonnait sa chemise. Devant son air sérieux, presque sévère, elle fut horrifiée à l'idée qu'il puisse déjà regretter leur aventure. Peut-être même cherchait-il un moyen d'y mettre un terme. Elle l'imagina, sourcils froncés dans un effort pour se montrer gentil mais ferme, en train de lui annoncer que c'était leur dernière rencontre. Ils ne se reverraient plus, il n'y aurait plus de dîner au restaurant, plus de chambre d'hôtel, plus de trajet dans cette magnifique voiture. Elle reprendrait sa petite vie ennuyeuse avec Jonathan. Perspective insupportable.

De nouveau, elle dévisagea Marcus, dans l'espoir de déchiffrer son expression. Impossible, cependant, de savoir à qui il pensait. À elle ? Ou à sa femme ?

Ni à l'une ni à l'autre, en fait. D'ailleurs, Marcus avait presque oublié la présence de Liz dans la pièce. S'il fronçait les sourcils, c'était en prévision du lendemain, où il devait commencer pour Léo l'estimation de Panning Hall.

La tâche ne semblait pas insurmontable. C'était un domaine de bonne taille – six cents hectares environ – assez loin de Silchester, comprenant un château et ses dépendances, un parc et des écuries. Plusieurs années auparavant, Marcus y avait assisté à un concours hippique au profit d'une organisation caritative et n'avait rien remarqué d'inhabituel : ni zoo, ni studio d'enregistrement. Pas de mauvaise surprise à craindre, donc.

À l'époque, il avait également rencontré lady Ursula, d'un âge avancé et d'une maigreur inquiétante, mais très élégante. Contrairement à la plupart des propriétaires de grands domaines qu'il connaissait, elle semblait parfaitement heureuse sur ses terres. Nombreux étaient les châteaux qui appartenaient à des hommes d'affaires absents les trois quarts du temps, et dont les épouses se sentaient un peu perdues. Elles désertaient les salons, préférant regarder la télévision dans leur chambre. Un froid glacial descendait sur les salles à manger, tandis que les enfants avalaient chaque soir leur poisson pané à la cuisine. Pour y avoir grandi, lady Ursula, elle, savait vivre dans une demeure aussi imposante. Elle avait la distinction nécessaire. Et malgré sa mort, Marcus continuait à l'admirer.

Il avait été stupéfait d'entendre Léo préciser, à la fin de leur entrevue, que Panning Hall était le domaine auquel il s'intéressait. Ignorant le décès de lady Ursula, Marcus avait d'abord été bouleversé.

« Quelle affreuse nouvelle !

— Pourquoi ? Vous connaissiez lady Ursula ? Il y a un problème ? »

Léo avait lancé un regard inquisiteur à Marcus.

« Vous n'étiez pas amis, par hasard ?

— Non. J'ai simplement eu l'occasion de faire sa connaissance il y a quelques années. Et je n'étais pas au courant de sa mort.

— C'est bien triste, en effet. »

La gravité soudaine de Léo avait fait place à une certaine animation.

« Cela dit, les autres membres de la famille ne lui arrivent pas à la cheville. Ils ne veulent pas du domaine ; seul l'argent les intéresse. Et une bonne partie va leur passer sous le nez.

— Ah bon ? »

Marcus était perplexe. Léo le fixait d'un œil rusé.

« Ne croyez surtout pas que j'ai ce genre de pratique avec tous mes clients, Marcus.

— Non… Bien sûr que non.

— Si j'ai fait appel à vous pour cette affaire, c'est que je me fie à votre jugement. »

Légèrement penché vers Marcus, Léo continuait à le dévisager.

« J'ai cru comprendre que vous aviez de l'ambition. J'espère que vous ne me décevrez pas », avait-il ajouté.

Marcus s'était senti gêné et flatté à la fois. Léo l'avait choisi. Il avait repéré son potentiel, compris que les contraintes d'une agence immobilière de province l'étouffaient, et qu'il était homme à relever un défi.

Depuis, plusieurs semaines s'étaient écoulées, au cours desquelles tout s'était passé sans anicroche. Marcus avait fidèlement suivi la procédure habituelle. Dans son fichier, il gardait : une lettre où Léo l'informait poliment du décès de la propriétaire de Panning Hall et demandait une expertise pour l'homologation du testament, en vue d'une mise en vente aussi rapide que possible. La lettre portait l'adresse professionnelle de Marcus, mais Léo l'avait envoyée à son domicile, pour éviter que quelqu'un d'autre chez Witherstone's l'ouvre et décide de procéder lui-même à l'expertise. Il avait été facile à Marcus de l'apporter à l'agence, de la glisser dans un dossier, puis de s'asseoir à son bureau avant l'arrivée de Suzy, sa secrétaire.

Il s'était interrogé un certain temps : devait-il dire à Suzy où il allait ce jour-là ? Une mystérieuse absence susciterait-elle davantage de commentaires que le nom *Panning Hall* inscrit sur l'agenda ? Les gens étaient tellement curieux. S'il en découvrait l'existence, son cousin Miles exigerait à coup sûr des explications sur cette expertise ; peut-être même proposerait-il de l'accompagner pour visiter le domaine.

Aussi Marcus avait-il fini par écrire lui-même dans l'agenda *Estimation – Panning*, deux mots volontairement ambigus. Panning était un bourg avec plusieurs grandes propriétés. Et chacun savait qu'à l'heure actuelle tout le monde réclamait des estimations sans avoir la moindre intention de vendre. Si on lui demandait où il avait passé la journée, il pourrait toujours évoquer une cliente qui aurait renoncé à vendre à la dernière minute. Personne ne le questionnerait davantage. Par ailleurs, une référence à Panning dans l'agenda pourrait se révéler très utile. Si, par exemple, on l'accusait de ne pas avoir respecté la procédure habituelle, ou d'avoir gardé le secret. Dieu l'en préserve…

Marcus s'efforçait d'aborder cette expertise dans un état d'esprit normal. En bon professionnel, il suivrait à la lettre les différentes étapes, noterait avec soin les caractéristiques du château et de ses dépendances, vérifierait que le bord de la rivière et le parc étaient correctement entretenus. Il s'acquitterait au mieux de sa tâche, sans négliger le moindre détail.

Ses mains se crispèrent tandis qu'il laçait ses chaussures, et sa respiration s'accéléra. Enfin, se dit-il, une fois l'estimation terminée et tous les éléments pris en compte, il obtiendrait un prix inférieur de un million de livres environ au prix réel.

Facile. Un jeu d'enfant… Que disait son fils Andrew, déjà ? *Ça baigne.*

Pourtant, le lendemain, ça ne baignait pas vraiment. À son arrivée, le matin à dix heures, Marcus trouva devant les grilles du château un homme âgé, en parka bleu marine et en bottes de caoutchouc, qui attendait dans une Range Rover.

— Je me doutais bien que vous ne tarderiez pas, déclara celui-ci avec l'accent de la région. Je m'appelle Albert, et j'étais au service de lady Ursula. Je me suis dit que vous auriez peut-être besoin de quelqu'un pour vous faire visiter.

— Je dois pouvoir me débrouiller. Je ne voudrais surtout pas vous déranger.

— Il n'y a pas de dérangement, assura Albert avec un large sourire. C'est moi qui l'ai suggéré à M. Francis, la semaine dernière, et il a dit que vous seriez sans doute content d'avoir sous la main quelqu'un qui connaît les lieux.

— Il a dit ça ?

Marcus était agacé. Maudit Léo ! Qu'est-ce qui lui avait pris ?

— Dans ce cas, j'accepte votre aide avec plaisir, répondit-il de sa voix la plus aimable, pour ne pas éveiller les soupçons.

Pendant la visite du château, Albert bavarda sans interruption.

— Alors, comme ça, les filles de lady Ursula veulent vendre ?

— On dirait que oui…

— Des droguées, ces deux-là ! Elles fumaient leurs drôles de cigarettes dans les écuries. « Oh, Albert…, qu'elles disaient, surtout, ne racontez rien à maman. » Et puis quoi encore ! J'en ai parlé à lady Ursula l'après-midi même. Quand elles sont allées la voir, elles se sont mises à pleurer comme des madeleines et à promettre qu'elles ne recommenceraient plus.

Il eut un claquement de langue réprobateur.

— En fait, elles ont continué, mais ailleurs. Pas étonnant qu'elles se soient retrouvées en Amérique, précisa-t-il avec un reniflement méprisant, en jetant un coup d'œil autour de lui.

Marcus n'écoutait pas. Il admirait la cheminée. Si, comme il en avait l'impression, elle était bien dans le style Adam, elle augmenterait la valeur du château de cinquante mille livres environ. Sinon, il pouvait déjà diminuer la somme finale d'autant. D'une main qui tremblait légèrement, il inscrivit dans son carnet « Cheminée de caractère ». Il contempla ces mots, ajouta un point final et leva les yeux. Albert hochait la tête en connaisseur.

— Une cheminée magnifique, dit-il de manière un peu inattendue. À elle toute seule, elle doit avoir beaucoup de valeur.

— Belle pièce, en effet, concéda Marcus sèchement.

— Un jour que je regardais une vente aux enchères à la télé, le même genre de cheminée a atteint cent mille livres !

Il se régalait en prononçant ces mots.

— Vous croyez que celle-ci vaut aussi cher ?

— J'en doute, répliqua Marcus d'un ton sans appel.

Il essayait de se rappeler le jargon technique propre à faire taire son interlocuteur.

— Premièrement, les médaillons à chaque extrémité ne sont pas dans le même style que le reste.

Mieux valait ne pas mentionner qu'il s'agissait du style Adam.

— Quant aux autres ornements, à mon avis, ils ne sont pas d'époque.

— Vraiment ? Ça alors !

Les petits yeux perçants d'Albert s'attardèrent sur Marcus, qui eut soudain envie de le frapper.

— Allons, ne perdons pas de temps, dit-il en se dirigeant vers la porte.

— Après vous, monsieur.

Albert s'écarta avec déférence. Marcus lui lança un regard soupçonneux. Soudain sur la défensive, il voyait presque dans ce curieux personnage un mouchard qui irait aussitôt le dénoncer aux autorités, entraînant son arrestation immédiate pour tentative d'escroquerie, son licenciement et sa disgrâce. Peut-être avait-il été envoyé par la chambre des notaires. Diable… Il considéra Albert un instant et un frisson lui parcourut le dos, bien que Léo ait affirmé qu'il n'y avait rien à craindre de ce côté-là.

« Le président de la chambre des notaires était à l'université avec moi, avait expliqué suavement Léo. Il tamponnera sans discussion tous les documents que je lui présenterai. »

Dans sa naïveté, Marcus avait d'abord été choqué, puis surpris que les choses puissent vraiment se dérouler ainsi. Quoi d'autre ? avait-il failli demander. Quelles sont les autres magouilles que j'ignore dans cette ville ? À présent, il préférait ne pas en savoir davantage. Dans le couloir, Albert marchait devant lui d'un pas décidé. Et s'il se retournait soudain pour le toiser d'un air entendu ? La barbe ! Le caractère louche de sa démarche apparaissait donc clairement ? S'était-il déjà trahi ?

— Quelque chose ne va pas, monsieur ?

Albert s'était bel et bien retourné ; Marcus sursauta. Aussitôt, il prit l'air détendu et respira profondément.

Il devait jouer son rôle jusqu'au bout. Et se montrer convaincant.

— À ce que j'ai compris, lady Ursula a longtemps vécu ici, dit-il, emboîtant le pas à Albert.

Sa voix se répercuta sur le parquet ciré de l'interminable couloir.

— Toute sa vie, plus ou moins. Elle a grandi ici, puis elle a déménagé, mais après avoir hérité du château, elle y est revenue pour de bon. Elle a bien dû y passer quatre-vingts ans en tout.

— Sans jamais envisager de vendre ?

Malgré son ton détaché, Marcus écouta attentivement la réponse d'Albert. Il aurait été gênant que lady Ursula ait fait faire une estimation peu de temps auparavant, même si on pouvait toujours invoquer les fluctuations du marché.

— Jamais de la vie ! protesta Albert. Pour elle, c'était une maison de famille. Elle aurait aimé qu'une de ses filles revienne y vivre. Mais ça ne les intéressait pas… Enfin, ça ne devrait pas les empêcher de toucher une jolie somme au moment de la vente…

Son regard plein de curiosité croisa celui de Marcus.

— Difficile à dire. Le marché de l'immobilier s'est considérablement ralenti, vous savez. Surtout pour les grandes propriétés. En fait, elles valent beaucoup moins qu'on ne l'imagine. Beaucoup moins…, répéta-t-il en détachant chaque syllabe

Il ne manquerait plus qu'Albert et ses amis se mettent à faire circuler dans le village les chiffres les plus fantaisistes !

— Ah bon, répondit celui-ci, vaguement déçu. Mais la vente devrait quand même leur rapporter un joli paquet, non ?

— Oh, certainement, dit Marcus en jetant un coup d'œil à sa montre. Dites-moi, je ne veux pas vous retenir. Si vous avez d'autres obligations…

— Pensez-vous ! Je vais vous faire une visite guidée de tout le domaine, monsieur. Ne vous inquiétez pas pour moi.

Finalement, Albert ne le lâcha pas d'une semelle, l'accompagnant même à l'épicerie du village à l'heure du déjeuner pour acheter un sandwich, avant de le conduire jusqu'à la ferme du château dans sa Range Rover.

— À demain, alors ? demanda-t-il quand, en fin de journée, Marcus s'installa avec lassitude au volant de sa Mercedes.

— Je n'en sais rien. Sans doute.

— Vous me trouverez chez moi, si vous avez besoin. Mason's Cottage. Demandez à l'épicerie.

— Entendu, dit Marcus, rassemblant le peu de patience qui lui restait pour sourire à Albert. Et merci de votre aide. Elle m'a été très précieuse.

L'intéressé haussa les épaules.

— Quand vous voulez.

Il remonta dans sa Range Rover. Il y eut un temps mort, chacun attendant que l'autre parte le premier, jusqu'à ce que Marcus donne un coup d'accélérateur rageur et démarre en trombe dans un nuage de gravillons.

Sur le trajet du retour, Marcus pensa avec découragement à tout ce qui lui restait à faire pour réaliser une estimation complète. Il n'avait couvert qu'une petite partie du domaine. Ne pourrait-il trouver un jeune stagiaire inexpérimenté gui accepterait de le seconder sans poser de questions ? À peine cette idée l'avait-elle effleuré qu'il y renonça. Les nouveaux stagiaires de l'agence avaient les dents si longues qu'ils étaient prêts à tout pour se faire remarquer et obtenir une promotion. Ils travaillaient tard le soir, faisaient du zèle et avaient l'audace de lui lancer un regard surpris s'il quittait son bureau en avance pour aller chercher Anthea et les garçons. Semblant ignorer le respect dû aux anciens, ils saisissaient avec empressement la moindre occasion d'améliorer leur situation ; toute notion de loyauté leur était étrangère. Mieux valait se débrouiller seul. Le pourcentage que Léo lui verserait méritait bien quelques efforts.

Arrêté à un feu rouge à l'entrée de Silchester, il calculait combien de temps prendrait toute cette affaire lorsqu'un coup à la vitre le fit sursauter. En proie à une panique injustifiée, il leva les yeux, s'attendant à voir apparaître le visage d'un policier. À son grand soulagement, il découvrit le sourire radieux de Ginny Prentice.

— Marcus ! Ça ne te dérangerait pas de me déposer en ville ?

Sans attendre sa réponse, elle ouvrit la portière et se dépêcha de monter.

— Oh, pardon ! Je me suis assise sur tes papiers. Tu veux que je les déplace ?

Marcus s'empara précipitamment du dossier Panning Hall.

— Je m'en occupe, marmonna-t-il en le fourrant sur le siège arrière.

Bon sang ! C'était bien sa veine…

— Quelle chance de t'avoir rencontré ! s'exclama Ginny en attachant sa ceinture. Je viens de faire visiter à une armée de journalistes ce nouveau lotissement au nord de Silchester.

Marcus se força à prêter une oreille attentive.

— Vraiment ? Je ne m'intéresse pas beaucoup à ce type d'habitat.

— Non, bien sûr… Mais dans le genre, celui-ci est assez réussi. Je crois qu'il a bien plu aux journalistes. Et nous leur avons offert le champagne dans l'appartement témoin… Voilà pourquoi je n'ai pas pu prendre ma voiture. J'ai dû boire une coupe de trop. Je m'apprêtais à rentrer en taxi.

Avec un petit rire, elle jeta un coup d'œil à sa montre.

— Tu retournes à l'agence ? J'ai promis de passer voir Miles. Mais il est peut-être un peu tard ?

— En effet.

Marcus essayait désespérément de trouver un autre sujet de conversation que l'immobilier. Pourvu qu'elle ne lui demande pas d'où il venait…

— Et toi, tu as fait quoi, cet après-midi ? questionna Ginny. L'école buissonnière ?

Marcus eut soudain la nuque brûlante.

— Rien d'extraordinaire, répondit-il de son ton le plus détaché. Juste un rendez-vous sans intérêt.

— Tous les mêmes ! Comment veux-tu que je donne des idées d'article à la presse si tu prétends que rien n'a d'intérêt ? Je parie que tu viens de visiter une maison superbe… pas avec un fantôme, par hasard ? Un grand quotidien prépare une enquête sur les maisons hantées, et apparemment il n'y en a aucune dans la région !

— Désolé, pas de fantômes.

— C'est le descriptif de la maison que tu as visitée ?

Ginny se retourna afin d'attraper le dossier Panning Hall sur le siège arrière.

— Non, non, absolument pas ! Ça n'a rien à voir.

Exaspéré, Marcus écrasa l'accélérateur pour atteindre au plus vite le centre-ville et se débarrasser de la jeune femme.

— Bon, je n'insiste pas.

L'air surpris, elle reposa le dossier.

— Au fait, la maison de Russell Street te plaît ? demanda soudain Marcus.

Elle attendit quelques secondes avant de répondre.

— Oui. Elle est très agréable. L'autre jour, nous avons même fait la connaissance d'Alice Chambers, la fille de la propriétaire, déclara-t-elle en lançant un regard oblique à Marcus.

— C'est vrai qu'elle a une fille…

Dieu merci, ils avaient enfin changé de sujet.

— Sympathique, j'imagine, ajouta-t-il pour faire bonne mesure.

— Très, dit-elle sans cesser de l'observer.

Ils firent le reste du trajet en silence. Tout en contemplant le paysage, Ginny revoyait le visage de Marcus et de Liz le jour de sa première visite à la maison de Russell Street. À l'époque, elle s'était étonnée qu'ils aient attendu si longtemps ensemble, en buvant du champagne. Et voilà que Marcus se montrait d'une discrétion extrême sur ce qu'il avait fait dans l'après-midi. Il devait y avoir quelque chose entre ces deux-là. Elle en aurait mis sa main au feu.

Immobile, l'intéressé priait le ciel pour que Ginny cesse de l'interroger sur son emploi du temps de l'après-midi. Bien sûr, il n'avait pas à cacher qu'il était allé faire une estimation. Ça n'avait rien de honteux. Il aurait sans doute dit la vérité à n'importe qui d'autre qu'à Ginny Prentice. Elle n'était pas attachée de presse pour rien. Jamais il n'avait rencontré quelqu'un à l'imagination aussi fertile, au flair aussi infaillible. Même s'il se contentait d'une vague allusion à ses activités de l'après-midi, elle aurait tôt fait de reconstituer toute l'histoire.

À l'approche de la première sortie pour Russell Street, Ginny rassembla son sac et ses dossiers.

— Dépose-moi ici. Ce sera parfait... Merci, Marcus ! Une course en taxi de moins aux frais de Witherstone's !

— Tout le plaisir était pour moi, dit-il avec un sourire crispé.

Difficile d'être plus hypocrite, songea-t-il en repartant.

Marcus arriva chez lui au beau milieu d'une dispute. En ouvrant la porte, il trouva Anthea, Daniel et Andrew encore dans l'entrée. Son fils aîné était écarlate : avec son sac à dos par-dessus sa veste d'uniforme, il avait l'air engoncé et mal à l'aise.

— On s'est moqué de moi toute la journée, se lamentait-il quand son père fit son apparition.

— Ridicule ! répliqua Anthea.

— C'est vrai que les autres se sont moqués de lui, confirma Andrew d'une voix paisible.

Il avait quitté sa veste et, assis sous la lourde table en chêne de l'entrée, il faisait machinalement rouler une petite voiture.

— De quoi s'agit-il ? demanda Marcus avec bonne humeur. Bonsoir, ma chérie.

Après avoir embrassé Anthea, il retira son pardessus et le rangea dans la penderie.

— Enlève donc ton blazer, Daniel, tu te sentiras mieux.

— Ça m'étonnerait, marmonna l'intéressé.

Il laissa toutefois son père le décharger de son sac et déboutonna sa veste avec des gestes brusques.

— Alors, Dan, que s'est-il passé ? demanda Marcus.

— Tout le monde s'est payé ma tête à l'école parce que maman a raconté aux autres mères que je traduis tous mes devoirs en français pour m'amuser.

Sa voix tremblait.

— Pour m'amuser !... reprit-il, furieux. La mère d'Edward White le lui a répété et il l'a dit à toute la classe, alors ils étaient écroulés de rire, ils ont fait comme si je comprenais seulement le français et m'ont surnommé Danielle.

— Ça prouve seulement leur manque de maturité et d'intelligence. Tu n'as qu'à les ignorer, déclara Anthea.

— Tu dis toujours la même chose ! Et d'abord, tout est de ta faute. Qu'est-ce qui t'a pris de raconter ça ?

Oui, qu'est-ce qui t'a pris ? faillit demander Marcus. Il lança un regard soupçonneux à Anthea, vite remplacé par un sourire compatissant lorsqu'elle se tourna vers lui.

— Tout cela est ridicule, se défendit-elle. J'ai juste parlé avec d'autres mères du travail à la maison, et j'ai dû mentionner la fois où les enfants de Jacques Reynaud ont dormi ici. Tu te souviens ? Ils ont bavardé en français toute la soirée. Et ils ont bel et bien traduit les devoirs de Daniel.

— Oui, mais c'était un jeu ! s'écria celui-ci en s'étouffant d'indignation. Et ça ne s'est produit qu'une fois ! Toi, tu as dit que je le faisais tout le temps...

— Je n'ai rien prétendu de tel. La mère d'Edward White a dû comprendre de travers.

— Te serais-tu mal exprimée ? suggéra Marcus avec ménagement.

— Bien sûr que non !

Anthea paraissait ébranlée.

— C'est vraiment ridicule, répéta-t-elle. Si tes camarades se moquent de toi, c'est qu'ils sont jaloux, voilà tout. Maintenant, allez tous les deux dans la cuisine. Hannah vous a préparé de quoi goûter.

Quand les garçons se furent exécutés, Daniel en traînant les pieds et Andrew en faisant rouler sa voiture sur le mur, Marcus fixa Anthea d'un œil sévère. Il savait très bien comment elle se comportait en compagnie des autres mères à la sortie de l'école. Elle ne pouvait s'empêcher de vanter les prouesses de ses fils et s'arrangeait toujours pour avoir le dernier mot, même en embellissant la réalité. C'était plus fort qu'elle.

— Qu'as-tu raconté ?

— Rien ! Vraiment rien ! s'exclama-t-elle en évitant le regard de son mari. Je n'y peux rien si une bande de petits imbéciles a décidé de s'en prendre à Daniel.

— Je trouve qu'on s'en prend beaucoup à lui ces temps-ci. Et souvent à cause de quelque chose que tu as dit.

Les joues d'Anthea s'empourprèrent.

— Que veux-tu insinuer ? Tu ne vas quand même pas m'accuser…

— Je pense simplement que tu ne devrais pas parler à tort et à travers. Daniel est assez sous pression en ce moment sans en plus être la risée de sa classe.

— Je vois. Tu crois que je le fais exprès, c'est ça ?

Ses yeux lançaient des éclairs.

— Bien sûr que non…

— Te rends-tu compte de tout ce que je fais pour lui ? Des heures que je passe à l'aider pour ses devoirs, à l'écouter jouer de la clarinette, à le conduire à droite et à gauche ?

Marcus, poussé à bout, explosa. Après une journée aussi éprouvante, il n'avait pas besoin de ça.

— Je sais ! Je sais ! Eh bien, peut-être devrais-tu en faire un peu moins !

Anthea en resta sans voix, puis elle se détourna lentement, la tête basse. Et mince ! se dit Marcus. Il était encore entré dans son jeu.

— Je te demande pardon, murmura-t-il.

Il s'approcha d'elle et posa la main sur son épaule anguleuse. Il sentit ses muscles se détendre : elle se laissait un peu aller. Au même instant surgit dans son esprit l'image d'une autre épaule : celle, ronde et généreuse, de Liz, à la peau nue et tiède où s'écoulait une goutte de lait corporel. Il rougit légèrement et secoua la tête pour chasser cette vision troublante. Bon sang ! De quel droit sermonnait-il Anthea ?

— Je te demande pardon, répéta-t-il. J'ai eu une journée difficile. On passe l'éponge, d'accord ?

Anthea se retourna, et il distingua dans ses yeux cette lueur de culpabilité si reconnaissable. Elle s'était vantée auprès des autres mères. Et elle le savait. Pourtant, une partie d'elle-même refusait de l'admettre. Un scénario familier. Dans ces moments-là, elle niait tout en bloc, de manière presque hystérique. Marcus se souvint de disputes passées, de scènes épouvantables où elle répondait à ses accusations de plus en plus brutales par des cris de dénégation. Comme toujours, c'était lui qui cédait le premier. À quoi bon s'obstiner ? Ainsi continuaient-ils tous à faire semblant de croire à son innocence, suggérant d'autres explications, laissant les querelles s'éteindre sans en avoir identifié la cause réelle. Les garçons apprendraient bien assez tôt qu'il était plus simple de ne pas contredire leur mère, qu'il valait mieux sacrifier la vérité pour avoir la paix.

Mais c'était injuste. Marcus se surprit à répéter cette phrase enfantine, alors même qu'il caressait l'épaule d'Anthea et prenait avec tendresse son visage dans ses mains. *Ce n'est pas juste ! Vraiment pas juste !*

Plus tard dans la soirée, Marcus alla souhaiter bonne nuit à Daniel qui, calé contre son oreiller, dévorait les Mémoires de Biggles. Il s'assit au bord du lit.

— J'espère sincèrement que toute cette histoire sera oubliée demain, commença-t-il.

Daniel haussa les épaules en rougissant.

— Par ailleurs, il faut bien reconnaître que ta maman a raison lorsqu'elle te conseille de ne pas y faire attention. Tu sais ce qui arrive quand on taquine quelqu'un. S'il ne réagit pas, ça perd vite de son intérêt.

Il y eut un silence. Daniel semblait faire la sourde oreille. Marcus patienta.

— Oui, mais elle a vraiment raconté tout ça. J'en suis sûr ! lâcha le jeune garçon d'une voix étouffée.

— Peut-être a-t-elle simplement parlé sans réfléchir, suggéra Marcus, conciliant. Le problème, c'est que ta maman est si fière de toi et de tes résultats qu'elle a du mal à ne pas en informer la terre entière.

— Je sais, soupira Daniel en relevant la tête. Avec Andrew, il y a des choses qu'on lui cache, parce qu'elle irait les répéter partout.

Il guetta la réaction de Marcus, embarrassé pour répondre.

— La semaine dernière, Andrew a eu un « Très Bien » à son test de compréhension et il n'en a pas parlé à maman. Il m'a fait promettre de garder le secret. C'est à Hannah qu'on l'a dit.

Devant son petit visage sérieux, Marcus eut le cœur serré. Ils en étaient donc arrivés là ? À faire des cachotteries pour éviter les conflits ? À avoir l'employée de maison comme seule confidente ?

— Je comprends que ton frère et toi ayez envie de garder ce genre de nouvelle pour vous…

Il caressa la couette à rayures bleues et blanches de Daniel et un parfum de linge frais lavé monta jusqu'à lui.

— D'ailleurs, à bien y réfléchir…, poursuivit-il, s'interrompant pour fixer son fils,… vous avez sans doute raison.

Il se leva, traversa la pièce et prit sur la cheminée une voiture miniature qu'il fit tourner distraitement entre ses doigts.

— Mais tu sais…, Hannah n'est pas la seule personne à qui vous pouvez vous confier.

Il reposa la voiture et revint vers le lit.

— Je n'irai pas tout rapporter à ta maman. Si l'un de vous a une bonne note, il faut me le dire.

— D'accord, promit Daniel avec solennité.

— Andrew aussi.

— Oui.

— Et la mère d'Edward White n'en saura rien…

Leurs regards se rencontrèrent ; ils éclatèrent de rire.

— D'ailleurs, je ne la connais même pas…

Daniel partit d'un nouvel éclat de rire. Le visage écarlate, il se réfugia sous sa couette.

Anthea apparut dans l'encadrement de la porte.

— Qu'y a-t-il de si drôle ?

Marcus remarqua son ton spontanément réprobateur. Était-ce un phénomène récent, ou n'y avait-il jamais prêté attention ?

— Rien d'important, répondit-il. Bon, c'est l'heure, Dan. Bonne nuit.

— Bonne nuit, pouffa Daniel en émergeant de sa couette.

Lorsque Marcus croisa Anthea à la porte, elle lui jeta un coup d'œil inquiet, vaguement soupçonneux. Sans s'en soucier, il s'éloigna et l'entendit demander à Daniel d'une voix déplaisante s'il s'était brossé les dents.

Fiche-lui donc un peu la paix, pensa-t-il. Mais, s'il essayait de donner ce genre de conseil à Anthea, il le regretterait. Ces temps-ci, elle n'écoutait qu'elle-même.

8

Piers bâilla à se décrocher la mâchoire puis jeta un coup d'œil par la fenêtre en essayant de ne pas se réjouir trop vite. Il était seul depuis peu dans le bureau d'Alan Tinker, le producteur de *Summer Street*. Le téléphone avait sonné deux minutes plus tôt, et Alan avait fait la grimace en découvrant qui était au bout du fil.

« Encore ce raseur de McKenna ! avait-il lancé en raccrochant. Excusez-moi, Piers, je dois m'absenter quelques instants. »

Il avait désigné son bureau d'un geste circulaire.

« N'hésitez pas à vous faire du café. Et mettez-vous à l'aise. Allumez donc la télé !... »

Il avait quitté la pièce avec un sourire complice, et Piers, resté seul, s'efforçait de contenir une euphorie grandissante qui l'empêchait de tenir en place sur son siège.

L'entretien se présentait bien. À tous points de vue. Alan Tinker était venu l'accueillir en personne, l'avait spontanément emmené prendre un café à la cafétéria et l'avait présenté à plusieurs personnes. Des gens importants. Bien qu'à aucun moment il n'ait explicitement parlé de lui comme du successeur d'Ian, à l'entendre, on pouvait croire que sa décision était prise.

Piers s'obligea toutefois à tempérer son enthousiasme. Dans ce même bureau, il avait trop souvent fait preuve d'un optimisme prématuré. L'entretien n'était même pas terminé, et il n'avait pas encore auditionné. Aucune raison de triompher, donc. Pourtant, alors qu'il tentait de promener un regard indifférent sur les quatre écrans de télévision encastrés dans le mur, les récompenses soigneusement encadrées, les rangées de livres et de magazines, les piles de dossiers et de scénarios, son cœur battait de plus en plus fort. Alan Tinker était un producteur influent. Si quelqu'un lui plaisait, il pouvait en faire une star. Encore fallait-il lui plaire.

« Nous savons que vous avez du talent. »

Tels avaient été ses premiers mots. En contemplant la moquette bleu ciel du bureau, Piers frissonna d'aise. Alan Tinker lui avait dit qu'il avait du talent !

« Mais, dans ce cas précis, il n'est pas seulement question de talent, s'était empressé d'ajouter Alan.

— Non, bien sûr », avait murmuré Piers d'un air entendu, avant de se demander s'il n'aurait pas mieux fait de se taire.

« Ce que nous recherchons, c'est un véritable engagement. »

Aussitôt, Piers avait regardé Alan droit dans les yeux, le plus solennellement possible.

« Nous ne voulons pas de quelqu'un qui disparaîtra au bout de six mois pour… reprendre un rôle dans une pièce à succès du West End, par exemple…

— Non, bien sûr », avait répété Piers.

Il y a peu de chances que ça se produise, avait-il songé, amer.

« J'ai cru comprendre, Piers, que vous aviez beaucoup joué au théâtre, ces derniers temps… »

Alan le fixait avec insistance.

« En effet…, avait-il reconnu, cherchant désespérément une réponse convaincante, mais mon objectif à long terme est de tourner pour la télévision.

— Vraiment ? »

Devant le haussement de sourcils d'Alan, Piers s'était rappelé, un peu tard, avoir lu dans *The Stage* que celui-ci allait créer sa propre troupe de théâtre. La barbe ! Il aurait toujours tort. Heureusement, Alan s'était montré bon prince.

« Très bien, avait-il dit avec bienveillance avant de se pencher vers Piers. Maintenant, je dois vous prévenir qu'à *Summer Street* tout le monde, acteur ou technicien, a conscience d'appartenir à une équipe. À une grande famille. Et, quand on travaille comme nous le faisons, on n'a pas le temps de se disputer avec un tel, ni de se croire meilleur qu'un autre. On n'est qu'un élément de la machine. Un rouage. Vous voyez ce que je veux dire ?

— Absolument. Tout le monde unit ses efforts pour atteindre un but commun. »

Qu'est-ce qu'il racontait ? Son interlocuteur allait croire qu'il se payait sa tête.

« Beaucoup d'acteurs se prennent trop au sérieux et ne se lient pas facilement avec les autres, continuait Alan. Après tout, il faut un ego surdimensionné pour se lancer dans ce métier… »

Piers s'était demandé s'il devait le contredire. S'agissait-il d'un test destiné à mettre sa force de caractère à l'épreuve ? À vérifier qu'il était prêt à défendre ses idées ? Il avait dévisagé Alan. Mais celui-ci affichait le plus grand sérieux. Piers avait d'ailleurs entendu dire qu'il soutenait parfois des théories bizarres.

« … voilà pourquoi, en plus du bout d'essai habituel, nous aimerions que chaque candidat passe deux heures avec nous sur le plateau et répète quelques scènes. De cette manière, si l'un d'eux ne s'entend pas avec ses partenaires, s'il n'établit pas le contact avec le reste de l'équipe, nous nous en apercevrons aussitôt.

— Certainement, avait approuvé Piers. Excellente idée ! »

Seul à présent, il se leva, trop tendu pour rester assis. Il traversa la pièce, parcourant au passage les documents sur le bureau d'Alan, au cas où il y aurait quelque chose d'intéressant, puis s'installa à la fenêtre dans une pose à la fois élégante et décontractée. Sans être maniéré, Rupert, le personnage de *Summer Street*, avait une certaine classe, alors autant montrer à Alan qu'il avait les qualités requises pour le rôle.

La porte s'ouvrit, il tourna la tête avec une nonchalance étudiée. Dans l'entrée se trouvait une jeune femme portant un caleçon en velours rasé et des cuissardes en daim.

— Désolée, mais Alan m'a demandé de vous dire qu'il était retenu. Il vous contactera en fin de semaine.

Piers la contempla quelques instants sans comprendre.

— Je vois… Donc, je pars tout de suite ?

— Si ça ne vous ennuie pas. Alan m'a aussi demandé de vous présenter ses excuses. Il est très occupé en ce moment…

— Ce n'est rien. De toute façon, notre entretien touchait à sa fin.

La jeune femme parut sceptique.

— Je vous raccompagne, déclara-t-elle.

Il la suivit tandis qu'elle avançait d'un pas décidé le long de couloirs moquettés, saluant de la tête les gens qu'elle croisait, sans un regard ni une parole pour lui. Lorsqu'ils atteignirent le hall d'entrée, son enthousiasme était retombé.

— Bon, eh bien, au revoir, bredouilla-t-il, s'efforçant de faire bonne figure. Merci de m'avoir montré le chemin.

— Pouvez-vous me rendre votre badge de visiteur ? demanda-t-elle sans l'ombre d'un sourire.

Piers le lui tendit, avec la désagréable impression d'avoir été surpris en train de s'introduire dans le bâtiment sans autorisation. Il poussa un des battants de la porte et recula d'un pas en recevant une rafale de vent glacial. Qu'est-ce que j'en ai à faire, après tout ? se dit-il. Ils peuvent le garder, leur rôle minable.

Dans le train qui le ramenait à Silchester, Piers retrouva son euphorie initiale. Quelle importance d'avoir perdu ses moyens devant une secrétaire ? Seul Alan Tinker comptait. Et celui-ci lui avait dit qu'il avait du talent. À présent, en regardant défiler le paysage, il passait mentalement en revue la liste des acteurs de *Summer Street*. Pour l'essentiel, les personnages de la série étaient des gens jeunes, qui prenaient comme lui la vie avec philosophie. Il s'entendrait bien avec eux. De toute façon, il n'aurait pas le choix.

La nuit était tombée quand le train entra en gare, et la température avait encore baissé. Piers pressa le pas. Peut-être allait-il neiger ? D'habitude, il n'appréciait pas spécialement la neige ; l'émerveillement de Ginny à la vue du moindre flocon l'amusait plutôt, mais il lui arrivait de s'en irriter. Cependant, il fallait reconnaître que la petite ville de Silchester serait très jolie sous un manteau de neige. Il faisait suffisamment froid. Il devait même geler. Tout en marchant, il rêvait d'un bon feu de bois, d'un ou deux verres de vin chaud et, pourquoi pas, de quelques tartelettes de Noël aux fruits secs. On n'était pas tout à fait en décembre, mais les décorations traditionnelles avaient déjà fait leur apparition dans les vitrines des magasins. Il devrait trouver de quoi satisfaire sa gourmandise. Il jeta un coup d'œil à sa montre : seize heures trente. Duncan accepterait sûrement de l'accompagner au supermarché. Et lui saurait quelles épices mettre dans le vin chaud.

À l'approche du 12, Russell Street, la vue des fenêtres sombres l'emplit d'un certain découragement : il allait trouver une maison vide, froide et plongée dans l'obscurité. Il faillit revenir sur ses pas, vers l'animation du centre-ville.

C'est alors qu'il aperçut deux pieds qui dépassaient sur les marches de l'entrée. Ginny ou Duncan avait dû oublier ses clefs. Ginny, en particulier, supportait mal le froid : si elle attendait là depuis longtemps, elle aurait les doigts engourdis et serait d'une humeur massacrante. Piers se demanda si la chaudière était en route, s'il pourrait lui faire couler un bain et allumer du feu dans la cheminée du salon. Devant la grille, il découvrit que ces jambes trop minces dans leur collant opaque et ces énormes chaussures ne pouvaient appartenir à Ginny. Bien sûr ! C'était Alice, la petite Chambers.

Lorsqu'il ouvrit la grille, elle leva des yeux affolés. Toute pâle, elle était assise contre la porte, pelotonnée dans sa veste, ses écouteurs sur les oreilles.

— Bonsoir ! lança-t-il avec bonne humeur. Il n'y a personne ?

— Non…, dit-elle un peu gênée.

Elle fourra la main dans sa poche pour arrêter son Walkman.

— Je n'avais pas l'intention de m'attarder. Je voulais juste voir si quelqu'un viendrait.

— Tu as très bien fait.

Piers avait plutôt tendance à trouver qu'elle s'incrustait. Ils la voyaient apparaître presque chaque jour : elle passait timidement la tête à la porte de la cuisine, ou leur faisait signe par la fenêtre du séjour depuis le jardin de devant. Jamais elle ne sonnait. Peut-être même lui arrivait-il de repartir sans rien dire quand elle ne réussissait pas à attirer leur attention.

— Tu vas pouvoir te rendre utile, poursuivit-il. J'ai besoin de quelqu'un pour m'aider à faire les courses et acheter de quoi préparer du vin chaud. Tu sais ce qu'on y met, j'imagine ?

Alice se creusa la tête. Des épices, mais lesquelles ? Pourtant, impossible de refuser. Elle s'empressa d'acquiescer.

— Parfait, déclara Piers en tournant la clef dans la serrure. Entre donc une minute. Je veux quitter cette veste et m'habiller plus chaudement.

Il lui jeta un regard soupçonneux.

— Tu as l'air gelée. Tu ne veux pas un des pulls de Ginny ?

— Oh non, merci !

Elle rougit, mais Piers, occupé à ouvrir la porte, ne remarqua rien.

— À tout de suite, dit-il avant de s'élancer dans l'escalier.

Alice fit les cent pas dans l'entrée, se recroquevillant sur elle-même à cause du froid, mais aussi pour se donner une contenance. Bien qu'elle rende souvent visite aux trois locataires de son ancienne maison, c'était la première fois qu'elle se retrouvait seule avec Piers. Sa voix grave l'intimidait un peu et elle ne savait jamais s'il plaisantait ou non.

Ginny et Duncan étaient d'un abord plus facile. Ils semblaient toujours contents de la voir, lui faisaient du thé et l'interrogeaient sur le lycée. Un peu comme ses parents, il fallait bien le reconnaître, mais avec eux, c'était autre chose. Chaque anecdote racontée à Ginny et à Duncan prenait soudain plus d'intérêt. Duncan l'écoutait avec attention, s'exclamait bruyamment et avait baptisé ses récits « L'Inénarrable Saga du Lycée Sainte-Catherine ». Ginny, elle, comprenait tout sans avoir besoin d'explications, à la différence de sa mère qui posait toujours des questions du genre : « Mais, si tu n'as pas cours, pourquoi n'en profites-tu pas pour t'avancer dans ton travail ? »

Ginny lui proposait parfois de monter dans sa chambre, pour lui montrer les vêtements qu'elle venait de s'acheter, un nouveau parfum ou un produit de maquillage. Un jour, elle avait maquillé Alice en vamp ; une autre fois, elle lui avait donné un pull marron qu'elle ne portait plus, affirmant qu'il lui irait à ravir. De temps à autre, elle rapportait des dossiers du bureau et demandait à l'adolescente de l'aider à plier des communiqués de presse et à les mettre sous enveloppe, ou de légender des photos de maisons de campagne. Elle lui avait promis de la prendre avec elle à l'agence pour son stage en entreprise et de l'emmener avec un groupe de journalistes lors d'un voyage promotionnel.

Duncan, malgré son oisiveté apparente, avait toujours des histoires amusantes à raconter sur le déroulement de sa journée, et sur ceux qu'il appelait les « bons bourgeois » de Silchester. En ville, où il allait presque chaque jour, il était témoin de scènes intéressantes, insolites ou révoltantes, à moins qu'il n'ait eu une longue conversation avec un inconnu. Il semblait ne rien faire comme tout le monde.

Alice se reprochait parfois d'aller les voir trop souvent. À une ou deux reprises, Ginny lui avait dit gentiment :

« En fait, Alice, tu ne tombes pas très bien. »

Elle avait alors eu envie de prendre ses jambes à son cou et de ne plus revenir. Mais Ginny avait aussitôt ajouté :

« Pourquoi ne viendrais-tu pas plutôt prendre un thé samedi ? »

Ou bien :

« Reviens demain, d'accord ? »

Alors elle était revenue. En réalité, elle ne supportait pas de ne pas les voir. Avec eux, tout paraissait plus attrayant et drôle. Ensuite, elle trouvait la vie au cours privé encore plus triste et monotone. Un jour, Ginny avait suggéré d'inviter les parents d'Alice à prendre un verre afin de mieux faire leur connaissance.

« Il faut qu'ils aient confiance en toi pour te laisser passer autant de temps avec trois inconnus. Pourquoi ne pas nous les amener ? »

Gênée, Alice s'était tortillée sur sa chaise en répondant que ses parents étaient très occupés, qu'ils sortaient peu, et qu'honnêtement ils ne lui demandaient jamais de comptes. Ce n'était pas tout à fait vrai. Lorsqu'elle avait fini par avouer à Liz et à Jonathan où elle passait tant de temps après les cours, Liz avait aussitôt proposé d'inviter Ginny et Piers à dîner. Alice, horrifiée, en était restée sans voix.

« En fait, ils ont énormément de travail. Et ils ne savent jamais à l'avance quand ils pourront se libérer… Mais je leur poserai la question, ne t'inquiète pas », s'était-elle empressée d'ajouter, voyant sa mère prête à protester.

Leur poser la question ! Elle frémit à l'idée de faire traverser à Ginny, Piers et Duncan les salles de classe et les couloirs déserts du cours privé, de les précéder dans l'escalier étroit menant à l'appartement, de les faire asseoir pour manger du hachis Parmentier avec ses ringards de parents. Sa mère ferait semblant d'être dans le coup, comme si le métier d'acteur n'avait aucun secret pour elle, et son père se ridiculiserait en demandant si *Summer Street* était bien le feuilleton qui se passait en Australie.

Alice, elle, était désormais incollable sur *Summer Street*. Elle savait qu'Ian Everitt quittait la série, qu'on lui cherchait un remplaçant, que Piers allait auditionner pour le rôle. Et qu'il devait à tout prix le décrocher.

Quelques semaines auparavant, Ginny et elle avaient passé une soirée ensemble pendant que Piers et Duncan étaient au théâtre à Londres. Après quelques verres de vin, Ginny lui avait tout raconté : Piers trouvait difficilement du travail et ce serait merveilleux s'il était pris dans *Summer Street*, ils auraient alors les moyens de s'installer dans une grande propriété du Berkshire, d'avoir beaucoup d'enfants, et Alice pourrait venir les voir chaque été. Enchantées par cette perspective, elles avaient ouvert une seconde bouteille de vin et commandé une pizza, avant de se passer tous les vieux épisodes de la série *Coppers* dans lesquels jouait Piers.

Alice, qui ne l'avait jamais vu à la télévision, était surprise par la qualité de son jeu, comparable à celui d'acteurs plus célèbres. Mais elle avait éprouvé un sentiment de malaise en le voyant embrasser une collègue officier de police. Malgré sa curiosité, elle n'avait pas osé demander à Ginny ce qu'elle ressentait devant ce genre de scène. Pelotonnées sur le canapé, elles avaient toutes deux regardé en silence Piers déshabiller lentement sa partenaire, lui murmurer des mots doux à l'oreille et la couvrir de baisers. Le plan suivant les montrait à leur réveil le lendemain matin, dans le même lit.

Ginny avait alors fixé Alice de manière énigmatique et s'était mise à la questionner sur ses parents. Depuis combien de temps étaient-ils mariés ? La gestion du cours privé ne représentait-elle pas une responsabilité trop écrasante ? Sa mère réussissait-elle à avoir une vie mondaine ? Jusque-là, l'adolescente n'avait jamais envisagé ses parents sous cet angle. Elle s'était néanmoins efforcée de répondre de son mieux. Ginny s'était alors penchée vers elle et l'avait serrée dans ses bras en soupirant :

« Pauvre petite Alice ! »

Bizarre, s'était dit l'intéressée. Lorsqu'elle lui avait rapporté à demi-mot l'épisode, Duncan avait prétendu que ça ne l'étonnait pas de cette vieille poivrote de Ginny. Après lui avoir expliqué ce terme, il avait joué les boute-en-train toute la soirée.

— Voilà ! Allons faire les courses !

Alice sursauta en découvrant Piers à côté d'elle, dans un pull écru à torsades sous sa veste de chasse.

Dans la rue, il allongea le pas, l'obligeant presque à courir pour ne pas se laisser distancer. Ils avancèrent quelques minutes en silence. Alice cherchait désespérément un sujet de conversation. Elle allait ouvrir la bouche, mais se ravisa. C'est seulement à l'approche du raccourci qu'elle se décida à parler.

— En fait, ça va plus vite par là.

Piers s'arrêta net, et elle rougit.

— Vraiment ? De ce côté-ci ?

— C'est un raccourci. Enfin…

Sous son regard sceptique, elle perdait ses moyens.

— … on n'est pas obligés de le prendre. On peut rester dans cette rue, mais…

— Pas du tout. Je te suis, déclara-t-il avec un sourire approbateur en se remettant à marcher. Heureusement que tu es là ! Je ne me serais jamais soucié de chercher un raccourci.

Le visage d'Alice rayonna de plaisir.

— Aujourd'hui, je suis allé voir le producteur de *Summer Street*, annonça soudain Piers.

— C'est vrai ?

Elle n'en revenait pas. Piers ne lui parlait jamais de la série ; c'était Ginny qui la tenait au courant.

— Ça se présente plutôt bien. Je dois auditionner vers le Nouvel An.

— Super ! Et tu vas rencontrer tous les autres acteurs ?

— Oui. D'ailleurs, ça fait partie de l'audition. Pour voir si je m'entends bien avec mes futurs partenaires, si je m'intègre à l'équipe…

Ils avaient atteint le supermarché, et Piers lui tenait la porte. Il prit un panier en regardant autour de lui avec intérêt.

— Voyons… Que nous faut-il ? De la cannelle ? Des clous de girofle ?

— Oui, ça doit être ça…

Alice venait d'apercevoir Antonia Callender avec sa mère à l'autre bout du magasin. Ce serait génial de pouvoir les croiser avec Piers et de faire un petit signe de tête à Antonia. Elle rejeta ses cheveux en arrière et sourit ostensiblement à Piers. Peut-être même Antonia le prendrait-elle pour son petit ami.

— À mon avis, les épices sont par là, affirma-t-elle en désignant l'autre extrémité du magasin.

— Eh bien, allons-y.

Au fur et à mesure qu'ils se rapprochaient d'Antonia, Alice sentait le rouge lui monter aux joues. Elle referma la main sur la doublure de sa poche et serra le poing. D'une minute à l'autre, Antonia les verrait, et…

— Salut, Alice.

La voix d'Antonia s'éleva dans l'allée. Alice attendit un instant avant de lever la tête. Les yeux brillants de curiosité, Antonia les dévisagea successivement tous les deux. Alice resta d'abord impassible, comme si elle ne la reconnaissait pas. Enfin, elle consentit à esquisser un sourire.

— Salut, Antonia, lâcha-t-elle.

Celle-ci, rougissante, dévisagea de nouveau Piers.

— Tiens ! Bonsoir, Alice.

C'était la mère d'Antonia, qui arrivait du rayon des poissons surgelés. Elle lança un regard réprobateur en direction de Piers.

— Tu fais des courses pour ta maman ?

Piers répondit, et sa voix grave résonna dans tout le magasin.

— Non, en fait, nous achetons de quoi préparer du vin chaud. Il faut bien de la cannelle ? Et des clous de girofle ?

— Ça dépend. D'habitude, je pique des clous de girofle dans des oranges. Ensuite, j'ajoute de l'eau, du vin et du sucre roux.

— Bien sûr ! Ça me revient, maintenant. Et beaucoup de cognac.

— Seulement si on veut une boisson très alcoolisée ! Tout dépend de qui la boira.

Elle jeta un coup d'œil en direction d'Alice. Mortifiée, Antonia dansait d'un pied sur l'autre.

— Oh, plus ce sera alcoolisé, mieux ça vaudra ! N'est-ce pas, Alice ? lança Piers.

— Absolument, répondit-elle, ravie, tout en s'efforçant d'ignorer Antonia. On devrait peut-être y aller ? ajouta-t-elle crânement.

— Oui on ferait mieux de se dépêcher. Enchanté d'avoir fait votre connaissance, déclara-t-il avec courtoisie à Antonia et à sa mère. Merci mille fois de vos conseils !

Une pointe d'ironie transparaissait dans sa voix et, tandis qu'ils s'éloignaient, Alice entendit Antonia gémir :

— Enfin, maman, qu'est-ce qui t'a pris de dire ça ?

— Une de tes amies ? demanda Piers, une fois qu'ils eurent quitté le rayon.

— Non, ma pire ennemie.

— C'est bien ce que je pensais.

Ils échangèrent un sourire complice, et Alice éprouva soudain une profonde attirance pour lui. Elle avait les joues brûlantes. Quelque part dans son imaginaire apparaissait souvent la silhouette lointaine et floue d'un couple en train de s'embrasser avec passion. La jeune fille lui ressemblait, mais, jusque-là, l'homme était resté sans visage. Aujourd'hui, toutefois, elle découvrait ses traits. C'était Piers.

À leur retour, Ginny et Duncan, assis par terre, jouaient au Scrabble. Ginny leva brusquement la tête dès qu'ils entrèrent dans la pièce.

— Ça s'est passé comment ?

— Quoi ? Les courses ?

— Mais non, ton entretien ! Pour *Summer Street* !

— Bon sang ! Je l'avais presque oublié.

Le sourire aux lèvres, Piers se débarrassa de sa veste de chasse. Immobile, Ginny attendait. Il ne fallait pas poser de questions, ni commencer à le harceler. Pourtant, en proie à une émotion intense, à mi-chemin entre la surexcitation et l'angoisse, elle avait le plus grand mal à se contrôler. Son mari ne rapportait sans doute pas de mauvaises nouvelles. Pas avec cet air détendu. Mais, quand il alla poser sa veste sur la rampe de l'escalier, elle dut se retenir pour ne pas crier. Pourquoi ne la jetait-il pas sur une chaise, comme d'habitude ?

— Tout s'est très bien passé.

Elle en sursauta presque.

— Vraiment ?

— Je crois que je lui plais. Il m'a dit, tiens-toi bien : « Nous savons que vous avez du talent. »

— Alan Tinker t'a dit ça ?

Le visage de Ginny s'éclaira.

— Dès les premières minutes de notre entretien.

— Et qu'as-tu répondu ?

— Je ne m'en souviens plus. J'ai dû acquiescer de la tête.

Ginny ramena ses genoux contre sa poitrine et les serra très fort, dans l'espoir de calmer les battements de son cœur. *Nous savons que vous avez du talent*. Elle se répéta plusieurs fois cette phrase avec délectation, puis la refoula dans un coin de son esprit pour la savourer de nouveau un peu plus tard.

— Et après ?

— Il a dit qu'il organiserait une audition après Noël, que l'essentiel était d'avoir un bon contact avec tout le monde sur le plateau.

Surpris, Duncan leva les yeux.

— Ce qui signifie ?

— Tu sais bien, le baratin habituel sur le travail d'équipe. Ils ne veulent pas de quelqu'un avec des caprices de diva, j'imagine.

— Dans ce cas, ironisa Duncan, tu n'as aucune chance de décrocher le rôle. Tout le monde sait que tu es odieux pendant les répétitions.

Ginny lança un regard inquiet à Piers.

— Comment peuvent-ils se faire une opinion ?

— Je dois passer un après-midi sur le plateau. Quelque chose dans ce genre.

— Qui sont tes partenaires ? Tu penses pouvoir t'entendre avec eux ?

Trop tard, Ginny s'aperçut à quel point sa voix trahissait son inquiétude.

— Je l'espère, répondit Piers non sans une certaine irritation. À moins que mon caractère exécrable ne ressorte.

— Ce n'est pas ce que je voulais dire...

— Bien sûr qu'il s'entendra avec eux, déclara Duncan. Ce n'est pas sorcier. Venez donc faire une partie de Scrabble avec nous, tous les deux.

Il brandit son chevalet vers Piers et Alice, renversant toutes ses lettres sur la moquette.

— Nous rapportons de quoi préparer du vin chaud, dit Piers. Et je vais faire du feu.

Il déposa un baiser sur la chevelure blonde et soyeuse de Ginny.

— Quelqu'un a la recette ? Nous avons des clous de girofle, entre autres ingrédients.

Ginny le regarda avec un sourire contrit.

— Quelle bonne idée ! Un verre de vin chaud me fera le plus grand bien. Excuse-moi, Alice, je ne t'ai même pas dit bonjour. Comment vas-tu ?

— C'est elle qui m'a aidé à acheter ce qu'il fallait, précisa Piers.

— Et maintenant, elle va m'aider à préparer le vin chaud, enchaîna Duncan. Comme vous le savez sans doute, je suis le meilleur spécialiste au monde de cette boisson.

— Mais le plus incompétent en matière de feu de bois, répliqua Piers.

Une demi-heure plus tard, chacun muni d'un verre de breuvage fumant et odorant, ils entamaient une partie de Scrabble devant le feu qui démarrait doucement.

— Nom de Dieu ! Qu'est-ce que vous avez mis là-dedans ? s'exclama Piers dès la première gorgée.

— À peu près trois bouteilles de cognac, pouffa Alice. Après plusieurs verres avec Duncan dans la cuisine, elle se sentait passablement ivre.

— À moi, dit Duncan en examinant le plateau de Scrabble. La barbe ! Je ne peux rien faire.

Il se gratta la tête et but quelques gorgées.

— Est-ce que le mot « xyne » existe ? X-Y-N-E. J'ai dû voir ça dans Shakespeare.

— Ça m'étonnerait ! lança Ginny. Je suis sûre que tu viens de l'inventer.

Confortablement adossée à un fauteuil, elle offrait son visage à la chaleur des flammes. Piers et elle se tenaient par la main, et chaque gorgée de vin chaud la détendait un peu plus.

— Xyne..., répéta Duncan d'un air songeur. Ce ne serait pas une forme de méditation ? De karma ?

— Jamais entendu parler, dit Piers.

— Tu es vraiment inculte. Dans ce cas, je passe mon tour.

— Mais non. Tu peux faire « yen », suggéra Ginny.

— Oui, c'est une solution.

Duncan vérifia ses lettres et les aligna sur le plateau.

— Mais je voulais utiliser mon X. Je suis sûr que « xyne » existe. Ce n'est pas juste… Qu'est-ce qu'il y a de si drôle ? demanda-t-il à Alice en la foudroyant du regard.

— À moi, déclara Ginny.

Elle étudia ses lettres en buvant lentement.

— J'ai un mot ! gloussa-t-elle.

— Z-O-B, épela Duncan. Zob. Impossible. Mot étranger.

— Pas du tout ! C'est dans le dictionnaire.

Elle éclata de rire.

— Vraiment ? Alors explique-nous ce que c'est, s'il te plaît. Je n'en ai pas la moindre idée. Et Alice non plus. N'est-ce pas, Alice ?

Duncan fit un clin d'œil à l'adolescente, en proie à un véritable fou rire. Ginny l'ignora ostensiblement.

— À toi, Piers.

— Non, à Alice.

Celle-ci était aux anges. L'alcool l'emplissait d'une douce chaleur, et elle était entourée des gens les plus beaux et les plus drôles qu'elle ait jamais rencontrés. Elle réprima son envie de rire et contempla sa rangée de lettres. Si seulement elle pouvait trouver quelque chose d'amusant ! Mais elle avait beau chercher, rien ne venait. Pas le moindre mot en vue.

— Voyons, dit Duncan en se penchant vers elle. Oh, là, là ! Alerte aux lettres calamiteuses !

— Il n'y a vraiment rien à faire ? demanda Ginny.

— Rien de rien, absolument ri… Attendez ! J'ai une idée.

Avec des gestes lents et cérémonieux, il plaça les lettres d'Alice verticalement sur le plateau. Ginny les lut au fur et à mesure.

— J-E-C-C-S… Duncan, es-tu certain que ce soit un mot ?… Q-B… Duncan !

— Jeccsqb, annonça triomphalement Duncan. Allons, ne me dis pas que tu ne connais pas celui-là !

Il adressa un sourire satisfait à Alice, qui, pliée en deux, n'arrivait même plus à parler.

— Bravo, Alice ! Tu as fait Scrabble, donc tu as droit à un bonus de cinquante points. Et à un dernier verre de vin chaud.

L'euphorie d'Alice n'était toujours pas retombée lorsqu'elle arriva chez elle. Elle exultait en montant l'escalier quatre à quatre. Jamais elle ne s'était autant amusée de sa vie, et rien que de penser à certaines reparties de Duncan le fou rire la reprenait. Le visage radieux, elle entra en trombe dans le salon où ses parents regardaient la télévision.

— Je t'ai laissé ton dîner au chaud dans le four, dit Liz. Des lasagnes aux légumes.

Alice la remercia. Elle mourait de faim. Piers, Ginny et Duncan se contentaient souvent d'une boisson, et elle rentrait toujours affamée.

Elle revint s'installer au salon, son assiette sur les genoux, et vit les dernières minutes d'un documentaire. À la fin du générique, son père éteignit avec la télécommande. Il leva les yeux vers elle et lui sourit.

— Tu as passé une bonne soirée ?

— Excellente. On a fait un Scrabble, répondit-elle, la bouche pleine.

— Un Scrabble ! Quelle bonne idée ! Voilà une éternité que nous n'y avons pas joué.

Jonathan se tourna vers Liz.

— Ça te dirait de faire une partie ?

— Bof, dit-elle sans enthousiasme. Oh, et puis si, après tout. Va chercher le jeu.

À son retour, Jonathan brandit une feuille de papier.

— J'ai reçu mon formulaire de parrainage pour le défilé de Noël d'ECO. Vous acceptez de me parrainer ?

— Combien te faut-il ? demanda Alice.

Elle se sentait adulte et généreuse.

— Tu devrais participer au défilé, Alice, au lieu de te contenter de le parrainer, protesta Liz. Tu es bien membre de l'association, non ?

— Tu oublies que j'ai distribué des tracts. J'ai passé l'âge de me déguiser en arbre, merde à la fin !

— Cette année, ce ne sont pas des arbres, mais des oiseaux, précisa Jonathan, et ne jure pas, s'il te plaît. Nous avons fait des recherches intéressantes dans les forêts de la région. Rien qu'aux abords de Silchester, il y a un nombre incroyable d'espèces qui réussissent à survivre. Mais certaines d'entre elles sont très menacées.

Il chercha ses lunettes dans sa poche.

— De toute façon, tu pourras remplir le formulaire plus tard. Faisons cette partie de Scrabble.

À la vue des petites lettres carrées sur son chevalet, Alice faillit éclater de rire en pensant à Duncan. Elle essaya différentes solutions, puis leva la tête, impatiente de commencer.

— Qui joue en premier ? Moi ?

Elle avait parlé trop fort pour la taille de la pièce.

— Aurais-tu oublié ? demanda son père avec un sourire indulgent. Chacun prend une lettre au hasard dans le sac pour en décider. Allons-y.

Elle rongea son frein pendant qu'il tirait sa lettre d'un air absorbé avant de faire circuler le sac.

— C'est moi qui commence, annonça Liz. Voyons, que puis-je faire ?

Sous le regard accablé de sa fille, elle étudia ses lettres, en prenant une, la reposant, fronçant les sourcils, calant son menton dans sa main. Alice jeta ensuite un coup d'œil à son père, occupé à tracer des colonnes pour noter le score. Comble d'horreur, il tirait les traits à la règle !

— Voilà ! dit Liz. « Temple. » Rien de passionnant, hélas.

— Bravo ! Combien de points ? demanda Jonathan.

Le silence s'installa tandis qu'il faisait le calcul. Alice se retint pour ne pas hurler. Le moindre son paraissait amplifié : le cliquetis des lettres du Scrabble, le bruissement du sac, la respiration de sa mère, le déclic du stylo bille de son père.

— À toi, Alice, dit-il.

Elle contempla ses lettres, priant pour qu'un événement imprévu vienne mettre un peu d'animation.

— « Prosper », ça va ?

Elle défia son père du regard.

— P-R-O-S-P-E-R ? C'est un prénom. Tu n'as pas le droit. Trouve autre chose.

— Et « Perso », alors ? Je suis sûre que ça existe ! s'écria-t-elle, au bord de l'hystérie.

Elle se tourna vers sa mère, quêtant son approbation. Elle pourrait au moins faire l'effort de rire. Mais Liz, les yeux dans le vague, ne semblait même pas avoir entendu.

— Enfin, Alice ! dit son père, surpris. Tu es capable de faire mieux que ça ! Montre-moi tes lettres.

Anéantie, elle les lui passa sans un mot. Elle voulait quitter cette petite pièce silencieuse. Elle en avait assez de cette partie de Scrabble avec ses raseurs de parents. Elle aurait voulu retourner dans la maison de Russell Street, jouer avec Ginny et Duncan, rire aux larmes et boire du vin chaud, tout en vérifiant de temps à autre si, par un merveilleux hasard, Piers n'aurait pas les yeux posés sur elle.

9

Le jour du défilé de Noël d'ECO, Anthea partit de bonne heure en voiture à Silchester et revint avec deux énormes boîtes.

— Les garçons ! appela-t-elle depuis la porte. Venez voir ce que je rapporte !

Encore en pyjama et en peignoir, la bouche pleine de Weetabix, Daniel et Andrew se précipitèrent dans l'entrée. Hannah les suivait, avec à la main une tasse de ce thé très fort et très sucré sans lequel elle ne pouvait fonctionner le matin.

— Voilà ! annonça fièrement Anthea à Daniel en tendant l'une des boîtes.

Il l'examina attentivement.

— Chouette 10-12, lut-il.

— Chouette 8-10 sur celle-ci, ajouta Andrew. Je me demande bien ce qu'il y a dedans…

— Vous n'avez qu'à les ouvrir, déclara Anthea.

L'air méfiant, Daniel leva la tête. Il commençait à se douter de ce qu'elles contenaient. Pourtant, il tira docilement sur le ruban qui retenait le couvercle. Andrew avait déjà ouvert sa boîte.

— Des plumes ! s'exclama-t-il.

— C'est un déguisement, précisa Anthea.

Daniel réussit enfin à retirer le couvercle de sa boîte. À l'intérieur, une tête de chouette le fixait. Les doigts tremblants, il la souleva. C'était une sorte de masque couvert de plumes et de fourrure. Avec deux gros yeux jaunes, dans lesquels on avait percé une ouverture, et un bec en plastique orange. Un costume de chouette, lui aussi couvert de plumes et de fourrure, était plié au fond de la boîte.

— Il a des ailes que vous pourrez agiter en marchant, expliqua Anthea d'un ton satisfait.

Andrew et Daniel échangèrent un regard inquiet.

— On est obligés de les porter ? demanda Daniel. On pourrait pas seulement se maquiller le visage comme l'an dernier ?

Anthea parut surprise.

— Sûrement pas. Ne soyez pas ridicules. Vous irez les essayer aussitôt après le petit déjeuner. Nous devons partir à onze heures.

Devant le visage fermé de Daniel et les sourcils froncés d'Andrew, elle s'exclama :

— Allons, ne faites pas cette tête-là, tous les deux ! Vous allez bien vous amuser pendant le défilé. Et vous serez magnifiques !… N'est-ce pas, Hannah ?

— Magnifiques, répéta celle-ci d'une voix morne.

Anthea la dévisagea d'un œil soupçonneux et se dirigea d'un pas décidé vers l'escalier.

— Dépêchez-vous de finir de manger ! lança-t-elle en montant. Ce serait dommage de rater le début du défilé.

Lorsqu'elle fut en haut, Daniel se tourna vers Hannah, consterné.

— On peut pas porter ça ! On aura l'air complètement débile !

— Ne vous en faites pas. Personne ne vous reconnaîtra là-dedans.

— Bien sûr que si ! déclara Andrew. Maman se chargera de le dire à tout le monde.

Hannah ne put s'empêcher de rire.

— Là, tu as sans doute raison.

Elle tenta ensuite de consoler Daniel, qui tripotait piteusement les plumes de son costume.

— Écoute, Daniel, mets-le après le petit déjeuner, et si le résultat est trop catastrophique ta mère acceptera peut-être que tu l'enlèves.

— D'accord…

Il laissa tomber la boîte par terre et donna un coup de pied dedans.

— Mais je te parie qu'elle cédera pas, ajouta-t-il d'un ton lugubre.

Assis à la table de la cuisine, Marcus buvait son café du matin à petites gorgées, totalement ignorant de l'arrivée des déguisements. Il semblait lire les journaux déployés devant lui ; en réalité, il avait l'esprit ailleurs. La veille, Léo Francis était passé chez Witherstone's en fin de journée, officiellement pour rendre visite à l'agent immobilier en train de travailler sur le même secteur que lui. Aussitôt la porte refermée sur Suzy, il s'était penché vers Marcus et avait chuchoté :

« Vous serez heureux d'apprendre qu'après l'authentification du testament de lady Ursula le domaine de Panning Hall a été vendu de particulier à particulier au prix que vous aviez suggéré. »

Le cœur de Marcus avait fait un bond, mais il n'en avait rien laissé paraître.

« Parfait. Aucune réclamation de la part de vos clientes ?

— Aucune, avait répondu Léo avec un sourire satisfait. Après avoir vécu si longtemps aux États-Unis, elles connaissent mal l'état du marché immobilier en Grande-Bretagne. Je les avais prévenues que le domaine risquait de ne pas se vendre très cher, et elles ont eu l'air agréablement surprises par la somme qu'elles ont reçue. »

Marcus contemplait son sous-main en silence. Il ne savait trop comment se comporter dans ce genre d'entretien. Était-il censé parler de manière explicite ? Ou la conversation devait-elle, au contraire, se dérouler à mots couverts, comme si elle était enregistrée pour servir de preuve contre eux ?

« Et l'acheteur ? avait-il fini par demander.

— Le domaine a été acheté à titre d'investissement par une petite société anonyme. »

Marcus avait eu un hochement de tête entendu. Selon toute vraisemblance, ladite société anonyme appartenait à Léo. Où celui-ci s'était-il procuré l'argent pour un pareil achat ? Peut-être avait-il des associés. À moins qu'il n'ait fait fortune dans le passé grâce à d'autres transactions douteuses. Après tout, à elle seule, celle-ci lui rapporterait un million de livres lorsqu'il revendrait Panning Hall. Moins les vingt pour cent qu'il devait à Marcus.

« Et cette société va sans doute revendre le domaine rapidement ? »

Alors que Marcus s'en voulait de son audace, le visage de Léo s'était encore éclairé.

« Très rapidement… J'ai cru comprendre que le marché se raffermissait », avait-il dit d'un ton détaché en jetant un coup d'œil par la fenêtre.

« Ça va mieux, en effet. Les affaires reprennent. »

À présent, un gros titre en première page du journal retenait l'attention de Marcus : *Nouvelle baisse du marché de l'immobilier*. Pas à Panning, apparemment. Il sourit en silence. Toute cette affaire avait été un jeu d'enfant : deux cent mille livres pour six jours de travail. Ce qui donnait un salaire horaire de…

Il faisait le calcul quand le téléphone sonna.

— Marcus ? C'est Miles.

— Miles ! Bonjour.

La voix de son cousin fit aussitôt naître en lui un sentiment de culpabilité. Il se creusa la tête pour trouver une phrase anodine.

— Belle journée en prévision, non ? s'exclama-t-il enfin. Les garçons participent tout à l'heure à ce défilé pour la défense de l'environnement. Ils vont sûrement passer un bon moment…

Ciel, il n'allait tout de même pas raconter sa vie !

— Marcus, je voulais simplement savoir si tu avais rencontré Léo Francis hier.

Les battements de son cœur s'accélérèrent.

— Euh… oui, en fait.

Il y eut un bref silence. Marcus se retint pour ne pas se lancer dans des explications compromettantes que personne ne lui demandait. Rien ne lui interdisait de rencontrer Léo, après tout !

— Pour affaires ?

Il rougit.

— Tu sais bien, la routine… Pourquoi me poses-tu la question ?

Miles l'agaçait. De quel droit l'appelait-il et lui faisait-il subir un interrogatoire ?

— Uniquement pour m'assurer… que tu connais la réputation de Léo Francis.

— Sa réputation ? Que veux-tu dire ? Serait-il incompétent ?

Marcus avait légèrement élevé la voix.

— Non, pas du tout. Au contraire, je suis sûr qu'il est très compétent dans son domaine.

— Alors de quoi s'agit-il ?

— Ce ne sont que des rumeurs, précisa Miles de son ton paisible, pourtant, il est de notoriété publique que Léo Francis recourt parfois à des pratiques contestables. George Easton refuse carrément de travailler avec lui. Il semblerait qu'un jour Francis ait persuadé l'un de ses stagiaires de tremper dans une petite escroquerie. Rien n'a jamais été prouvé, mais depuis…

— Qu'est-il arrivé à ce stagiaire ? demanda Marcus sans réfléchir.

Bon sang ! Qu'est-ce qui lui prenait ? Déconcerté, Miles ne répondit pas immédiatement.

— À vrai dire, je n'en sais rien. Marcus…

Sa voix fut couverte par l'entrée tapageuse d'Andrew et de Daniel dans la cuisine.

— Arrête, Andrew ! criait Daniel. Ce n'est pas drôle !

Marcus posa la main sur le combiné.

— Ça suffit, les garçons ! Je suis au téléphone… Excuse-moi, Miles, il y a un peu d'animation autour de moi. Que disais-tu ?

— Bon, je ne te dérange pas davantage. Mais…

— Quoi donc ?

Il eut conscience de son agressivité presque puérile.

— Rien. Tu es assez grand pour savoir ce que tu fais.

Il raccrocha avec un sentiment de malaise. Miles aurait-il appris quelque chose ? Essayait-il de le mettre en garde ? Dans ce cas, il arrivait trop tard. L'affaire était dans le sac. Pendant quelques terrifiantes secondes, il s'imagina que son cousin avait découvert la vérité, surpris sa conversation avec Léo. Puis il se raisonna. C'était impossible. Totalement invraisemblable. Il se força à sourire et à lever la tête.

— Hé là, qu'est-ce qui ne va pas ?

Surpris par le visage consterné de Daniel, il interrogea Hannah du regard. Elle exprima son impuissance par un haussement d'épaules et alla brancher la bouilloire.

— Les garçons ? Daniel ? Que se passe-t-il ?

— Maman veut nous obliger à porter ces déguisements ridicules ! explosa Daniel. Nous allons au défilé de Noël et elle nous a acheté des costumes de chouette.

Interloqué, Marcus laissa échapper un petit rire.

— Des costumes de chouette ? Pourquoi des chouettes ?

— Il faut être déguisé en oiseau, expliqua Daniel en se laissant tomber sur une chaise. C'est un défilé pour la défense des oiseaux.

Il contempla avec découragement son bol de Weetabix à moitié plein et le repoussa.

— Eh bien, moi, dit Marcus d'un ton enjoué, je trouve très amusante cette idée de costumes de chouette.

— C'est pas vrai, répliqua Daniel avec mépris. Toi, tu n'accepterais jamais de te déguiser.

— Peut-être que si. Mais pas en chouette. Je me verrais assez bien en poule d'eau. Et vous, Hannah ?

Il lui sourit avec l'affabilité d'un animateur de télévision, espérant qu'elle saisirait la perche qu'il lui tendait. Elle avait parfois des paroles malheureuses devant les enfants : Anthea avait même failli la renvoyer un jour où elle avait mentionné en leur présence les bienfaits du haschich.

Cette fois, cependant, elle répondit au sourire de Marcus.

— Je crois que je ferais un pingouin tout à fait présentable. Et je te vois très bien en chouette, Daniel.

— Pas question ! J'aurai l'air d'un connard.

— Daniel !

La voix outrée d'Anthea s'éleva à l'entrée de la pièce.

— C'est quoi, un connard ? demanda Andrew.

Marcus lança un regard catastrophé à Hannah, qui pouffa de rire dans sa tasse de thé.

— Daniel, comment oses-tu dire de telles grossièretés ?

Anthea s'approcha de la table et fixa Hannah avec suspicion. Andrew répéta sa question.

— Alors, c'est quoi, un connard ?

Daniel rougit.

— Je ne mettrai pas ce costume débile. Et je n'irai pas au défilé, dit-il sans regarder Anthea.

Il devint écarlate. Marcus observa Anthea à la dérobée. Ses lèvres pincées ne laissaient rien présager de bon, mais, devant tous ces visages rassemblés, elle ne savait visiblement plus où poser les yeux. Elle devait se demander comment se tirer d'affaire.

— Peut-être que…, commença Marcus d'une voix apaisante.

Il regretta d'avoir ouvert la bouche en voyant Anthea se tourner vers lui comme s'il l'avait giflée.

— … peut-être que Daniel n'est pas obligé de participer au défilé. Et qu'il pourrait rester à la maison…

— Il faut qu'il y aille !

Anthea foudroya Marcus du regard, puis elle s'adressa à son fils aîné.

— Tu dois y aller, tu m'entends !

Marcus soupira intérieurement et se détourna. Sa suggestion n'avait servi qu'à déchaîner la colère de sa femme. Il aurait mieux fait de se taire.

— C'est dans ton formulaire de candidature à une bourse ! criait Anthea. Tu y es présenté comme un membre actif de l'association locale de défense de l'environnement.

— Et alors ? Ça change quoi, si je vais pas à un malheureux défilé ?

— Beaucoup de choses. Il faut que tu puisses en parler lors de ton entretien. On s'étonnera que tu n'aies pas participé au défilé annuel.

— Personne ne s'en apercevra…

— Par ailleurs, j'ai appris hier que le directeur de Bourne College venait d'adhérer à l'association, ajouta Anthea avec un coup d'œil appuyé en direction de Marcus. Je suis sûre qu'il sera dans le défilé. Peut-être même auras-tu l'occasion de le rencontrer…

Elle donna cette information triomphalement, comme on abat une carte maîtresse. Hannah haussa les épaules avec fatalisme et se dirigea vers l'évier.

Cette maudite bourse pour Bourne College est devenue parole d'évangile, se dit Marcus. Rien ni personne ne pouvait s'y opposer. Et Anthea se croyait seule à savoir ce qui pouvait influer favorablement sur le cours des événements. Il lança un regard compatissant à son fils. Même s'il avait prétendu le contraire, l'obligation de défiler dans le centre de Silchester, affublé d'un déguisement grotesque, lui paraissait la pire des humiliations pour un jeune garçon. Comme si sa participation pouvait l'aider à obtenir une bourse ! Anthea utilisait cet argument à seule fin de tout régenter dans la vie de leur fils. Il allait devoir lui parler et tenter de mettre les choses au point une fois pour toutes.

Pas aujourd'hui, cependant ; pas alors qu'il était si content de lui. Il ne se sentait pas de taille à affronter une dispute. Il faudrait bien que Daniel porte son costume au défilé : la tranquillité était à ce prix. Ignorant l'expression étonnée d'Hannah, évitant le regard indigné de son fils aîné, Marcus replia son journal avec soin, quitta la cuisine, puis disparut dans le couloir vers son bureau.

Il ferma la porte, s'installa dans son fauteuil et composa le numéro du cours privé de Silchester. Si Liz entendait de l'appartement la sonnerie du téléphone, elle se précipiterait, dans la mesure du possible, au rez-de-chaussée pour répondre. C'était moins risqué, lui avait-elle expliqué, que de faire leur numéro personnel. Non que Jonathan ait le moindre soupçon, avait-elle ajouté, faisant naître chez Marcus des remords à la pensée de cet homme si facile à tromper. Des remords vite oubliés. Accoudé sur son bureau, il attendait non sans une certaine nervosité le plaisir d'entendre la voix de Liz.

— Allô ?

Elle était légèrement essoufflée, et Marcus imagina ses joues roses et sa coiffure en désordre.

— Toujours d'accord pour aujourd'hui ?

— Oui, pourquoi ? Tu as… ?

— Tout va bien. Je voulais seulement m'assurer qu'il n'y avait pas de contrordre.

— Ah, parfait.

Sa respiration était plus régulière. Appuyée contre le mur, elle devait se passer la main dans les cheveux et sourire.

— Si je comprends bien, tu m'as fait courir jusqu'ici pour rien.

— Ça se pourrait. Non, en fait, pas pour rien, j'avais une question à te poser.

— Laquelle ?

— C'est assez personnel.

— Je t'écoute.

— Bon, j'y vais. Est-ce que ton mari va se déguiser en oiseau pour ce fichu défilé ?

Dans la cuisine de l'appartement, Alice s'empressa d'avaler sa dernière cuillerée de céréales. La bouche pleine, elle descendit du radiateur où elle s'était installée, mit son bol dans l'évier et regagna sa chambre, sa tasse de café encore à moitié remplie à la main, avant que son père ait eu le temps de dire un mot.

La porte fermée, elle contempla sans indulgence son reflet dans le miroir. Elle était trop pâle, trop maigre, et elle détestait ses horribles dents pointues, plantées n'importe comment. Elle enviait celles, blanches et régulières, de Ginny ; son sourire irrésistible qui lui creusait des fossettes, et son rire cristallin. Alice, elle, produisait des gloussements aigus ou s'esclaffait bruyamment.

Avec une grimace, elle prit son eye-liner et souligna ses paupières d'un lourd trait noir. Elle appliqua ensuite un peu de mascara pâteux sur ses cils et se fit un clin d'œil satisfait. Pas mal, à condition de ne pas regarder le reste. Elle rejeta ses cheveux en arrière d'un geste de star et se pinça les lèvres pour leur donner un peu de couleur. « Salut, Piers », murmura-t-elle d'un ton dégagé. La jeune fille esquissa un sourire, s'assurant aussitôt qu'elle ne rougissait pas. Non, elle avait toujours le teint aussi clair.

« Tu as une si jolie peau ! s'était un jour exclamée Ginny. Sans une seule ride ! »

Alice pensa à la peau de la jeune femme. Moins lisse que la sienne, évidemment. Mais elle allait bien avec son visage. Et avec sa chevelure d'un blond soyeux, son sourire radieux et ses seins aux mamelons bien dessinés qu'Alice avait aperçus deux ou trois fois pendant qu'elles essayaient des vêtements ensemble. Rien de commun entre son corps pâle et osseux d'adolescente, et les courbes généreuses de Ginny. Ce n'était pas seulement une question d'âge. Même si elle devait vivre un million d'années, jamais elle ne serait aussi belle que Ginny.

Or c'était Ginny que Piers aimait. Du moins Alice le supposait-elle. L'idée que Piers pouvait aimer quelqu'un, même Ginny plutôt qu'elle, la mettait en émoi. Il lui suffisait de rêver, comme cela lui arrivait souvent, qu'il s'intéressait à elle, l'attirait contre lui et l'embrassait avec passion – de préférence sous le regard jaloux d'Antonia Callender – pour éprouver un délicieux bien-être qu'elle pouvait faire durer une heure de cours entière.

Elle rejeta une dernière fois ses cheveux en arrière, se regarda de dos dans le miroir, puis enfila sa veste en vérifiant machinalement que son briquet était bien dans sa poche. Il lui arrivait d'allumer une cigarette au 12, Russell Street, et ni Piers ni Ginny ne s'en formalisait. Pourtant, c'était de moins en moins fréquent. Les autres ne fumaient pas – sauf peut-être quelques joints, mais jamais en sa présence. Et elle ne trouvait pas le même plaisir à tirer sur sa cigarette en solitaire et à remplir le cendrier de ses seuls mégots.

Aujourd'hui, elle avait décidé d'en griller quelques-unes. N'importe quelle fille avait l'air plus sexy une cigarette à la main. Elle s'assiérait par terre et, adossée au canapé, aspirerait avec volupté chaque bouffée en glissant négligemment la main dans ses cheveux. Sans jamais regarder Piers, bien sûr.

Elle prit son sac à dos et sortit dans le couloir, où elle se passa sur les lèvres un stick parfumé à la cerise. Son père était encore dans la cuisine, plongé dans la lecture d'une lettre. À la vue de son dos courbé, Alice s'en voulut de ne pas l'accompagner à ce maudit défilé.

— Au revoir, papa… J'espère que tout se passera bien, dit-elle.

— Comment ?

Jonathan se redressa, l'air hagard.

— Ah, oui, merci… D'ailleurs, je ferais bien de me préparer, ajouta-t-il en consultant sa montre.

Il parcourut de nouveau la lettre qu'il avait à la main et releva la tête avec un sourire un peu crispé. Son regard se posa sur la veste d'Alice, puis sur son sac à dos et sur le foulard en coton imprimé dans lequel elle était en train de s'emmitoufler. Un cadeau de Ginny, qui l'avait vu au marché et n'avait pas pu résister, disait-elle. Alice l'adorait.

— Tu sors ? demanda-t-il.

— Oui…

Elle aurait préféré pouvoir répondre : *Non, finalement, j'ai décidé de t'accompagner au défilé*. Mais c'était impossible. Elle n'y arrivait pas. Elle rentra son foulard dans son col de veste et empoigna son sac à dos.

— Je te verrai sans doute à Silchester, ajouta-t-elle. Nous irons peut-être faire des courses de Noël.

— Bonne idée, répondit distraitement Jonathan.

Il n'avait pas l'air de l'écouter. Avec un soupir exaspéré, elle tourna les talons et quitta la cuisine. Elle ne voulait pas rester là une minute de plus, en proie à ce mélange de culpabilité et d'irritation.

Elle claqua la porte d'entrée du cours privé et descendit la rue d'un pas vif ; dans l'air glacial, sa respiration produisait une petite buée. Y avait-il une chance pour que, au 12, Russell Street, ce soit Piers qui lui ouvre ? Et qu'allait-elle bien pouvoir lui offrir pour Noël – ainsi qu'à Ginny et à Duncan –, se demanda-t-elle pour la cent millième fois.

Après son départ, Jonathan, toujours immobile sur son tabouret, contempla le mur de la cuisine, sa lettre à la main. Au retour de Liz, il n'avait pas bougé.

— C'est Alice que j'ai entendu partir en trombe ? lança-t-elle.

Rayonnante, elle ébouriffa les cheveux de son mari en allant brancher la bouilloire. Et s'inquiéta aussitôt à l'idée d'avoir éveillé ses soupçons. Avait-elle ce genre d'attentions d'habitude ? Ou bien les réservait-elle à Marcus, dont les cheveux noir de jais exerçaient un attrait irrésistible, alors que ceux de Jonathan étaient plutôt ternes et clairsemés ? Elle eut beau chercher, elle se revit seulement en train d'enfouir les doigts dans les mèches drues de Marcus pendant qu'ils faisaient l'amour, de lui caresser la tête ensuite et de lui chatouiller la nuque durant le trajet de retour vers Silchester jusqu'à ce qu'il lui sourie.

Depuis sa liaison avec Marcus, ses rapports avec Jonathan avaient perdu toute spontanéité. Elle calculait chacun de ses gestes ; le moindre de ses propos était destiné à endormir sa méfiance, le moindre moment de tendresse assombri par le souvenir de ceux partagés avec Marcus. Elle avait oublié comment elle se comportait avant, ne savait plus quand elle était sincère et quand elle faisait semblant. Elle se sentait pareille à une actrice atteinte d'amnésie partielle : parfois, tout lui revenait sans effort, tandis qu'à d'autres moments elle n'avait plus à sa disposition qu'un répertoire limité d'attitudes et de répliques pour se tirer d'affaire.

Liz observa Jonathan, assis sur son tabouret, les yeux dans le vague. Il n'a rien dû remarquer, songea-t-elle, irritée. À son grand dépit, il restait toujours insensible à ses changements d'intonation, à ses gestes ou mimiques d'encouragement. Alors pourquoi se serait-il étonné qu'elle lui ait ébouriffé les cheveux : il n'avait même pas dû s'en rendre compte.

— Tu veux du café ? demanda-t-elle de son ton le plus détaché.

Intriguée par son silence, elle se retourna.

— Jonathan ?

Il pivota pour lui faire face, l'air sombre et las.

Mon Dieu, se dit-elle, il a découvert la vérité !

— Lis un peu ça, déclara-t-il en tendant la lettre.

Après un vague coup d'œil à la feuille de papier, elle affronta son regard.

— Qu'est-ce que c'est ? demanda-t-elle, honteuse de sa voix tremblante.

— Une lettre.

— Je le vois bien. De qui ?

Elle prit une tasse sur l'égouttoir et l'essuya machinalement.

— De la banque, répondit Jonathan avec un profond soupir. C'est au sujet de l'emprunt.

Liz le dévisagea, incapable de réagir comme il aurait fallu. Elle s'efforça de prendre l'air soucieux, de partager l'inquiétude de son mari. Pourtant, au fond d'elle-même, elle poussait un soupir de soulagement. Ce n'était que l'emprunt. Personne n'avait découvert sa liaison avec Marcus. Elle fronça ostensiblement les sourcils.

— Que veulent-ils ?

Jonathan haussa les épaules.

— Je ne sais pas. Peut-être rien de grave. La lettre vient de la nouvelle directrice de l'agence. Elle passe en revue tous les prêts aux petites entreprises. Elle veut nous voir, car elle ne comprend pas qu'on nous ait autorisés à garder deux prêts.

— « Elle » ?

Jonathan vérifia sur la lettre et confirma.

— Barbara Dean.

— Tu es sûr que ce n'est pas un homme qui s'appellerait Dean Barbara ? Les gens ont parfois des noms bizarres, tu sais.

Liz adressa un sourire amusé à Jonathan avec l'espoir de le tirer de sa morosité. Mais il parcourait de nouveau la lettre.

— « Mme… Barbara… Dean », c'est écrit en toutes lettres, annonça-t-il en levant la tête.

Liz éprouva une certaine exaspération, comme lorsqu'un élève levait la main et lui faisait remarquer une erreur dans la date inscrite au tableau.

— D'accord, c'est une femme… Que veut-elle au juste ?

— Nous rencontrer pour discuter de notre situation.

Il lut à voix haute.

— « En particulier, je souhaiterais examiner avec vous dans quelles conditions vous avez décidé de contracter un emprunt important pour l'achat de votre cours privé, tout en conservant celui de votre maison de Russell Street. »

— Dans ce cas, il n'y a pas de quoi s'inquiéter. Après tout, ce sont eux qui nous ont laissé garder les deux.

Liz rougit légèrement au souvenir du rôle joué par Marcus auprès de la banque Brown & Brentford. Il avait fait intervenir une vieille relation, avait-il expliqué. Un ami de la famille. En soi, il n'y a là rien de répréhensible, se dit Liz. Après tout, il avait promis de régler le problème du premier emprunt avant ce fameux après-midi dans la maison de Russell Street ; avant qu'ils… Alors que ses pensées menaçaient d'emprunter des chemins aussi séduisants que familiers, elle secoua la tête avec agacement et s'intéressa de nouveau à Jonathan.

— Je sais bien qu'ils ont donné le feu vert, disait-il. Mais il se peut qu'ils le regrettent.

— Quoi qu'il en soit, on nous a accordé ces deux prêts. Et nous payons toutes les traites, non ?

Jonathan se passa la main dans les cheveux d'un geste las.

— Presque. Ce mois-ci, nous n'y arriverons pas.

Liz ouvrit des yeux ronds.

— Vraiment ? Et pourquoi ?

— Parce qu'en ce moment nous n'avons pas de quoi payer toutes les factures. Il a bien fallu sacrifier quelque chose.

Jonathan fixa Liz, dans l'espoir qu'elle allait réagir, manifester un certain intérêt et s'attaquer à ce problème – le pire qu'ils aient connu – avec son pragmatisme habituel. Au lieu de quoi elle lui lança un regard glacial.

— Eh bien, ils attendront. De toute façon, ils ne peuvent pas grand-chose contre nous, me semble-t-il.

— Ah bon ?

— Qu'avons-nous à craindre ?

— Je n'en sais rien, répondit Jonathan avec un haussement d'épaules. Vraiment rien.

Il contempla la lettre d'un air désabusé, et Liz sentit la colère monter en elle. Elle aurait voulu lui arracher cette feuille de papier et lui dire de se ressaisir, de ne pas se montrer aussi défaitiste. Elle ne put s'empêcher de faire une comparaison injuste avec Marcus. Lui, au moins, réagirait énergiquement s'il recevait ce genre de lettre, il ne baisserait pas la tête ; il se précipiterait sur son téléphone pour prendre les choses en main et régler le problème.

Marcus… Mais bien sûr ! Comment n'y avait-elle pas pensé plus tôt ? C'était à lui qu'il fallait faire appel. Il aurait vite fait de tout arranger. Un coup de fil à l'un de ses vieux amis de la banque Brown & Brentford… Une grande fierté l'envahit à la pensée que Marcus ait autant de pouvoir à Silchester. Et ce pouvoir était aussi le sien, par procuration. Elle n'appartenait plus au même monde que Jonathan. Ce pauvre Jonathan sans ambition qui tremblait devant les banquiers et les autorités ! Il n'avait pas la moindre idée du fonctionnement réel de la société, ni de l'influence que sa propre femme pouvait exercer.

— À ta place, je ne m'inquiéterais pas, déclara-t-elle en veillant à ne pas manifester un optimisme excessif.

L'eau bouillait, Liz versa une cuillerée de café soluble dans sa tasse.

— Va donc te préparer pour le défilé, et nous prendrons rendez-vous avec cette Barbara Dean la semaine prochaine, suggéra-t-elle. De toute façon, tu ne peux rien faire de plus dans l'immédiat.

— Tu as sans doute raison, dit-il en glissant la lettre dans l'enveloppe après l'avoir repliée avec soin. Nous ne pouvons rien faire avant lundi.

Liz ajouta l'eau bouillante dans sa tasse et but une gorgée de café en silence. Plus tard, lorsqu'elle fut sortie faire des courses, Jonathan descendit chercher un paquet de copies dans sa classe. Des caisses et des cartons encombraient le palier. Voilà presque une semaine qu'ils étaient là. Ils contenaient le matériel destiné au nouveau laboratoire de langues. Des ordinateurs, des logiciels, des cassettes et des manuels. Jonathan s'était retenu d'ouvrir les emballages dès leur arrivée. C'était à Liz de le faire, elle qui avait eu l'idée de ce projet. À son retour, ce soir-là, il lui avait dit avec une certaine fébrilité de regarder sur le palier. Mais elle s'était contentée de répondre :

« Ah, très bien. Tout est arrivé. »

Elle ne s'était même pas souciée d'ouvrir les caisses. Depuis, ce matériel coûteux et sophistiqué dormait là. Liz mesurait-elle le coût d'un tel investissement ? Avait-elle conscience qu'il était financé par un prêt supplémentaire à un taux d'intérêt exorbitant ? Il se rappela alors qu'il ne lui avait jamais parlé de ce prêt. Personne d'autre que lui n'en connaissait l'existence. Sauf la banque. Oh, là, là… Il s'assit sur l'une des chaises en bois de sa classe et s'enfouit le visage dans les mains. Il se sentait soudain très seul.

Dès qu'il essaya son déguisement de chouette, Daniel s'aperçut qu'il était trop petit. Avec force contorsions, il réussit à l'enfiler jusqu'à la taille et se regarda dans le miroir de sa penderie. Ses jambes recouvertes de feutrine jaune étaient prolongées par des griffes orange. Son corps avait l'apparence d'un cylindre rigide revêtu de plumes marron et de fourrure. Il préférait ne pas savoir à quoi il ressemblerait avec le masque sur la tête. La voix d'Andrew s'éleva derrière lui, sur le palier :

— C'est trop petit !

Il pivota sur lui-même : son frère cadet qui, lui non plus, n'avait pu enfiler le haut de son déguisement passait dans le couloir avec une démarche saccadée du plus haut comique. Daniel jeta un dernier coup d'œil dans le miroir et se dirigea vers la porte.

— Le mien aussi est trop petit ! lança-t-il en sortant sur le palier. Regarde !

Andrew se retourna et s'esclaffa à sa vue.

— Dix fois trop petit ! On dirait plutôt la taille zéro !

— Et toi, la taille moins cent !

Daniel agita les ailes de son déguisement pour faire le pitre, aussitôt imité par Andrew.

— Moins mille !

— Moins un million !

En proie à un fou rire, ils continuèrent à battre des ailes.

— Les garçons ! Moins de bruit !

Anthea montait l'escalier.

— Venez me montrer vos déguisements !

Arrivée sur la dernière marche, elle les contempla d'un œil sévère.

— Pourquoi ne les avez-vous pas mis correctement ?

— Ils nous vont pas, dit Andrew. Ils sont trop petits.

L'air soupçonneux, Anthea se tourna vers Daniel, qui acquiesça.

— Je rentre pas dans le mien, dit-il.

— Taille moins cinq mille milliards, déclara Andrew. Daniel pouffa.

— Du calme !

Il y eut un silence. Daniel regarda Andrew. Celui-ci articulait sans bruit « milliards de milliards de milliards… » À son tour, Daniel articula « millions de billions de trillions… » Ils recommencèrent à pouffer, jusqu'à ce que Daniel s'étrangle de rire.

— Ça suffit ! Allez dans votre chambre et enfilez-moi ces déguisements !

Anthea remonta brusquement celui de Daniel.

— Regarde. Tu vois bien qu'il te va. Tu n'as pas vraiment essayé. Enlève ton pull et mets un peu de bonne volonté.

Daniel regagna sa chambre et ferma la porte derrière lui. Après avoir docilement enlevé son pull, il tira sur le haut du costume. Sourcils froncés, il se contorsionna, enfila une manche, puis l'autre. Il fit quelques pas hésitants. Il avait du mal à marcher et ne pouvait plus bouger ses épaules. Le jeune garçon se sentait serré, mal à l'aise, mais récompensé de ses efforts. Par curiosité, il mit son masque de chouette, dont l'intérieur était sombre et rêche. De plus, les ouvertures pratiquées dans les yeux ne permettaient pas de voir correctement. Il avait l'impression d'être mort. Il soupira longuement, retira le masque et le posa sur son lit. Peut-être ne serait-il pas obligé de le porter. Mais ça risquait d'être pire. Il ouvrit sa porte et sortit sur le palier en se dandinant.

— Eh bien, ce n'est pas si épouvantable ! s'exclama Anthea, manifestement soulagée. Où est passé Andrew ? Andrew ! Viens nous montrer à quoi tu ressembles !

Celui-ci apparut à l'entrée de sa chambre, son costume à la main. Daniel n'en croyait pas ses yeux : le déguisement de son frère avait une aile arrachée, d'où dépassaient des lambeaux d'étoffe.

— Je l'ai déchiré sans faire exprès, en essayant de l'enfiler comme tu m'as dit, expliqua Andrew, imperturbable.

Il tendit à Anthea le costume roulé en boule.

— Il est fichu, ajouta-t-il au cas où elle n'aurait pas compris. Je pourrai pas le porter au défilé.

— Andrew ! C'est très mal !

Le visage de Daniel se crispa lorsqu'il entendit la voix indignée de sa mère et qu'il la vit brandir le déguisement déchiré. Pourtant, il éprouvait surtout un immense soulagement. Si le costume de son frère était inutilisable, ils pourraient aller au défilé sans se déguiser. Il croisa le regard d'Andrew, qui lui sourit d'un air complice. Cette aile n'a pas dû se déchirer toute seule, pensa Daniel. Les coutures étaient très solides. Peut-être même Andrew avait-il donné un coup de ciseaux, mais personne ne pourrait rien prouver. Quelle bonne idée ! En même temps qu'il répondait au sourire d'Andrew, il entreprit de se débarrasser de son propre déguisement. La voix d'Anthea le fit sursauter.

— Qu'est-ce qui te prend ? Remets ce costume immédiatement !

— Quoi ?

— Remets ce costume ! Tu le gardes pour le défilé.

— Mais…

Incrédule, Daniel regarda successivement le visage écarlate de sa mère et celui, tout à fait placide, de son frère.

— C'est pas juste ! Pourquoi je dois me déguiser et pas Andrew ?

— Andrew s'est très mal comporté et il sera puni. Mais ça ne change rien à ta tenue à toi.

— Bien sûr que si ! Je mettrai pas ce déguisement débile si Andrew porte pas le sien !

Daniel ne comprenait plus : personne n'allait donc reconnaître cette injustice flagrante ?

— Ne parle pas sur ce ton ! répliqua Anthea, cinglante.

— Je me maquillerai, si tu veux ? proposa Andrew. Comme l'année dernière. Comme ça, nous serons déguisés tous les deux.

— C'est pas la même chose !

Daniel, fou de rage, tira de toutes ses forces sur les coutures de son costume.

— C'est pas du tout la même chose, et tu le sais très bien !

Totalement écœuré, il lâcha son costume et contempla, effondré, sa mère et son frère.

— C'est pas juste ! Vraiment pas juste, bordel de merde !

Puis, avant qu'Anthea ait eu le temps de réagir, il disparut à reculons dans sa chambre en claquant la porte.

10

Le défilé de Noël des écologistes de Silchester empruntait chaque année le même trajet. À onze heures, tous les membres actifs de l'association ECO, accompagnés de leur épouse, de leurs enfants et de leur chien – plus les adhérents venus faire oublier leur manque d'assiduité aux réunions et quelques curieux –, se retrouvaient sur le terrain de sport du lycée Sainte-Catherine. Une fois en possession du paquet de tracts réglementaire et du gobelet de café servi par le personnel de la cantine, chacun s'empressait de plonger dans la mêlée générale où fusaient les exclamations de bienvenue et les derniers potins.

Il fallait généralement une bonne heure aux organisateurs pour former un semblant de cortège et informer tout le monde, en s'égosillant, de l'itinéraire à suivre, du thème du défilé et des messages de sympathie envoyés par certains conseillers municipaux. Cette année-là, Jonathan était chargé de donner les instructions et, tandis qu'il haussait la voix pour couvrir le brouhaha, il se demanda une nouvelle fois si cette manifestation faisait réellement avancer la cause de l'écologie. La moitié des participants, se dit-il à la vue de tous ces visages joyeux qui bavardaient sans s'occuper de lui, venaient uniquement pour l'atmosphère conviviale et le vin chaud offert à la fin du défilé. Ils se contenteraient de parcourir les tracts qu'ils distribuaient, tout en s'indignant bruyamment du sort affreux réservé à ces malheureux petits..., hésitation, coup d'œil furtif au contenu du tract..., mais oui, des oiseaux, bien sûr... Pauvres oiseaux ! C'était vraiment criminel !

Au fond, ces gens ignoraient tout des véritables activités de l'association et de sa philosophie ; des longues heures de recherche effectuées par les membres actifs ; de leur travail de fourmi toute l'année durant afin de faire pression sur les autorités ; de l'objectif des fondateurs, qui voulaient défendre l'environnement de manière pacifique, par des arguments raisonnés, sans recourir à la force ou à la polémique.

Avec ses protestations bruyantes et mal informées, ses violences passées, ce défilé annuel représentait presque l'antithèse du projet initial de l'association. Les débordements – dus pour l'essentiel à des adolescents extérieurs à la manifestation – avaient pu être évités ces dernières années, mais toute l'entreprise restait anarchique et désordonnée. Pourtant, ceux des adhérents qui réclamaient périodiquement sa suppression se faisaient huer : l'association avait besoin de cette publicité, leur répondait-on. Elle devait faire passer son message auprès de l'homme de la rue.

Quel message ? s'interrogeait Jonathan, toujours occupé à contempler la foule bigarrée devant lui, en clignant les yeux à cause du soleil hivernal. Quel message ce cortège allait-il transmettre aux passants ? Certains participants savaient à peine ce qu'était un oiseau, et encore moins une espèce en voie de disparition. L'air sombre, il passa une nouvelle fois en revue ces rangées de visages, inconnus pour la plupart, ou qu'il se rappelait vaguement avoir croisés lors des précédents défilés. Il s'arrêta un instant, avec une certaine tendresse, sur deux petites silhouettes à l'écart de la foule. La première était celle d'Andrew Witherstone, l'un des plus jeunes membres de l'association. Vêtu d'un pantalon de velours marron et d'un duffle-coat, il avait le visage maquillé et le nez recouvert d'un bec d'oiseau fabriqué avec un pot à yaourt. Près de lui, le tenant par la main, Jonathan reconnut la très mince et très élégante Mme Witherstone, qu'il n'avait jamais rencontrée mais dont il avait beaucoup entendu parler. Elle fixait d'un œil réprobateur la seconde petite silhouette, probablement celle de Daniel Witherstone. Difficile de dire qui se cachait sous ce déguisement de chouette aux couleurs voyantes.

Jonathan appréciait les deux frères, surtout Daniel, dont le stoïcisme le touchait. Une fois toutes les instructions données, il descendit de son podium de fortune et alla les saluer tous les trois.

— Madame Witherstone ? Comment allez-vous ? Je suis Jonathan Chambers.

— Enchantée ! Appelez-moi Anthea, répondit-elle sans cesser de regarder autour d'elle.

Elle fixa soudain le crâne de Jonathan.

— C'est un masque que vous avez là ?

Il tira sur l'élastique qui lui passait sous le menton.

— Ça ? Oui, quand je l'aurai mis correctement, je serai censé être un canard, précisa-t-il avec le sourire. Cette année, nous avons beaucoup travaillé sur l'habitat naturel des canards de la région. D'ailleurs…

Anthea n'écoutait plus.

— Tu vois, Daniel ! Beaucoup de gens sont déguisés !

Sa voix stridente fit grimacer Jonathan. La chouette secoua la tête en silence. Anthea surprit l'expression perplexe de son interlocuteur.

— On ne croirait pas qu'un garçon de douze ans puisse se comporter de manière aussi puérile, n'est-ce pas, monsieur Chambers ? lança-t-elle assez fort pour être entendue de tout le monde. Il a fait une comédie terrible pour se déguiser.

En voyant le déguisement de plus près, Jonathan compatit : à la place de Daniel, lui aussi aurait piqué une colère. Impossible de livrer le fond de sa pensée à Mme Chambers…

— Ton costume est très réussi, déclara-t-il au jeune garçon, dont il s'efforça de croiser le regard par les ouvertures du masque. Tu as beaucoup d'allure.

Ridicule ! se dit-il en lui-même. Anthea continuait à scruter les visages autour d'elle.

— Vous ne sauriez pas si le directeur de Bourne College est là ? demanda-t-elle.

Jonathan haussa les sourcils.

— Geoffrey ? Je crois l'avoir entendu dire qu'il essaierait de venir. Il est très occupé… L'affluence est telle qu'il a pu arriver sans que je m'en aperçoive, ajouta-t-il avec un haussement d'épaules. Pourquoi ? Vous souhaitiez le rencontrer ?

Anthea ne répondit pas. À peine avait-il fini de parler que son expression s'était modifiée. Elle le dévisageait d'un air incrédule.

— Puis-je lui transmettre un message ? proposa-t-il.

— Voulez-vous dire que vous connaissez bien le directeur de Bourne College ?

— Ma foi, oui, répliqua-t-il, un peu étonné. Il est désormais très actif au sein de l'association, vous savez. Et puis, nous sommes d'anciens collègues…

Un cri derrière lui attira son attention.

— Excusez-moi, je crois que le défilé va commencer.

— Mais je vous en prie, dit-elle avec un sourire désarmant. D'ailleurs, nous pouvons rester près de vous. Si vous n'y voyez pas d'inconvénient…

Jonathan considéra successivement son mince visage inquiet, puis Andrew, qui faisait claquer l'élastique de son faux bec, et enfin la silhouette accablée de Daniel dans son déguisement de chouette.

— Bien sûr que non. Ce sera un plaisir, assura-t-il.

Alors que le cortège, tel un troupeau en désordre, se dirigeait vers les grilles du lycée, Daniel crut mourir de honte. Son masque lui donnait mal à la tête, il étouffait et, bien qu'il ait réussi jusque-là à retenir ses larmes, il risquait d'éclater en sanglots à la prochaine remarque qu'on lui ferait.

Vraiment, c'était trop injuste. Andrew méritait une punition, et on le récompensait en lui permettant d'échapper au ridicule ! Révolté, Daniel darda un regard haineux sur le dos d'Anthea. Il s'était débrouillé pour enfiler un déguisement dix fois trop petit ; il lui avait obéi. Et c'était lui qu'elle avait puni !

Il observa Andrew qui marchait le cœur léger en bavardant avec M. Chambers, sans risque de ressembler à un débile. Daniel était sûr qu'il avait volontairement déchiré son costume. Andrew arrivait toujours à ses fins, même par des moyens peu avouables auxquels lui-même n'osait pas recourir. La peur de se faire prendre ne semblait pas l'arrêter, et il n'éprouvait aucun remords. Pas autant que son frère aîné, en tout cas. Même quand il se faisait sévèrement réprimander pour une grosse bêtise, il versait quelques larmes et n'y pensait plus. Daniel, lui, continuait à s'en vouloir pendant des jours. Il suffisait que sa mère se déclare très déçue pour que son cœur se serre, qu'il ait un poids sur la poitrine et qu'un sentiment de honte l'envahisse.

Lorsqu'ils tournèrent dans College Road, oubliant que son visage était invisible derrière son masque, il fit une horrible grimace à son frère venu le rejoindre en sautillant.

— Maman parle de ta bourse à M. Chambers, annonça Andrew d'un ton enjoué.

Le découragement gagna Daniel : il ne voulait plus qu'on aborde le sujet.

— Elle a dit que si tu ratais l'examen tu pourrais pas aller à Bourne College, ajouta Andrew.

Daniel releva la tête.

— Ah bon ? demanda-t-il d'une voix tremblante. Papa m'a pourtant dit que ça changerait rien.

— En tout cas, elle a dit que les droits d'inscription coûtaient très cher.

Andrew sauta sur place et tira sur l'élastique de son bec en plastique.

— Tu crois que tu vas réussir ?

Daniel haussa les épaules.

— Aucune idée.

— Jack Carstairs raconte que son frère va décrocher la bourse. Parce qu'il sait faire de tête des divisions à virgule. Avec n'importe quel nombre.

Complètement démoralisé, Daniel se recroquevilla dans son déguisement.

— Moi, quand je serai dans la même classe que toi, je passerai pas d'examen pour avoir une bourse, déclara Andrew.

Il se débarrassa de son bec et le fit tournoyer quelques secondes en marchant, avant de le jeter dans la première poubelle venue.

— Les parents t'obligeront, grogna Daniel sans conviction.

— Pas question. Je te parie qu'ils y arriveront pas.

Andrew sortit un chewing-gum de sa poche et défit le papier. Anthea se retourna au moment où il le mettait dans sa bouche.

— Andrew ! Qu'est-ce que tu manges ? Du chewing-gum ?

— Oui, maman, répondit-il poliment. C'est une grande personne qui me l'a donné.

Elle hocha la tête d'un air sceptique et leur tourna le dos à nouveau.

— C'est vrai, ça ? demanda Daniel à son frère.

— Évidemment. Le marchand me l'a donné, en échange de vingt pence.

Andrew se tordit de rire ; malgré lui, Daniel ne put s'empêcher de l'imiter.

Marcus avait mauvaise conscience à propos de son fils aîné. Alors qu'il quittait Silchester en évitant soigneusement le trajet emprunté par le défilé, il s'en voulait de ne pas être intervenu, de ne pas avoir tapé du poing sur la table pour mettre un terme à cette histoire de déguisements. Daniel avait l'air effondré en montant dans la voiture d'Anthea. D'après ce que Marcus avait compris, il se retrouvait seul à devoir porter son déguisement. Ce qui semblait totalement injuste.

De toute évidence, Hannah trouvait également cette affaire ridicule et, deux ou trois fois, elle avait paru prête à prendre la parole. Finalement, elle avait dû juger que le jeu n'en valait pas la chandelle. Il ne pouvait guère le lui reprocher : si quelqu'un devait dire quelque chose, c'était lui.

Un sentiment de culpabilité l'envahit tandis qu'il se garait dans une petite rue et se dirigeait vers l'hôtel où il devait rejoindre Liz. S'il avait proposé de participer au défilé, peut-être aurait-il réussi à réconforter Daniel. Ensuite, ils auraient pu aller déjeuner quelque part. La vision d'un repas convivial en famille dans un restaurant réputé de Silchester lui traversa l'esprit : il imagina Anthea heureuse et détendue, Daniel souriant et Andrew en train de faire le pitre, provoquant l'hilarité générale.

Au lieu de quoi il avait donné rendez-vous à sa maîtresse en plein jour. Toute la semaine, il avait attendu ce moment avec impatience. À présent, sa joie était ternie par un certain désarroi. À l'approche de l'hôtel, il jeta un regard dédaigneux aux lourdes portes en verre et en acier chromé. Pourtant, l'idée de se retrouver dans un hôtel venait de lui, ainsi que le choix d'établissements modernes et impersonnels à bonne distance de Silchester. Il regrettait cette décision ; les chambres d'hôtel étaient des endroits sordides. Et lui aussi se sentait sordide, aujourd'hui.

— Bonjour, monsieur Witherstone !

Stupéfait, il se retourna. L'homme grisonnant vêtu d'une parka qui remontait la rue derrière lui avait un visage familier.

— C'est moi, Albert. Vous vous rappelez, l'autre jour, à Panning Hall, crut-il nécessaire d'ajouter, comme si Marcus avait oublié.

Un bref coup d'œil autour de lui. Dieu merci, il n'y avait personne en vue.

— Bonjour, Albert, répondit-il d'une voix aussi énergique et professionnelle que possible. Comment allez-vous ?

— Très bien, merci, monsieur Witherstone.

Albert renifla bruyamment.

— On ne vous a pas beaucoup vu à Panning, ces derniers temps, poursuivit-il. Votre travail doit être fini…

— En effet.

Marcus s'immobilisa. L'hôtel se trouvait à sa gauche. Mais il n'était pas nécessaire qu'Albert le voie entrer. Cependant, moins il serait question de Panning Hall, mieux ça vaudrait.

— Alors, le domaine a été estimé à combien, finalement ?

Il sursauta en entendant la voix d'Albert résonner dans l'air glacial.

— Ça ne vous ennuie pas que je demande, au moins ?

Le cœur de Marcus se mit à battre plus fort. C'était intolérable. Il aurait dû s'éclipser aussitôt, ou l'ignorer purement et simplement. Pourquoi n'avait-il pas accompagné Anthea et les garçons au défilé ? Il n'avait rien à faire ici.

— C'est que nous sommes quelques-uns au village à nous poser la question…

— À votre place, je ne perdrais pas mon temps. La décision définitive n'est pas pour tout de suite. Très honnêtement, je ne devrais même pas vous en parler.

Il regarda Albert avec gravité, comme s'il avait derrière lui tout le poids du système judiciaire.

— Ah bon…

L'homme semblait déçu.

— Malheureusement, je ne peux pas m'attarder, s'empressa d'ajouter Marcus. J'ai un rendez-vous et je suis déjà en retard. Ravi de vous avoir rencontré. Au revoir.

Et, sans se retourner, il remonta l'allée conduisant à l'hôtel, haletant, le front moite, comme s'il avait échappé de justesse à un accident.

Liz était déjà là, confortablement installée devant la télévision, en train de boire à petites gorgées un gin tonic pris dans le minibar. Marcus ressentit une pointe d'irritation. Bien sûr, c'était lui qui gagnait le plus d'argent : il ne pouvait décemment pas lui demander de payer la chambre. Mais sa réticence initiale à utiliser le minibar ou le téléphone, si attendrissante, avait été de courte durée. Elle apprenait vite. Aussitôt, il s'en voulut de sa mesquinerie : il n'allait tout de même pas reprocher un malheureux gin tonic à sa maîtresse.

— Bonjour ! lança-t-il avec un sourire presque naturel.

Liz se leva et vint vers lui.

— Bonjour.

Le contact de ses lèvres tièdes sur les siennes l'aida à se détendre.

— Quelque chose à boire ?

Elle désigna le minibar avec la grâce d'une hôtesse.

— Un whisky, s'il te plaît.

Elle prit la télécommande et éteignit le téléviseur.

— Marcus, nous avons un problème.

— Quoi ?

Il pivota sur lui-même, sa bouteille ouverte à la main. À la vue du visage de Liz, son cœur se serra. Qu'allait-elle lui annoncer ? Comme s'il n'avait pas assez d'ennuis ! Plusieurs scénarios inquiétants s'imposèrent à lui : elle était enceinte ; son mari avait découvert la vérité… De quoi s'agissait-il, bon sang ? Curieusement, le visage poupin de Léo lui apparut soudain. Il n'avait rien à voir dans tout ça, au moins ? La rencontre avec Albert serait-elle davantage qu'une simple coïncidence ? La police l'attendait-elle dans le hall ? Et merde ! Il jeta un regard méfiant vers la porte.

— Que veux-tu dire ? demanda-t-il d'une voix à peine audible.

— Nous avons reçu une lettre de la banque Brown & Brentford, ce matin.

— Comment ?

Marcus la fixa un instant avec perplexité. Puis son visage s'éclaira.

— « Nous », c'est-à-dire toi et ton mari ?

Elle rougit.

— Oui. Excuse-moi. J'aurais dû le préciser.

Marcus fit tomber dans son verre quelques glaçons du minuscule bac en plastique et but une grande rasade de whisky. Il se sentit gagné par une chaleur réconfortante à laquelle se mêlait un profond soulagement. Mais son inquiétude n'avait pas totalement disparu.

— À ta santé, dit-il.

Il alla jeter un coup d'œil à la fenêtre.

— Belle journée, ajouta-t-il avec une certaine amertume. Beau temps pour le défilé.

— Oui, sans doute, marmonna Liz, qui n'avait pas envie de penser au défilé. Quoi qu'il en soit, Marcus…

— Viens ici.

Il avait parlé d'un ton péremptoire, presque brutal. Liz tressaillit, mais, après avoir posé son verre sur le téléviseur, elle s'avança docilement jusqu'à lui.

En silence, elle le laissa déboutonner son gilet avec des gestes brusques, sans un baiser. Et elle ne poussa qu'un petit cri de surprise lorsqu'il la renversa sur le lit, remonta sa jupe, retira son pantalon et la pénétra aussitôt, sans croiser son regard une seule fois.

Ensuite, il alla se servir un second whisky, la laissant étendue sur le lit, à moitié dévêtue. Elle l'observa avec appréhension : il n'était pas dans son état normal, et mieux valait ne rien dire. Impossible, pourtant, elle devait régler ce problème d'emprunt.

— Marcus…, commença-t-elle de nouveau.

Elle se redressa et récupéra son gilet. La pièce était glaciale, et plutôt sombre à cause du voile discret des rideaux. Elle rêva subitement d'un bon feu de bois et d'une tasse de thé bien chaud. À défaut, elle alla chercher sans bruit son verre sur le téléviseur.

— Marcus, à propos de cette lettre…

— Quelle lettre ?

— Celle de la banque. Au sujet de l'emprunt.

— Ah oui ?

Malgré cette réponse peu engageante, Liz poursuivit.

— Une nouvelle directrice a été nommée à l'agence. Elle veut nous voir, et savoir pourquoi on nous a permis de garder deux emprunts. Que lui répondre ?

Marcus haussa les épaules. Il ne voyait pas ce qu'il pouvait faire.

— Je n'en sais vraiment rien.

Il vida son verre et ouvrit un paquet de cacahuètes salées.

— Enfin, Marcus !

— Enfin quoi ?

Il leva la tête d'un air agacé. Liz le dévisagea, soudain sur ses gardes. Il ne l'avait pas habituée à ce genre de réaction.

— C'est toi qui nous as tirés d'affaire la première fois, souligna-t-elle, conciliante. Si tu n'avais pas appelé ton ami et usé de ton influence, jamais nous n'aurions pu conserver les deux emprunts. Nous aurions dû vendre la maison… La maison de Russell Street, ajouta-t-elle, espérant raviver le souvenir agréable de leur première rencontre.

Marcus emporta son verre dans la salle de bains. Il ouvrit les robinets de la baignoire et commença à se déshabiller.

— Marcus !

N'osant pas entrer, Liz resta à la porte.

— Qu'est-ce que tu veux ? Qu'attends-tu de moi ?

— Eh bien…, tu pourrais peut-être rappeler la banque…, expliquer la situation à ton ami.

— Il a pris sa retraite. Je ne connais personne d'autre, là-bas.

— Ah… Que faire, alors ?

— Vas-tu comprendre que je n'en ai pas la moindre idée ? Je ne suis pas le bon Dieu ! Réglez vos problèmes vous-mêmes.

Il lui tourna le dos et défit ses boutons de manchette. Liz le regarda sans un mot, en proie à une panique grandissante. Elle avait tellement compté sur lui pour tout arranger, tellement cru à sa toute-puissance. Et surtout, elle s'était vraiment imaginé qu'il serait prêt à l'aider. Or il paraissait lui en vouloir. L'espace d'un instant, elle hésita sur l'attitude à adopter et resta à la porte, hébétée, se retenant au chambranle. En avait-il assez ? Allait-il lui demander de partir, comme on renverrait une call-girl ?

Une vague de tristesse l'envahit. Elle le détestait, tout comme elle se détestait, ne supportant plus cette situation sordide. Elle pensa à Jonathan, en train de défiler pour une cause noble et généreuse ; à ses tracts, à son masque de canard, à son sourire confiant. Une grosse larme roula sur sa joue, suivie par une autre, puis encore une autre, qui tombaient sur sa main, et soudain elle laissa échapper un énorme sanglot.

Marcus se retourna aussitôt.

— Oh, Liz…, dit-il d'une voix hésitante. Je suis désolé… Ce n'est pas de ta faute.

Devant cette marque de sympathie, ses larmes redoublèrent. Sans finir d'enlever sa chemise, Marcus s'approcha d'elle et la prit dans ses bras.

— Je suis vraiment navré, ma chérie.

Il lui déposa un baiser sur le front.

— Ne t'excuse pas. Je n'avais pas à te demander quoi que ce soit.

— Bien sûr que si, soupira Marcus. Ça ne vient pas de là. C'est… autre chose. Tous ces mensonges finissent par m'atteindre.

Il croisa son regard.

— Peut-être que l'amour l'après-midi ne nous réussit pas, suggéra-t-elle. J'ai mauvaise conscience d'être ici.

— Moi aussi. On devrait faire une apparition au défilé.

— Ensemble ? Voilà qui éveillerait vraiment les soupçons !

Liz éclata de rire, mais elle retrouva très vite son sérieux ; ce n'était pas le moment de plaisanter. Pourtant, Marcus ne semblait pas mal le prendre. Il la fit reculer d'un pas et la regarda droit dans les yeux.

— Je ferai ce que je pourrai auprès de la banque, assura-t-il. Mais je ne te promets rien…

— Je comprends. Merci mille fois.

Elle jeta un coup d'œil par-dessus l'épaule de Marcus.

— Ton bain est prêt.

Il ferma les robinets, et la pièce parut subitement très silencieuse.

— Pour la banque, je ne promets rien, répéta-t-il. Mais il y a tout de même une promesse que je peux te faire.

— Laquelle ?

— Avant que l'un de nous aille dans ce bain, je vais me faire pardonner mon comportement de tout à l'heure.

— Non, vraiment, ce n'est pas grave…

Liz rougit. Marcus se pencha vers elle et se mit à l'embrasser avec insistance et tendresse à la fois.

— Après tout, si nous devons tous deux avoir mauvaise conscience, souffla-t-il en lui glissant la main entre les cuisses, autant que ce soit justifié.

En marchant vers le centre de Silchester, cet après-midi-là, Alice était aux anges. À son arrivée au 12, Russell Street, elle avait trouvé ses trois amis dehors, en train de boire un café fumant et de profiter du soleil hivernal. Piers et Ginny étaient assis au pied des portes-fenêtres largement ouvertes ; debout sur la pelouse, Duncan déclamait d'un air mélodramatique le scénario qu'il avait sous les yeux.

— Alors, qu'en penses-tu, Alice ? demanda-t-il lorsqu'elle apparut à l'angle de la maison. Ai-je une chance d'être engagé pour jouer dans *Summer Street ?* Je me verrais bien dans le rôle…

Il jeta un regard à sa feuille.

— Dans le rôle de Muriel, la grand-mère. Elle a quelques répliques fabuleuses. Écoute-moi ça. « Oh, Rupert, quand prendras-tu la vie au sérieux ?… »

Mains jointes, il leva les yeux au ciel. Alice pouffa de rire.

— Tais-toi un peu, Duncan. Et rends-moi ce scénario, dit Piers d'une voix nonchalante.

— C'est le scénario pour l'audition de Piers. Il est arrivé ce matin, expliqua Ginny tandis qu'elles allaient dans la cuisine chercher la cafetière et une tasse pour Alice.

Elle adressa un sourire complice à l'adolescente et sauta sur place pour donner libre cours à sa joie, ce qu'elle n'avait pas osé faire devant Piers.

— Super !

Alice était visiblement impressionnée.

— C'est un vrai scénario ? Comme à la télé ?

— Tout à fait, répondit Ginny, rayonnante.

— Génial ! J'aimerais bien en avoir un exemplaire, moi aussi.

— Je comprends. Il restera sur la table basse du salon.

— Piers va décrocher le rôle, j'en suis sûre !

Surprise par tant de conviction, Ginny se retourna, les yeux brillants. Elle croisa très fort les bras sur sa poitrine.

— Je sais, je sais. Je voudrais déjà y être…

Quand elles retournèrent dans le jardin, ravies de cet enthousiasme partagé, Piers se levait et Duncan vidait le fond de sa tasse dans une plate-bande.

— Maintenant, les courses de Noël ! annonça ce dernier. Alice, je parie que tu ne m'as toujours pas trouvé de cadeau !

Sous son regard pénétrant, elle ne put s'empêcher de rougir et d'éclater de rire.

— Une minute ! s'écria Ginny. J'ai encore des choses à faire.

— Eh bien, dépêche-toi ! dit Duncan en frappant avec autorité dans ses mains. On ne va pas passer la journée à boire du café !

Ils finirent tout de même par quitter la maison, malgré les protestations véhémentes de Ginny qui était trop heureuse pour se mettre vraiment en colère. D'ailleurs, ils avaient tous l'air heureux. À commencer par Alice. Encadrée par Piers et Duncan qui se dirigeaient d'un pas décidé vers le centre-ville, elle se sentait portée, comme si elle avançait sans effort. Leurs grandes silhouettes masculines l'abritaient de l'air froid et du reste du monde. Enfin, une grande silhouette et une autre plutôt trapue, rectifia-t-elle. Duncan ne se formalisait pas de cet adjectif. Au contraire, il lui plaisait bien depuis qu'un critique du *Scotsman* l'avait décrit comme un acteur « trapu et sympathique ».

Mais peu importait Duncan. Seul comptait Piers. Quel bonheur de marcher tout près de lui sur le trottoir ! Si près qu'elle sentait l'étoffe de sa veste contre sa manche et le parfum de son after-shave. Au coin de la rue, elle frémit de plaisir lorsqu'il posa la main sur son bras pour la guider.

En débouchant sur la place du marché, elle frémit de nouveau. À l'autre bout de la place affluait une foule joyeuse et bruyante : le défilé de Noël d'ECO. Elle n'apercevait pas son père, qui devait pourtant distribuer des tracts aux participants avec dévouement, un masque d'oiseau ridicule sur la tête. Elle mourrait de honte s'ils le rencontraient.

Elle regarda distraitement autour d'elle, à la recherche d'une bonne raison de rebrousser chemin. Pas facile ! Les principaux magasins étaient là, ainsi que le café préféré de Duncan. Il le fixait déjà avec intérêt. Il allait remarquer le défilé d'une minute à l'autre. Elle préférait ne pas y penser.

— Dans quels magasins devions-nous aller ? demanda-t-elle d'une voix aiguë.

Trop tard. Une exclamation de Duncan couvrit sa question.

— Regardez ! Là-bas ! Qui sont tous ces gens ?

Ginny et Piers tournèrent aussitôt la tête dans la direction indiquée. Alice tenta fébrilement de repérer la frêle silhouette de son père dans la foule.

— Allons voir, décida Ginny. On dirait une manifestation.

— À Silchester ? Qui l'eût cru ? ironisa Duncan.

Il donna un coup de coude à Piers pour le tirer de ses pensées.

— Redescends sur terre, mon trésor. Tu rêves trop à *Summer Street*.

— Pas du tout, répliqua Piers, agacé. Et j'aimerais qu'on arrête de remettre le sujet sur le tapis.

Il lança à Ginny un regard appuyé, qui fit monter le rouge aux joues de la jeune femme.

— Venez, s'empressa-t-elle de dire. Allons voir ce qui se passe.

Alors qu'ils traversaient la place, une petite femme replète les aborda. Si son pantalon noir et son anorak gris n'avaient rien d'original, son visage ridé et coloré disparaissait sous un bec jaune rudimentaire en papier mâché. Elle brandit un tract sous le nez de Duncan, qui recula d'un bond à la manière d'un chat, avec un effroi sans doute en partie feint. Ginny échangea un regard avec Piers et eut le plus grand mal à garder son sérieux. Quand Piers se retint à son tour d'éclater de rire, Alice se détourna, horrifiée. La dame en question était Mme Parsons, qui l'avait souvent gardée. Pourvu qu'elle ne lui adresse pas la parole ! Heureusement, elle s'intéressait surtout à Duncan.

— J'aimerais que vous preniez ce tract, jeune homme. Elle voulut le lui fourrer dans la main, mais il croisa précipitamment les bras derrière son dos.

— Désolé, dit-il poliment. Je suis allergique aux tracts.

Il parcourut celui qu'elle lui tendait.

— Et je me contrefiche de la défense de l'environnement. Si vous voulez mon avis, la nature est là pour être exploitée. Ne gaspillez donc pas inutilement ce précieux document, ajouta-t-il avec un large sourire.

— Duncan ! s'exclama Ginny. Excusez-le, il ne voulait pas…

Mais Mme Parsons le foudroyait du regard.

— Vous devriez avoir honte ! Nous avons le devoir de protéger la nature. Que direz-vous à vos enfants si la forêt tropicale venait à disparaître ?

Elle le dévisagea d'un air triomphant. Il fit mine de réfléchir.

— Que les forêts tropicales appartiennent au passé…

Mme Parsons était scandalisée. Alice s'écarta, essayant de se cacher derrière son écharpe.

— Puis-je avoir un tract ? demanda Ginny d'un ton conciliant. Merci beaucoup…

Dès que Mme Parsons se fut éloignée, la jeune femme donna libre cours à sa colère.

— Duncan ! Tu as été horrible !

— Je sais, dit l'intéressé, la mine contrite. Je ne devrais pas réagir comme ça…, mais honnêtement !

Regarde-les ! On dirait des figurants du *Muppet Show* !

Ginny observa tous ces gens qui se pressaient avec leurs déguisements et leurs masques d'oiseaux. Elle laissa échapper malgré elle un petit rire.

— Oui, mais ils sont pleins de bonnes intentions. Combien de tes samedis as-tu consacrés à la défense d'une bonne cause ?

— Enfiler un déguisement n'est pas une bonne cause, c'est un travail. Il faut être vraiment désespéré pour se déguiser sans être payé… Quand ces guignols ne se prennent pas pour des oiseaux, je te parie qu'ils vont passer le week-end en costume du Moyen-Âge dans quelque vieux château en ruines, à se faire des courbettes et à se croire cultivés parce qu'ils répètent « Tudieu ! » toutes les cinq minutes.

Alice écoutait cette conversation avec un mélange de gêne et d'indignation. Les propos drôles et pleins d'esprit de Duncan lui donnaient envie de rire, mais ils ne s'appliquaient pas à son père. Il avait toujours eu horreur de se déguiser. Et n'avait jamais mis un costume du Moyen-Âge. Immobile, les joues en feu, elle priait le ciel pour qu'il n'apparaisse pas. Si seulement Duncan pouvait se désintéresser du défilé et les emmener prendre un café comme d'habitude ! Malheureusement, il continuait à observer ce spectacle imprévu avec curiosité.

Et ce qui devait arriver arriva…

— Coucou, Alice !

Pivotant sur elle-même, l'adolescente ressentit la morsure cruelle de l'humiliation. Debout devant elle, son masque de canard sur le sommet du crâne, son père lui offrait un tract avec un sourire bienveillant.

— Tes amis ont-ils chacun le leur ? demanda-t-il en se tournant vers Duncan.

Mortifiée, Alice ne savait que répondre ; elle n'osait même pas ouvrir la bouche de peur d'éclater de rire, ou de fondre en larmes.

Remarquant son visage écarlate, Ginny vint à son secours.

— Bonjour, dit-elle, souriante, en tendant sa main gantée de cuir. Vous devez être M. Chambers. Je suis Ginny Prentice, votre locataire. Voici Piers, mon mari. Et Duncan, un ami.

— Bonjour, monsieur Chambers.

La voix grave de Piers résonna à travers la place, et il sourit courtoisement à Jonathan.

— Bonjour, fit Duncan, comme en écho, avec une discrétion inhabituelle.

— Bonjour à tous, répondit le père d'Alice. Vous pouvez m'appeler Jonathan.

Il jeta un coup d'œil à sa fille qui évita délibérément son regard. Son sourire s'évanouit, et il y eut un silence gênant.

— Eh bien, je vais vous laisser continuer vos courses, reprit-il enfin. J'espère que notre défilé ne vous complique pas trop la vie.

— Pas du tout, protesta Ginny. Au contraire, nous étions très admiratifs.

— Tant mieux, dit-il un peu surpris.

Il jeta un nouveau coup d'œil en direction d'Alice, dont le regard devint glacial. Va-t'en, pensait-elle. Va-t'en et laisse-moi tranquille.

— J'aime beaucoup votre masque, déclara Duncan, comme pour faire amende honorable.

— Vraiment ?

Jonathan le rabattit sur son visage.

— En fait, je n'aime pas beaucoup me déguiser, expliqua-t-il d'une voix étouffée. Mais il faut parfois se faire violence…

Il remonta le masque sur le haut de son crâne.

— Si ça peut nous faire de la publicité, ça vaut la peine.

— Absolument, approuva Duncan le plus sérieusement du monde.

Ginny observa ses compagnons. Piers était absorbé dans ses pensées, et Alice fixait obstinément l'autre extrémité de la place.

— Bon, dit-elle à Jonathan avec un sourire aimable. Il faut que nous y allions.

Il se frotta les mains pour se réchauffer et regarda sa montre.

— Moi aussi, en fait. C'est l'heure du vin chaud.

— Du vin chaud ! Quelle bonne idée ! s'exclama Ginny.

— Il est de tradition de terminer le défilé autour d'un vin chaud dans l'enceinte de la cathédrale. L'un des chanoines est membre de notre association… Il m'a demandé de tes nouvelles, Alice, dit-il timidement… Le chanoine Hedges. Tu te souviens de lui ?

— Évidemment, répondit l'adolescente, du bout des lèvres, avant de se remettre à fixer le fond de la place.

Jonathan adressa un sourire déconfit à Ginny.

— Eh bien, je vous quitte.

— Bonne chance, murmura Duncan. J'espère que vous sauverez beaucoup d'oiseaux.

— Duncan ! s'indigna Ginny dès que Jonathan se fut suffisamment éloigné. Il va croire que tu te paies sa tête !

— Ce n'était pas mon intention ! Je suis mort de honte ! Alice, pourquoi ne pas nous avoir dit que ton père participait au défilé ?

Alice haussa les épaules, désabusée. Jonathan parti, elle se sentait encore plus mal à l'aise, en proie à de cuisants remords, accablée par un désagréable sentiment de culpabilité. Pourtant, elle lui en voulait toujours autant de son apparition subite, de sa voix joviale, de son masque ridicule.

— Voilà qui te servira de leçon, Duncan, dit Piers d'un ton enjoué.

— Mais je ne voulais vexer personne !

Duncan prit Alice par l'épaule.

— Honnêtement ! Ce n'était pas sérieux ! C'était juste pour…

Il haussa les épaules à son tour.

— Je ne sais pas ce qui m'a pris de dire ça. En tout cas, ça ne visait pas ton père.

Alice réussit à esquisser un sourire.

— Je le sais bien.

— Moi, je l'ai trouvé très sympathique, ton père, intervint Ginny. Vraiment gentil. Quand je pense…

Elle s'interrompit net et se tourna vers son mari.

— N'est-ce pas, Piers, qu'il est sympathique ?

— Tout à fait. Un type charmant.

Il attira Ginny contre lui, et Alice rougit de confusion. Ginny et Piers devaient la trouver injuste avec Jonathan. Ils allaient sûrement la détester, et ne plus jamais l'inviter. Elle aurait voulu rentrer sous terre. Le désastre était total.

Alors que Jonathan se rapprochait lentement de l'enceinte de la cathédrale, il sentit une petite tape sur son épaule. Une fraction de seconde, il crut qu'Alice s'était finalement décidée à venir boire un verre de vin chaud. Mais, en se retournant, il découvrit le mince visage souriant d'Anthea Witherstone.

— J'ai été très impressionnée par ce que vous m'avez dit tout à l'heure, commença-t-elle en le regardant droit dans les yeux.

— De quoi s'agissait-il ? demanda Jonathan, interloqué. Pardonnez-moi, je ne me souviens plus très bien…

— Sur la littérature gréco-romaine et la supériorité d'une formation classique.

— Je ne suis pas du tout certain d'avoir dit ça…, protesta Jonathan.

Anthea ne releva pas.

— Je vous approuve entièrement, poursuivit-elle. Les auteurs antiques ont quelque chose de si… distingué… Homère, Platon, et tous ces dieux grecs…

Sidéré, Jonathan la laissait disserter à sa guise. Il avait entendu dire que Mme Witherstone était aussi intelligente que cultivée. Pourtant, ce qu'elle racontait là n'avait ni queue ni tête. Soudain, une phrase retint son attention.

— … et c'est la raison pour laquelle j'aimerais que vous donniez des cours particuliers à Daniel.

Il ouvrit des yeux ronds.

— Excusez-moi, je n'ai pas bien suivi.

Il fit un geste d'impuissance en direction de la foule, d'où leur parvenait le brouhaha des conversations.

— J'aimerais que vous donniez des cours particuliers à Daniel, répéta-t-elle avec agacement. En latin, en grec, et…

Elle eut un geste vague de la main.

— … dans toutes les matières où ce sera nécessaire pour qu'il décroche une bourse d'études à Bourne College… Vous donnez des cours particuliers, n'est-ce pas ?

Elle le fixa d'un air interrogateur.

— Oui, bien sûr. Mais…

— Mais quoi ?

Jonathan allait répondre qu'à sa connaissance Daniel Witherstone n'avait pas spécialement besoin de cours particuliers. Cependant, il réfléchit à la portée de ses propos. La lettre de la banque l'attendait dans la cuisine prête à lui rappeler leurs problèmes financiers aussitôt la porte franchie. Liz et lui avaient promis d'accroître les bénéfices du cours privé. Et voilà qu'il recevait sa première demande de cours particulier en vue de l'examen de fin d'études primaires. Ce serait un crime de refuser. Il leva les yeux vers Anthea, qui attendait toujours sa réponse.

— Eh bien…, je vais voir quand je peux le prendre, dit-il d'une voix éteinte. Quelle fréquence souhaitiez-vous ?

— Chaque jour après la classe, si possible. Peut-être une demi-heure suffirait-elle. Ou une heure ?

Le cœur de Jonathan se mit à battre plus fort.

— Comme il s'agit de cours particuliers…, cela risque de vous revenir assez cher.

Anthea lui lança un regard indigné.

— Peu importe la somme ! L'éducation de mon fils n'a pas de prix.

Dans un premier temps, Daniel crut qu'Andrew avait tout inventé. Il se retourna en serrant son verre poisseux rempli de vin chaud et adressa un sourire méprisant à son jeune frère.

— Bel effort, dit-il. Mais je suis pas crédule à ce point.

— Au fait, je te signale que « crédule » n'est plus dans le dictionnaire ! lança Andrew, changeant momentanément de sujet.

— C'est moi qui t'ai appris cette blague, répliqua Daniel avec condescendance. T'es vraiment nul, tu sais…

Il avait retrouvé une certaine bonne humeur grâce au vin chaud et au fait que le supplice touchait à sa fin. Il avait déjà retiré son masque, qu'il tenait sous son bras, tel un fantôme de chouette décapitée.

— Non, je suis pas nul. C'est pas moi qui vais prendre des cours particuliers…

— Tais-toi ! rétorqua Daniel, exaspéré. Il faut toujours que tu racontes n'importe quoi.

Il but une nouvelle gorgée de vin chaud. Ce n'était pas sa boisson préférée, mais le vin était meilleur sous cette forme que froid et âpre comme d'habitude.

— Je t'assure que c'est vrai ! insista Andrew en dansant d'un pied sur l'autre. Regarde-les, là-bas. Ils sont justement en train d'en parler.

Surexcité, il criait presque, et Daniel se retourna à contrecœur, juste à temps pour voir Anthea noter quelque chose dans son agenda et le remettre dans son sac.

— Ça veut rien dire, déclara-t-il comme pour se convaincre lui-même. Rien ne prouve qu'ils parlent de ça.

Pourtant, son cœur se serra quand Anthea scruta l'assemblée en fronçant légèrement les sourcils, jusqu'à ce qu'elle l'aperçoive et le désigne à M. Chambers. Elle expliquait quelque chose avec conviction, M. Chambers acquiesçait et, à son grand désespoir, Daniel comprit alors que tout était vrai.

Il avala une rasade de vin chaud, puis une autre. Ensuite, son verre vide à la main, il se fraya un chemin vers la table des boissons.

— Excusez-moi, dit-il de sa voix la plus polie. Ma mère n'aime pas le vin chaud. Pourrais-je en avoir de l'ordinaire ?

Derrière la table, l'une des dames le regarda avec méfiance. Mais l'autre le reconnut et tendit le bras avec le sourire pour récupérer son verre.

— Ce n'est pas le verre de maman, c'est le mien, précisa-t-il à toute vitesse. Ça ne vous ennuie pas, si je prends la bouteille ? Je vous promets de la rapporter tout de suite.

Il ne restait que quelques personnes dans la pièce lorsque Anthea eut fini de parler avec tout le monde. Après avoir donné son avis sur les ralentisseurs à un conseiller municipal, elle regarda autour d'elle et, d'un ton sans réplique, interpella Andrew, installé sous une table où il finissait différents bols contenant un assortiment de chips.

— Où est Daniel ? Il est l'heure de rentrer.

Jonathan, qui contemplait Andrew d'un œil amusé, entendit Anthea et vint prendre congé.

— Avez-vous vu Daniel ? lui demanda-t-elle. Avez-vous réussi à lui parler ?

Jonathan faillit lui répondre qu'ils venaient d'avoir une conversation en grec ancien, mais il se retint à temps et secoua la tête.

— Il doit être dehors.

— Vous avez sûrement raison. Reste ici le temps que j'aille voir ! ordonna-t-elle à Andrew, avant de se diriger vers la sortie.

Le jeune garçon prit quelques poignées de chips et s'adressa à Jonathan.

— Daniel est soûl, dit-il le plus naturellement du monde.

Jonathan le dévisagea, atterré.

— Quoi ?… Comment ça, soûl ?

— Vous savez bien, quand on titube, qu'on dit n'importe quoi et qu'on a une drôle d'odeur… Il est en haut.

— Mon Dieu ! Je ferais mieux de monter voir.

— À votre place, j'irais pas. Il a dit qu'il vous détestait… Et maman et moi aussi, ajouta-t-il, l'air étonné. Je vois pas ce que j'ai fait de mal.

Il prit une nouvelle poignée de chips et l'enfourna dans sa bouche. Jonathan le considéra sans indulgence.

— Tu es toujours aussi insouciant ?

— Oui, je crois. Je sais pas trop, répondit Andrew en ouvrant de grands yeux innocents.

Jonathan soupira.

— Écoute-moi. Tu vas rester ici pendant que je monte voir dans quel état est Daniel… Si ta mère revient, ajouta-t-il en regardant vers la porte, dis-lui que je suis allé jeter un coup d'œil là-haut.

Daniel se trouvait dans la chambre d'ami du chanoine Hedges, encore engoncé dans son déguisement en fourrure marron qui lui montait jusqu'au cou. Assis par terre au pied du lit, un verre à la main, il fixait l'écran du téléviseur.

— Regardez ! s'exclama-t-il à l'arrivée de Jonathan. C'est… *Scooby Doo* ! Ça n'était pas passé… depuis une éternité !

Ses paroles étaient indistinctes. Il écarquilla les yeux et sourit béatement à Jonathan. Quand l'indicatif retentit, il se tourna brusquement vers l'écran.

— Scooby-Dooby Doo ! chanta-t-il d'une voix éraillée, entre deux hoquets.

— Daniel, murmura Jonathan.

— Oui ?

L'expression du jeune garçon changea lorsqu'il reconnut Jonathan.

— Vous venez me donner un cours, c'est ça ? Encore ce foutu latin et cette saleté de grec…

— Pas du tout.

Jonathan se retint pour ne pas rire.

— Tant mieux. Parce qu'il en est pas question. J'arrête pas de travailler, et en plus elle veut me faire prendre des cours particuliers. C'est pas juste ! Vraiment pas juste !

Il criait à tue-tête, Jonathan ferma précipitamment la porte.

— Daniel, ta mère veut rentrer.

— Parfait, déclara celui-ci en brandissant sa bouteille. Qu'elle rentre donc, et qu'elle revienne jamais !

Jonathan soupira et consulta sa montre.

— Reste ici. C'est moi qui vais te raccompagner.

Au rez-de-chaussée, Anthea était pressée de partir.

— Daniel serait très heureux de visiter le cours privé, expliqua Jonathan sans prêter attention au regard pénétrant d'Anthea. Je me suis dit que nous pourrions peut-être nous y arrêter une minute avant que je le reconduise chez vous.

— Qu'y-a-t-il à voir ? Ce ne sont que des salles de classe…

— Il serait utile qu'il puisse jeter un coup d'œil aux méthodes que nous utilisons avant de commencer, improvisa Jonathan. Autant gagner du temps pour le premier cours.

Anthea ne le quittait pas des yeux.

— Ce n'est pas une mauvaise idée. Entendu. Vous avez notre adresse ?

— Je suis sûr que Daniel pourra m'indiquer la route. Mais, à tout hasard, il vaut peut-être mieux me donner quelques indications.

Durant le trajet jusqu'au cours privé, Daniel ne prononça pas une parole. Il resta immobile à côté de Jonathan, la tête renversée en arrière et les yeux fermés. Il avait la respiration haletante et le visage livide. Quand la voiture s'arrêta, il murmura :

— J'ai mal au cœur.

— Nous sommes arrivés, dit Jonathan en descendant lui ouvrir. Vomis, si ça peut te soulager.

— Je peux ? Merci.

Penché à la portière, il vida en silence le contenu de son estomac sur l'allée goudronnée du cours privé.

Une fois que Jonathan eut fait disparaître toute trace de l'incident, il installa Daniel devant une tasse de thé bien fort et bien sucré dans la salle des professeurs pendant qu'il se faisait du café.

— J'ai l'impression que je vais mourir, grogna le jeune garçon.

Il se plia en deux sur sa chaise jusqu'à ce que ses cheveux bruns lui effleurent les genoux. Il portait à présent un jean d'Alice, trop petit pour elle. Le costume de chouette, roulé en boule, gisait lamentablement dans un coin.

— Comme beaucoup de gens quand ils ont trop bu, déclara Jonathan. C'est la vie.

Il avala une gorgée de café et contempla Daniel.

— D'ailleurs, tu n'as pas l'air d'aller si mal. Je vais bientôt pouvoir te reconduire chez toi.

L'intéressé se renfrogna et finit son thé d'une traite.

— Je veux pas rentrer chez moi. Je déteste ma mère.

Jonathan but une nouvelle gorgée de café et attendit. Soudain, Daniel explosa.

— Pourquoi remet-elle toujours cette histoire de bourse sur le tapis ? Elle n'a que ça à la bouche. Elle a raconté aux mères de tous mes amis que j'allais l'avoir…

Il fixa Jonathan de ses yeux noirs pleins d'une immense tristesse.

— La semaine dernière, j'ai rêvé que je passais l'examen et que j'écrivais « Allez au diable ! » sur toutes les copies. C'était génial… Mais vous devez trouver ça ridicule, dit-il en baissant la tête.

— Pas du tout. Il n'y a rien de plus normal. L'intérêt des rêves, c'est qu'ils vous permettent d'accomplir tout ce qu'on s'interdit dans la vraie vie. Car tu ne souhaites pas vraiment faire comme dans ton rêve, n'est-ce pas ? J'ai le sentiment que tu as envie de réussir. Est-ce que je me trompe ? demanda Jonathan en regardant Daniel droit dans les yeux.

Gêné, celui-ci haussa les épaules.

— J'en sais rien.

— Tu ne dois jamais perdre de vue que cette bourse est pour toi, et pour personne d'autre. Si tu veux la décrocher, autant faire le maximum. Ce serait trop bête d'échouer exprès, uniquement pour embêter ta mère.

— Elle veut pas que je dise « ma mère » quand je parle d'elle, seulement « maman ». D'après elle, « ma mère », ça fait vulgaire.

Le visage de Jonathan trahit un certain agacement.

— D'accord, mais je ne tiens pas à ce que tu finisses alcoolique à cause de ta mère.

Daniel ne put s'empêcher de rire.

— On va se voir souvent au cours des semaines à venir, poursuivit Jonathan, et si jamais tu sens le vin ou le whisky…

— Je déteste le whisky. Beurk !

— … ou la liqueur, ou le champagne…

Nouvel éclat de rire de Daniel.

— … je préviens ta mère aussitôt… Je ne plaisante pas.

Jonathan regarda le jeune garçon avec gravité.

— D'accord. Et merci… Merci beaucoup, dit celui-ci, plein de reconnaissance.

— Par ailleurs, ne t'inquiète pas, ajouta Jonathan en remettant la bouilloire en route. Ces cours particuliers n'auront rien d'un calvaire. Je ne suis pas un monstre, tu sais. Tout se passera bien… Je te le promets, conclut-il avec le sourire.

11

Piers partit auditionner durant la première semaine de janvier. Ginny lui fit au revoir de la main sur le quai alors que le premier train du matin l'emmenait vers Londres, puis elle fixa longuement les rails en se recroquevillant sur elle-même dans l'air froid et en priant le ciel pour que tout se passe bien. Elle imagina un bref instant son retour dans la soirée, le moment où il pousserait triomphalement la porte du wagon et la soulèverait dans ses bras en disant, les yeux brillants : « J'ai le rôle ! »

Un fol espoir au cœur, elle resta immobile, prisonnière de cette vision idyllique : deux larmes perlèrent au bord de ses paupières. Lorsqu'elles roulèrent sur ses joues, elle tourna brusquement les talons et sortit de la gare. Elle appréhendait encore plus cette audition qu'elle n'aurait cru. Ils venaient de passer des fêtes de Noël tendues chez ses parents à elle, dans le Buckinghamshire : la nervosité de Piers s'était accrue au fil des jours, et la mère de Ginny la suivait partout dans la maison avec un regard inquiet et lourd de reproches. La cause de cette réprobation était apparue clairement le soir du réveillon, quand elle avait dressé la liste de ses amies devenues grand-mères au cours des derniers mois, avant de demander à Piers, dans la foulée, s'il avait du travail pour l'année à venir.

Ginny aurait aimé l'entendre rassurer ses parents, leur dire que tout allait bien, qu'il était sur le point de décrocher un rôle important, qu'ils seraient bientôt assez riches pour élever quatre enfants. Mais Piers voulait garder le secret au sujet de l'audition.

« Si je leur révèle que j'ai un rôle en vue et qu'il me passe sous le nez, ils se lamenteront pendant des mois. Ce sera un cauchemar », avait-il affirmé.

Ginny avait bien dû admettre qu'il avait raison. Même si elle croyait dur comme fer à son succès prochain. Il ne pouvait pas en être autrement.

En tournant dans Russell Street, elle se le représenta dans le wagon, sans doute en train de revoir son texte une dernière fois à voix basse. Non qu'il en ait besoin… À présent, tous deux connaissaient ce maudit scénario par cœur. Tous quatre, en fait. Duncan, et même la petite Alice, l'avait relu tellement de fois qu'il pouvait le réciter les yeux fermés. Duncan avait un jour eu l'idée de déclamer une réplique pour voir lequel d'entre eux pourrait enchaîner, et ils s'étaient tellement pris au jeu que, à la fin, il lui suffisait de prononcer un seul mot pour que les trois autres terminent la phrase en chœur. À tel point qu'ils avaient préféré arrêter.

Il ne pouvait pas mieux se préparer, murmura Ginny pour se rassurer, en remontant l'allée. Il avait fait tout ce qui était en son pouvoir. Cependant, ce n'était pas son travail de préparation qui lui vaudrait le rôle, mais l'impression qu'il produirait.

Elle poussa la porte et resta quelques minutes dans l'entrée, avec une conscience aiguë de son impuissance. Maintenant que le grand jour était arrivé, elle se sentait un peu perdue. Elle ne pouvait plus rien pour lui : il était totalement seul.

Comme elle. Duncan passait des vacances de Noël prolongées en Écosse et, après avoir apprécié le calme de la maison, elle commençait à se rendre compte qu'au fond sa présence lui manquait. Aujourd'hui, surtout. Elle aurait aimé avoir quelqu'un auprès d'elle pour rompre le silence et lui changer les idées. Avec un certain découragement, elle pénétra dans le salon et s'affala dans un fauteuil sans enlever son manteau. Elle jeta un coup d'œil à sa montre : seulement neuf heures et quart. L'audition ne commencerait qu'après le déjeuner. Toute une matinée à attendre le coup de fil de Piers. Sans parler du résultat final. Mon Dieu ! Le résultat final… Sous le coup de l'émotion, elle se leva brusquement. Elle était incapable de passer une matinée entière, seule chez elle, à guetter la sonnerie du téléphone. Il lui fallait de la distraction, des gens autour d'elle, de la chaleur et de la lumière. L'animation d'un bureau. N'importe quoi, pourvu qu'elle oublie son obsession du moment.

En arrivant à l'agence vers onze heures, Marcus trouva Ginny assise par terre devant sa porte, occupée à feuilleter une pile de dossiers. Suzy, sa secrétaire, la regardait faire en se limant les ongles. Une cafetière fumante était posée sur le sol.

Ginny se leva d'un bond, éparpillant une liasse de photos.

— Bonjour, Marcus ! Comment vas-tu ?

— Très bien, merci.

Il lui sourit avec circonspection. Depuis la journée à Panning Hall, il l'avait délibérément évitée. Après une période de tension où il sursautait à chaque coup de téléphone, il s'était progressivement convaincu qu'elle n'avait rien deviné de ses activités ce jour-là. À présent, il riait presque de ses craintes. Finalement, Ginny est surtout une jolie blonde un peu évaporée, se dit-il à la vue de sa minijupe rouge, qui aurait été indécente sans ses collants noirs opaques. De toute évidence, elle ne soupçonnait rien. Insouciante, les yeux brillants, elle semblait d'humeur encore plus joyeuse que d'habitude.

— Ne t'occupe pas de moi, déclara-t-elle. Je n'ai pas l'intention de t'interviewer, je voulais juste réunir de la documentation pour mes communiqués de presse.

— Bonne idée. Viens me voir, si tu veux des précisions.

— Je viendrai. Ne t'inquiète pas.

En se rasseyant pour prendre un nouveau dossier, elle se rappela sa conviction que Marcus et la mère d'Alice avaient une liaison. Était-ce le cas ? Elle regarda Marcus se diriger vers son bureau et tenta de l'imaginer en train de faire l'amour avec Liz Chambers. Vision aussitôt remplacée par celle de Piers descendant du train, montant peut-être même dans le taxi qui le conduirait aux studios. À moins qu'il ne soit déjà sur place. Grands dieux… L'angoisse lui noua l'estomac, et elle s'efforça de se concentrer sur le dossier qu'elle avait sous les yeux.

Marcus traversa son bureau, s'installa à sa table de travail et appuya sur le bouton de l'interphone pour rappeler aimablement à Suzy que lui aussi prendrait bien un café. Le tiroir ouvert de son fichier attira son attention. Oubliant l'interphone, il se précipita : entièrement vide. Tous les dossiers de ses clients avaient disparu.

Une exclamation retentit dans l'entrée, il courut à la porte. Son cœur se mit à cogner. Ginny avait ouvert le dossier Panning Hall. Elle leva la tête avec un sourire ravi.

— Voilà une affaire intéressante ! Et qui tombe à pic pour la nouvelle année !

— Que veux-tu dire ? demanda Marcus d'un ton faussement jovial.

Un rictus lui crispa le visage.

— C'est l'occasion rêvée d'acheter une maison sur un grand domaine ! Et même le château ! s'écria Ginny, rayonnante. Je vais faire toute une série de communiqués de presse. Une aubaine pour l'édition du week-end des grands quotidiens.

Elle parcourut de nouveau le document.

— Et regarde les prix ! Moi qui croyais que la moindre maison à Panning coûtait une fortune !

— Cette estimation est parfaitement réaliste, répliqua Marcus.

— Ah bon ?

Ginny vérifia les chiffres.

— Je n'en reviens pas. Car, enfin, Panning est un village ravissant. Moi-même, je serais prête à y acheter quelque chose.

Elle feuilleta négligemment le dossier, et Marcus eut soudain envie de le lui arracher. La porte de son bureau était ouverte ; Ginny parlait à haute et intelligible voix ; n'importe qui pouvait entrer. La panique le gagnait progressivement.

— Le problème, c'est que le domaine est déjà vendu, dit-il de son ton le plus détaché.

Ginny leva la tête, visiblement déçue.

— Vraiment ? Eh bien, ça n'a pas traîné. Quel dommage ! Ç'aurait fait un excellent sujet.

— Tant pis. Notre fichier contient sûrement des quantités d'offres qui feront des communiqués de presse intéressants.

La main tendue, il attendait qu'elle lui rende le dossier. À sa grande exaspération, Ginny continuait à le feuilleter. Et, à cause de la présence de Suzy, il n'osait pas l'interrompre. Cette dernière, peu perspicace, finirait tout de même par se demander pourquoi il accaparait ce dossier. Elle risquait d'en parler à Miles. Ou, pire, à Nigel. Il s'appuya avec nonchalance contre le chambranle et se força à sourire.

— J'adore Panning, dit-elle, l'air rêveur. Si j'étais riche, c'est là que j'essaierais de m'installer.

Elle relut le descriptif, et son visage s'anima.

— Enfin, reprit-elle, regarde cette jolie ferme ! Seulement cent mille livres !

Marcus serra les poings. La ferme en question valait au moins cinquante mille livres de plus. Mais il avait dû réviser tous les prix à la baisse. Était-il allé trop loin ?

— Le marché s'est beaucoup ralenti. Tu le sais aussi bien que moi.

— Qui a acheté le domaine ? demanda-t-elle soudain. On pourrait l'interviewer.

— Non ! ne put s'empêcher de crier Marcus. Je veux dire… ils ne seraient pas très coopératifs. Il y a eu quelques complications. Tu ferais mieux d'oublier cette histoire.

Il se pencha en avant et, contenant son impatience, reprit délicatement le dossier Panning Hall des mains de Ginny.

— Suzy, je pourrais avoir un café, s'il vous plaît ? parvint-il à articuler avant de disparaître dans son bureau.

Il se laissa lourdement tomber dans son fauteuil, qu'il fit pivoter de façon à tourner le dos à la porte, avant d'étudier le document sans indulgence. En le rédigeant, il avait pratiquement réussi à se convaincre que son estimation était honnête. Il lui était devenu presque aussi naturel de soustraire un cinquième, un tiers, voire la moitié de chaque somme que s'il s'était agi d'une déduction fiscale.

Après coup, toutefois, les prix d'appel paraissaient ridiculement bas. Lorsque Léo vendrait le domaine, il ferait sans difficulté le million de bénéfice prévu. Peut-être même deux. Marcus pensa avec une certaine gêne aux héritières du domaine. Aux deux filles de lady Ursula qui ne se doutaient de rien, là-bas en Amérique. À eux deux, Léo et lui les avaient privées d'une part importante de leur héritage. En éprouvait-il du remords ? Un sentiment de culpabilité ? Il fit sans enthousiasme son examen de conscience. Après avoir paru sans risque, toute cette affaire commençait à sentir le roussi.

Il se rassura en se disant que Ginny devait déjà avoir tout oublié. Pourtant, dans un coin de son esprit, des images angoissantes affluaient : Ginny s'extasiant partout sur le prix de Panning Hall, Miles venant demander des précisions, ce vieux fouineur d'Albert décidant d'appeler la police. Miles découvrirait le pot aux roses. Et il serait effondré. Le dos de Marcus se voûta. À une époque, il se serait réjoui à l'idée de choquer son cousin. Aujourd'hui, cette perspective augmentait encore son inquiétude.

Il contempla par la fenêtre le ciel uniformément gris. Pourquoi avoir accepté ce marché ? Sûrement pas par cupidité, il en était convaincu. Il gagnait très bien sa vie chez Witherstone's ; un capital suffisant le mettait à l'abri du besoin. À quoi lui aurait-il servi de l'accroître ? Une autre interrogation l'effleura pour la première fois : qu'allait-il faire de cette rentrée d'argent supplémentaire ? Rien ne passait inaperçu à Silchester, ni les vacances sous les tropiques, ni l'achat d'une nouvelle voiture, ou d'un nouveau costume. Par ailleurs, songea-t-il non sans irritation, je n'ai pas besoin d'un nouveau costume. Ni d'une nouvelle voiture. La voix de Suzy interrompit ses réflexions.

— Votre café, monsieur Witherstone.

— Merci, Suzy.

Il attendit qu'elle ait quitté la pièce avant de pivoter sur son siège pour s'installer à son bureau et boire une gorgée de café. La solution tombait sous le sens : il n'avait qu'à refuser sa part de la transaction. Les fameux vingt pour cent. Léo pourrait réaliser tous les bénéfices qu'il voudrait sur la vente du domaine, et si quelqu'un s'en étonnait il suffirait d'invoquer les aléas du marché. Personne ne pourrait rien reprocher à Marcus.

Il resta immobile quelques secondes, essayant de se persuader que c'était la seule chose à faire, qu'il allait écrire une courte lettre à Léo. Il guetta le sentiment de soulagement qu'il aurait dû éprouver après s'être tiré de ce mauvais pas.

Pourtant, c'était plus fort que lui, il ne pouvait refuser une telle somme. Impossible de laisser autant d'argent lui passer sous le nez, même au prix d'une angoisse et d'un remords bien réels.

D'un geste brusque, il ouvrit un tiroir et fourra le dossier à l'intérieur. Plus tôt le domaine serait vendu, son chèque empoché et l'affaire close, mieux ce serait. Il vérifia que la porte de son bureau était fermée et composa fébrilement le numéro professionnel de Léo.

— Quoi de neuf ? lança-t-il dès qu'on le lui eut passé.

— À quel sujet… ? interrogea aimablement Léo.

Marcus serra les dents.

— La vente, dit-il, agacé. Vous savez bien…

Il reprit son souffle.

— Avez-vous trouvé un acheteur ? Vous n'avez pas l'intention de faire traîner les opérations, j'espère ?

— Tout se déroulera dans les délais, répondit Léo de son ton affable.

Marcus se demanda s'il avait quelqu'un dans son bureau. Le calme de son interlocuteur l'exaspérait.

— Parce qu'on commence à me poser des questions, déclara-t-il sèchement.

Voilà sans doute qui ferait réagir cet imbécile.

— Quoi ? Que voulez-vous dire ?

La voix de Léo trahissait une certaine nervosité.

— Rien de grave. Juste une attachée de presse qui a mis le nez dans mes dossiers.

— Comment ça, une attachée de presse ? Marcus, ce que vous m'apprenez là ne me plaît pas du tout…

Il marqua une pause. Marcus réalisa qu'il aurait mieux fait de se taire.

— Si jamais vous faites tout capoter…, poursuivit Léo insidieusement.

— Rien à craindre pour l'instant, affirma Marcus, dont le cœur battait à tout rompre. J'ai les choses en main, croyez moi.

— Ça vaut mieux. Dans votre propre intérêt..., répliqua Léo avant de raccrocher.

Marcus reposa le combiné et but machinalement une gorgée de café tiède. Malgré lui, cette conversation l'avait ébranlé. Il avait voulu s'assurer que tout se passait comme prévu, qu'il serait bientôt hors de danger. Rien de tel dans l'immédiat. Il se sentait vulnérable, susceptible d'être confondu à tout moment. Le téléphone sonna et, en proie à une appréhension ridicule, il décrocha.

— Allô ?

Bon sang ! Même sa voix tremblait.

— Marcus ? C'est Liz.

Il ferma les yeux : une vague animosité l'envahit. Liz. Sa maîtresse. Qui l'appelait sur son lieu de travail. Encore des mensonges, des complications, des risques d'être découvert. Au fond, sa liaison avec Liz n'était qu'un des aspects de la situation inextricable dans laquelle il s'était fourré.

— Marcus, nous partons pour notre rendez-vous à la banque, annonça-t-elle.

Elle paraissait tendue.

— Ah oui ?

— As-tu réussi à contacter quelqu'un de chez eux ?

— Malheureusement non.

La voix de Liz lui portait sur les nerfs, et il se sentit subitement excédé, comme s'il avait passé la journée au téléphone.

— C'est tout ce que tu voulais me dire ? demanda-t-il.

— Je crois que oui.

Elle semblait déçue.

— En fait, je suis assez occupé en ce moment. Je peux te rappeler ?

Interloquée, Liz ne répondit pas tout de suite.

— Oh, tu as quelqu'un dans ton bureau ?

— En effet, déclara-t-il en contemplant la pièce vide.

— Désolée. Je te rappellerai plus tard, si je peux. Pense à nous.

— Au revoir, dit-il avec froideur, et il s'apprêta à raccrocher.

— Marcus… Attends…

Elle parlait d'une voix douce et pleine d'émotion.

— Je voulais encore te remercier pour ton merveilleux cadeau de Noël.

— C'est trois fois rien. Je te l'ai déjà dit.

— Pas du tout ! Il est magnifique !

— Bon…

Il ne chercha pas à dissimuler son impatience.

— Excuse-moi. Je te laisse. Je voulais juste te remercier.

— Au revoir, répéta Marcus, raccrochant avant que Liz ait eu le temps de répondre.

Il repoussa le téléphone et se leva. Il n'était pas très content de lui. Ni de Liz. Elle empiétait de plus en plus sur son existence ; une existence jusque-là paisible et irréprochable, et qui se compliquait de jour en jour et se remplissait de zones d'ombre. Ce cadeau était une erreur, il s'en rendait bien compte. Il s'avança jusqu'à la porte et regarda Ginny et Suzy derrière le panneau vitré : assises toutes deux par terre, elles feuilletaient innocemment les interminables descriptifs des maisons à vendre. Il aurait aimé pouvoir se joindre à elles, partager leur bavardage amical et leur frivolité. Aucun souci n'avait jamais dû assombrir l'humeur de Ginny ou, à plus forte raison, celle de Suzy.

Soudain, ses pensées se tournèrent vers Anthea. À sa manière, elle était aussi simple et sans détour que les deux jeunes femmes. Il vit son visage si pâle tourné vers lui, son front plissé par l'inquiétude ; sa main aux doigts minces, qu'elle passait d'un geste hésitant dans ses cheveux coupés courts depuis peu. Et son cœur déborda d'une immense tendresse. Tournant les talons, il retourna près de son téléphone. Lorsque Hannah lui répondit, il n'eut aucune hésitation :

— Dites à ma femme que si ça lui fait plaisir je peux aller chercher Daniel après son cours particulier, et ensuite, on ira tous au restaurant.

— Super !

À l'autre bout du fil, la voix stridente d'Hannah lui perça le tympan.

— Ce serait formidable ! Je vais lui demander. Elle est dans la pièce à côté.

Hannah transmit son message d'une voix sonore, et il imagina Anthea en train de froncer les sourcils avec agacement. Elle répétait sans cesse aux garçons de se servir de leurs jambes au lieu de crier, dans l'espoir qu'Hannah retiendrait la leçon. Cette idée le fit sourire.

— Elle dit qu'elle est d'accord… En fait, je crois qu'elle n'en revient pas, ajouta-t-elle plus bas.

— Parfait. Moi non plus, déclara-t-il le cœur léger.

Liz et Jonathan arrivèrent à la banque Brown & Brentford avec dix minutes d'avance et, sans un mot, ils s'installèrent côte à côte sur les sièges en skaï marron de la petite salle d'attente. Liz était sur ses gardes. Elle n'avait jamais douté que Marcus trouverait une solution pour les aider, n'envisageant même pas ce qui se passerait dans le cas contraire. Elle n'avait pas la moindre idée de ce qui les attendait, ni de ce qu'elle allait pouvoir dire.

Elle sursauta quand la porte du bureau en face d'eux s'ouvrit. Le visage rond d'une femme d'âge mûr apparut.

— Monsieur et Madame Chambers ? Je suis Barbara Dean.

À sa vue, Liz éprouva un certain soulagement. Barbara Dean avait les cheveux relevés en un gros chignon, des lunettes retenues par une chaîne dorée et l'air bienveillant. Un rendez-vous avec ce genre de femme ne devrait pas réserver trop de mauvaises surprises.

Une demi-heure plus tard, pourtant, elle était effondrée. Leur bilan financier personnel et celui du cours privé trônaient d'un air accusateur dans une chemise en plastique. Juste en dessous était glissé le récapitulatif minutieux de leur situation, effectué par Barbara Dean. Les prévisions optimistes de leur projet initial disparaissaient dans le tas de papiers devant elle. Elle préférait les ignorer.

Leur interlocutrice parlait maintenant de cash-flow, de découverts, de rééchelonnement et de prêts personnels… Ils croulaient sous les prêts. Liz n'avait jamais réalisé qu'ils avaient autant emprunté. Son sang se glaçait à cette idée. Elle fixait le sol, évitant soigneusement le regard de Barbara Dean. Ce qui importait peu, car cette dernière s'adressait surtout à Jonathan : il était vite apparu que Liz ne pouvait pas

– ou ne voulait pas – prendre part à la discussion. Après s'être lancée au début de l'entretien dans une longue tirade, que Barbara Dean et Jonathan avaient écoutée avec un intérêt poli, elle n'avait plus ouvert la bouche.

Jonathan défendait seul leur point de vue, à la grande stupéfaction de Liz, honteuse d'avoir ainsi sous-estimé son mari. Pleine de repentir, elle l'écoutait présenter les comptes du cours privé avec une compétence impressionnante, indiquer les mesures qui avaient déjà permis d'améliorer les résultats, évoquer l'évolution du nombre d'élèves par enseignant, le nombre d'heures d'enseignement et les coûts de fonctionnement.

— Qu'en est-il du projet de cours d'été en langues vivantes ? demanda Barbara Dean, tirant de son dossier une feuille qu'elle consulta par-dessus ses lunettes à monture dorée.

Liz fut gagnée par la panique. Elle avait négligé le département des langues vivantes. Les réunions avec les enseignants, les discours ronflants, les projets de redéfinition du cursus, tout avait été abandonné au bout de quelques semaines. Après l'entrée de Marcus dans sa vie. Elle pensa aux ordinateurs destinés à l'enseignement des langues, qui attendaient dans une classe, soigneusement déballés. Voilà plus de un mois qu'elle envisageait de les utiliser. Sans jamais trouver le temps…

— C'est bien votre domaine, madame Chambers ? insista Barbara Dean en la regardant droit dans les yeux.

— En effet, répondit Liz d'une voix à peine audible.

Elle se saisit du dossier devant elle et le feuilleta fébrilement comme si elle y cherchait une information essentielle. Que diable allait-elle bien pouvoir raconter à cette femme ? Ses lèvres se mirent à trembler et le rouge lui monta aux joues, sans que lui viennent pour autant des arguments aussi convaincants que ceux de Jonathan. Toute la passion et l'enthousiasme suscités par le cours privé semblaient s'être évanouis, et avec eux son éloquence habituelle. Jonathan lui lança un coup d'œil apitoyé, comme s'il comprenait ce qu'elle éprouvait.

— Liz s'est occupée du département des langues autant que le lui permettait son emploi du temps très chargé, affirma-t-il avec loyauté. Elle prend même des cours du soir pour perfectionner son italien. N'est-ce pas, ma chérie ?

Il lui souriait mais, dans un premier temps, elle ne vit pas du tout à quoi il faisait allusion. Enfin, elle se souvint. C'était le bouquet ! Son alibi ridicule servait désormais à défendre leur cause auprès de la banque ! Transpercée par le remords, elle adressa un sourire contrit à Barbara Dean, comme pour se faire pardonner. Celle-ci la dévisageait d'un œil sévère, et Liz en fut ulcérée. Je parie que les choses seraient différentes si j'étais venue accompagnée de Marcus. Ou si nous étions mari et femme, se surprit-elle à penser. Elle imagina son arrivée solennelle dans la banque, vêtue d'un manteau somptueux. Mme Marcus Witherstone, de Silchester. Riche. Célèbre. Respectée. On ne l'aurait pas soumise à ce genre d'interrogatoire. Rien que pour cette raison, cela vaudrait la peine d'épouser Marcus, songea-t-elle.

Ginny avait passé l'après-midi à dévaliser les magasins. Elle avait acheté des pâtes fraîches, du vin, de l'ail, des champignons sauvages, une jupe en daim jaune pâle, un flacon de bain moussant parfumé, et deux grands plats en faïence décorés de tulipes. Enfin, après s'être offert un énorme muffin au chocolat pour accompagner son thé, elle avait tout rapporté chez elle, sans avoir réussi à épuiser son énergie.

Elle n'en pouvait plus. Cette attente la mettait dans tous ses états. La matinée avait été à peu près supportable, concentrant les rêves les plus fous qui l'avaient habitée ces deux derniers mois. Mais, au fur et à mesure qu'approchait l'heure de l'audition de Piers, elle avait eu de plus en plus de mal à tenir en place. À treize heures trente, elle avait regardé sa montre et imaginé son mari… Où ? Dans un studio ? Une salle de répétition ? À la cafétéria, en train d'attendre son tour ? À quatorze heures, l'appréhension avait commencé à lui nouer l'estomac. Elle n'était pas censée se monter la tête avec cette audition : elle avait assuré à Piers qu'elle gardait le recul nécessaire pour voir à la fois les avantages et les inconvénients de ce rôle.

Bien sûr, elle n'en voyait que les aspects positifs : le début d'une nouvelle vie ; la fin des incertitudes, des soucis d'argent et de l'obligation de sauver les apparences – en prétendant que les aléas de la carrière de Piers apportaient un peu d'imprévu, et que non, ni elle ni lui ne se sentaient encore prêts à fonder une famille. Ils auraient enfin une maison immense avec un jardin. Un nouveau cercle d'amis dans le monde de la télévision. Et la célébrité…

Quant aux inconvénients…, elle les avait déjà oubliés. Une série de désagréments que Piers avait fabriqués de toutes pièces dans un souci d'objectivité. Le risque d'être prisonnier d'un certain type de rôle, par exemple. Ou de vendre son âme. Ou encore de faire trop de télévision. Pour Ginny, ils n'avaient aucune réalité.

À son retour au 12, Russell Street, elle rangea délibérément ses achats, suspendant avec soin sa jupe neuve et disposant avec amour ses deux plats sur son petit vaisselier en pin, avant d'interroger son répondeur. Deux messages. Elle prit le temps de s'asseoir et de se munir d'un bloc-notes et d'un crayon. Elle écouta le premier, qui venait de Marcus Witherstone : « Ginny ? J'ai oublié de te dire quelque chose, tout à l'heure. À propos du domaine… J'aurais dû préciser que les propriétaires ont exigé l'anonymat… » Il y eut une pause au cours de laquelle Ginny tendit poliment l'oreille, se retenant pour ne pas crier, ni appuyer sur la touche de lecture rapide. « … j'apprécierais donc que tu gardes le secret… Je suis sûr que tu comprendras… »

— Oh, tais-toi, à la fin ! s'écria la jeune femme.

Elle n'avait pas fini de parler que le bip retentit, et elle entendit la voix de Piers, essoufflée et lointaine. Son cœur fit un bond. « Ginny ? Tu n'es pas là ? Tu as dû sortir… Bon, alors… » Cette hésitation la fit sursauter. Elle serra son crayon de toutes ses forces et se pencha sur son bloc comme pour prendre des notes. « … en fait, ça s'est très bien passé ! » Il laissa exploser sa joie. « Je leur ai plu ! Enfin, c'est l'impression que j'ai eue, et la lecture a très bien marché, comme les passages que j'avais préparés, d'ailleurs. J'ai parfaitement réussi la scène avec la grand-mère, tu sais, celle dans le pavillon. On en a répété une bonne partie sur le plateau. Ensuite, on est allés prendre un thé, et tout le monde a été vraiment gentil, et... Bon sang, Ginny, pourquoi n'es-tu pas là ? J'ai envie de tout te raconter. Au téléphone, ce n'est pas pareil. Écoute, je rentre directement. À tout à l'heure. Je t'aime. »

Contre toute attente, Daniel appréciait ses cours particuliers avec Jonathan. Ils avaient lieu dans une petite salle de classe située en façade, avec une *bay-window*. Le jeune garçon était assis à l'extrémité d'une grande table, Jonathan à l'autre, et ils s'accordaient toujours cinq minutes de bavardage avant de se mettre au travail.

Aux yeux de Daniel, M. Chambers était un très bon professeur parce qu'il ne monopolisait pas la parole. Et qu'il ne se fâchait pas s'il disait une bêtise ou se trompait dans un exercice. Parfois, ça avait même l'air de lui faire plaisir.

« Je savais bien que tu n'avais pas vraiment compris. Réglons tout de suite le problème », déclarait-il.

Ensuite, il demandait toujours à Daniel d'identifier lui-même son erreur, l'écoutant avec la plus grande attention. Puis son visage s'éclairait, et il annonçait : « Bon, on efface tout et on recommence ! »

Ce jour-là, ils étudiaient un sujet donné les années précédentes à l'examen d'entrée à Bourne College.

— Essaie le numéro six, dit Jonathan.

Daniel parcourut la série de questions et s'arrêta sur l'une d'elles. *Il y a des trous dans le gruyère*, lut-il. *Plus tu manges de gruyère, plus tu manges de trous. Plus tu manges de trous, moins tu manges de fromage. Donc, plus tu manges de gruyère, moins tu manges de fromage. Vrai ou faux ?* Il fronça les sourcils et se tortilla sur sa chaise.

— Faux ! finit-il par s'exclamer.

Il lança un regard interrogateur à Jonathan, qui lui sourit.

— Très bien. Je suis content de toi. Je me serais inquiété si tu avais répondu « Vrai ».

Daniel éclata de rire.

— Cela dit, reprit Jonathan, tu ne peux pas te contenter d'écrire « Faux » le jour de l'examen. Tu dois donner des arguments.

Le jeune garçon ouvrit des yeux ronds.

— Mais j'en ai pas !

— Bien sûr que si. Ils sont là, dans ta tête. Simplement, tu ne sais pas encore comment procéder. Mais ça va venir…

Il s'interrompit un instant.

— Avez-vous des cours de préparation à cet examen, à ton école ?

— Pas vraiment. M. Williams nous répète juste que tout ira bien si on se décarcasse un peu.

— Hmm… On doit pouvoir faire mieux que ça. Il existe une méthode pour affronter ce genre d'épreuve, tu sais. Et, dans un examen, il faut mettre toutes les chances de son côté.

Il tendit un crayon à Daniel.

— D'abord, tu dois commencer par faire un plan.

Le garçon fit la grimace.

— Un plan ? J'ai horreur de ça !

— À la fin de la journée, répliqua Jonathan en dessinant une série de cases sur la feuille de papier devant lui, tu adoreras ça.

Vers dix-huit heures, quand Marcus arriva, il les trouva entourés de feuilles couvertes de cases remplies de texte. Une fois dans la pièce, il considéra avec curiosité les épaules tombantes de Jonathan, sa chemise usée, son visage bienveillant. Voilà donc le mari de Liz..., se dit-il. Confortablement installé à travailler avec son fils... Un spectacle qui lui inspirait un sentiment de malaise. Quelque chose clochait, même si Jonathan et Daniel n'avaient de toute évidence rien à se reprocher.

— Regarde, papa ! s'écria ce dernier en brandissant une liasse de feuilles.

Il avait une mine radieuse et un sourire triomphant.

— Ce sont mes modèles de plan. On peut en faire pour n'importe quel sujet de rédaction au monde. Vas-y, pose-m'en un.

Marcus se tourna vers Jonathan, qui acquiesça.

— D'accord, dit-il. Pourquoi as-tu toujours l'air de sortir du lit ?

— Facile !

Daniel commença à recopier la question en haut de sa feuille. Marcus sourit à Jonathan.

— J'ignore de quoi il s'agit, mais apparemment, ça marche.

— Aujourd'hui, nous nous sommes un peu écartés de notre sujet, s'excusa Jonathan. Mais je pense que ce cours n'aura pas été inutile. Savoir faire un plan est un atout majeur dans un examen. Daniel gagnera des points, même s'il n'a pas le temps de rédiger entièrement son devoir.

Pris de court, Marcus s'efforça de hocher la tête d'un air entendu. Il inspecta la pièce autour de lui.

— Je suis venu ici autrefois... Pour préparer mon brevet...

— Qui d'ailleurs ne s'appelait pas encore ainsi. Mais nous assurons toujours cette préparation.

Sa voix était un peu crispée, et Marcus se rappela brusquement le coup de téléphone de Liz. Bien sûr !

C'était aujourd'hui qu'ils devaient aller à la banque. Soudain, il mourut d'envie de savoir ce qui était sorti de l'entretien. Il remarqua les cernes de Jonathan, les tasses de café vides empilées sur l'étagère derrière lui.

— Les affaires marchent ? demanda-t-il.

Pourvu qu'il ne passe pas pour un indiscret. Jonathan se contenta de lui sourire – un sourire inattendu, à la fois désabusé et attendrissant – et de répondre, avec un haussement d'épaules :

— En ce moment, c'est un peu difficile pour tout le monde. Vous devez savoir ce qu'il en est…

Il s'adressa à Daniel.

— Allons, jeune homme, pressons-nous. Ton papa t'attend pour rentrer.

— J'ai presque fini, dit l'intéressé en écrivant à toute vitesse.

Il griffonna quelques mots dans la dernière case, avant de se renverser en arrière sur son siège et d'essuyer avec emphase des gouttes de sueur imaginaires sur son front. Il poussa un ouf de soulagement.

— Emporte cette feuille chez toi, accroche-la au mur et consulte-la chaque fois que tu as besoin de te rappeler comment faire un plan, dit Jonathan.

— Je les emporte toutes, déclara Daniel en rassemblant les pages éparses. Je veux toutes les garder.

Jonathan accompagna le père et le fils jusqu'à la porte et leur fit un petit signe de la main au moment où ils montaient en voiture.

— Le malheureux, marmonna Marcus alors qu'ils s'éloignaient.

— Pourquoi « malheureux » ? demanda aussitôt Daniel. J'aime beaucoup M. Chambers.

— Moi aussi, répondit Marcus à sa grande surprise.

— Pourquoi est-il malheureux ? insista Daniel.

Marcus mit son clignotant et tourna à droite en douceur.

— Pour rien.

— Comment ça ? C'est un secret ? Raconte-moi.

Marcus soupira.

— Il n'y a rien à raconter. J'ai un peu peur qu'ils aient du mal à trouver des élèves, voilà tout. Mais ce n'est qu'une impression, je peux me tromper. Peut-être s'en sortent-ils très bien.

Daniel contempla son père, puis la liasse de plans sur ses genoux. Ensuite il regarda par la fenêtre et se mit à réfléchir.

12

Deux jours plus tard, alors qu'il sortait en courant de l'école, Daniel aperçut Anthea dans l'allée centrale, au milieu des autres mères. Il s'arrêta une minute pour décider exactement de ce qu'il allait dire. Puis, avec un froncement de sourcils et un hochement de tête, il s'avança vers le petit groupe. Comme d'habitude, sa mère était entourée d'une cour d'admiratrices.

— Bien sûr, déclarait-elle, nous ne voulons pas mettre Daniel sous pression avec cette histoire de bourse… Après tout, il n'y a pas que ça dans la vie, ajouta-t-elle avec un petit rire.

Les autres mères approuvèrent.

— Absolument, déclara Mme Lawton.

— Tout à fait d'accord, renchérit Mme Eadie.

— Inutile de prendre ce genre de choses trop au sérieux, conclut Mme Robertson avec un sourire satisfait.

Daniel la dévisagea, ahuri. Adam Robertson était dans sa classe, et il leur avait raconté que sa mère le faisait lever à l'aube pour lire le journal de la première à la dernière page avant de travailler son violoncelle, afin que le jour de son entretien il soit au courant de la vie politique. Mme Robertson découvrit la présence de Daniel.

— Ton examen doit approcher, lui dit-elle. Je me demande pourquoi Bourne College organise ses propres épreuves si longtemps avant les autres établissements. C'est l'une des raisons pour lesquelles nous n'y avons pas inscrit Adam, annonça-t-elle à la cantonade.

Daniel la fixa d'un œil sévère. Il savait qu'en réalité M. Williams avait expliqué à Adam que le niveau était trop élevé, et qu'il ferait mieux de tenter sa chance dans des écoles moins prestigieuses. Pourtant, mieux valait ne pas rappeler ce genre de détail aux mères présentes. Elles le prendraient très mal.

— Mon examen est dans deux semaines.

Il s'interrompit et observa discrètement sa mère. Quand elle lui avait demandé de ne pas parler de ses cours particuliers à ses camarades de classe, il avait été sidéré… Avant de comprendre qu'elle voulait simplement empêcher les autres mères d'avoir la même idée. Tant pis pour elle.

— Oui, mon examen est dans deux semaines, répéta-t-il en passant en revue les visages autour de lui. Mais j'ai très bien révisé…

— Grâce à M. Williams, intervint aussitôt sa mère. Il ne laisse rien au hasard…

Daniel lui coupa la parole.

— Et grâce à mes cours particuliers. À ma préparation intensive, dit-il de sa petite voix claire.

— Une préparation intensive ! s'exclama le chœur des mères, dont le cri d'indignation retentit d'un bout à l'autre de l'allée.

Daniel jeta un coup d'œil vers la porte de son école et ne put retenir une grimace. D'autres élèves de sa classe sortaient, ils le tueraient s'ils apprenaient ce qu'il était en train de dire.

— Où ça ?

— Avec qui ?

— De quoi s'agit-il ?

— Je vais au cours privé de Silchester, répondit-il en détachant chaque mot. Mon professeur s'appelle M. Chambers. Il est génial. J'ai un cours par jour. D'ailleurs, on y va ce soir, n'est-ce pas, maman ?

— Voyons, mon chéri, ce n'est pas vraiment une préparation intensive, rectifia sa mère d'un ton sec.

Elle le foudroya du regard, avant de préciser avec un large sourire :

— C'est plutôt une étude dirigée.

Daniel réfléchit quelques secondes.

— On travaille sur des tas de sujets des années passées, et parfois on fait des exercices dont M. Williams n'a jamais parlé, dit-il en s'adressant à Mme Robertson.

Il s'en voulut un instant d'avoir ainsi mis en cause M. Williams, un excellent professeur ; M. Chambers avait assuré qu'il ne pouvait pas être en de meilleures mains. Mais il était bien obligé de faire ce genre de remarque s'il voulait impressionner les autres mères.

— Le cours privé de Silchester, répéta-t-il, au cas où quelqu'un n'aurait pas compris.

Tandis que sa mère l'entraînait vers la voiture, il entendit monter le brouhaha des conversations. Adossé à la portière, Andrew les attendait, contemplant avec intérêt les mères assemblées.

— Qu'est-ce qu'elle leur a dit ? articula-t-il silencieusement à l'intention de Daniel, en désignant Anthea.

— Rien, répondit celui-ci de la même manière.

Il espérait que sa mère n'aborderait pas le sujet durant le trajet. Malheureusement, à peine les portières fermées, elle se retourna, le rouge aux joues.

— Je t'avais pourtant demandé de ne pas parler à tout le monde de tes cours particuliers !

— Mais je n'en ai pas parlé à tout le monde. Seulement à quelques personnes, rétorqua-t-il d'une voix suave.

Excédée, Anthea se remit au volant et manœuvra pour quitter sa place de parking.

— Il y a des moments où il faut savoir tenir sa langue. Tu comprends ce que ça veut dire ? demanda-t-elle, furieuse.

Andrew regarda son frère avec incrédulité.

— Tu as dit aux autres mères que tu prenais des cours ?

— Oui, je t'expliquerai plus tard, chuchota Daniel.

— Pourquoi ces chuchotements ? interrogea Anthea.

— Rien d'important ! lança Daniel d'un ton enjoué. Son moral était remonté en flèche et, pour la première fois de sa vie, la colère de sa mère ne l'atteignait pas. Il savait qu'il venait d'accomplir une bonne action. Quoi qu'Anthea puisse en penser…

Alice fuyait le regard de son père depuis le défilé de Noël. Elle était peu à peu devenue prisonnière de son sentiment initial de gêne et de culpabilité, au point de ne plus pouvoir penser à Jonathan sans se détourner de lui intérieurement. Et extérieurement aussi.

Ce Noël avait été le pire qu'elle ait connu. Après avoir attendu la dernière minute pour acheter les cadeaux de ses parents, elle avait choisi en catastrophe pour son père un énorme livre sur les oiseaux, qu'elle n'avait pas vraiment les moyens de lui offrir. C'est seulement en le voyant dans ses mains, encore en partie caché par le papier d'emballage, qu'elle avait compris pourquoi il lui semblait familier.

« Je peux l'échanger ! s'était-elle exclamée, coupant court à ses remerciements. Je ne me rappelais plus que tu l'avais déjà.

— Ne sois pas ridicule ! avait protesté Jonathan, ouvrant le livre et caressant les photos sur papier glacé. C'est la nouvelle édition. Quel merveilleux cadeau ! »

Pourtant, à quoi pouvait bien lui servir un livre qu'il avait déjà ? Il avait dit ça par politesse. Et, d'une certaine façon, Alice lui en voulait. Elle aurait presque préféré qu'il se fâche, au moins elle aurait pu répliquer sur le même ton. Mais son père gardait son calme en toutes circonstances. C'était sa mère qui se mettait en colère, d'habitude. Sauf que, ce Noël-ci, elle était sur une autre planète. Elle avait oublié d'acheter les traditionnels « crackers », dont il avait fallu se passer ; elle n'avait pas non plus participé à la décoration du sapin et s'était à peine intéressée à ses cadeaux.

Somme toute, se disait Alice en se dirigeant vers Russell Street, elle avait eu un Noël parfaitement calamiteux. Pas comme cette veinarde de Geneviève, qui venait de lui raconter dans une lettre, avec force détails, son Noël au soleil, au bord de la piscine. Ce n'était pas juste. Sa vie en Arabie saoudite ressemblait à de longues vacances. Elle avait envoyé une photo d'elle prise le jour de Noël, souriante et bronzée dans un minuscule bikini blanc, les cheveux d'un blond encore plus pâle qu'auparavant. Elle paraissait désormais si féminine et séduisante qu'en voyant la photo pour la première fois Alice avait pâli de jalousie.

Elle aussi pouvait inspirer l'envie, s'était-elle rassurée. Elle avait déjà commencé à répondre à Geneviève, et sa lettre s'ouvrait sur ces mots : « Tu te souviens de Piers, dont je t'ai déjà parlé ? Eh bien, tu sais quoi ? Il va sans doute jouer dans *Summer Street !* » Voilà qui impressionnerait son amie, toujours en train de se plaindre de la nullité des programmes de la télévision saoudienne. Quelle chance elle avait de connaître un acteur de soap opera !

Néanmoins, elle n'était pas allée plus loin que ces premières lignes. Car elles ne correspondaient pas vraiment à la réalité. Ginny lui avait raconté que la première audition s'était formidablement bien passée, que Piers avait fait très bonne impression. Il devait revoir le producteur dans trois semaines. Il avait toutes les chances de décrocher le rôle, avait assuré Ginny. Ces grandes chaînes de télévision étaient toutes les mêmes : il leur fallait une éternité pour officialiser les choses.

D'ici là, supposait Alice, on ne pouvait pas affirmer avec certitude que Piers jouerait dans *Summer Street*. En même temps, elle n'avait pas envie de continuer sa lettre sans cette information. Aussi l'avait-elle abandonnée sur une pile de magazines dans sa chambre avec, au bas de la page, un cercle brunâtre laissé par une tasse de café.

À son arrivée au 12, Russell Street, elle trouva Ginny de charmante humeur. Assise à la table de la cuisine, où elle dégustait avec Duncan une boisson qui ressemblait à du vin chaud, la jeune femme inscrivait des noms et des adresses sur des enveloppes.

— Sers-toi ! dit-elle à Alice, désignant une casserole qui mijotait doucement sur le fourneau. C'est du punch du Norfolk ! Absolument sans alcool !

— D'accord… Merci.

L'adolescente s'en versa une louche dans un verre et goûta du bout des lèvres.

— C'est très bon ! s'exclama-t-elle, surprise.

— N'est-ce pas ? répondit Ginny. J'ai décidé de renoncer aux boissons alcoolisées… Nous en consommions beaucoup trop, et c'est mauvais pour la santé, ajouta-t-elle en rougissant.

Duncan fit un clin d'œil à Alice, qui se demanda ce qu'il y avait de drôle.

— Alors, Alice, tu as passé un joyeux Noël ? lança-t-il.

— Génial, merci. Et toi ?

— Au bord du coma éthylique, merci.

Alice pouffa de rire.

— C'est vraiment super pour *Summer Street*, non ? déclara-t-elle.

— Ah non ! s'écria Ginny. Je ne veux plus entendre un seul mot sur *Summer Street* ! Parlons plutôt de notre fête.

— Une fête ? s'étonna Alice.

Duncan se tassa dans son fauteuil en feignant la consternation.

— Je reviens ici pour profiter du calme de la campagne, mener une vie saine, et qu'est-ce que je trouve ? Une débauche de mondanités…

— Ce ne sont pas des mondanités, répliqua Ginny. Juste une petite fête, destinée à faire la connaissance des habitants de Silchester.

— Quelle utilité ?

— Duncan !

— Nous connaissons déjà Alice. Pour les autres, on sait à quoi s'en tenir.

— Les autres, déclara Ginny d'un ton réprobateur, sont des gens très sympathiques, comme les parents d'Alice. Dont l'invitation est ici même.

Elle fouilla dans la pile, puis tendit à la jeune fille deux enveloppes blanches. L'une était adressée à Mlle Alice Chambers, la seconde à M. et Mme Jonathan Chambers.

— Tu crois que tes parents viendront ? demanda-t-elle.

Alice haussa les épaules.

— Aucune idée.

Pas si je peux l'éviter, ajouta-t-elle intérieurement.

Son stylo à la main, Ginny inspecta la cuisine du regard.

— Cette maison sera idéale pour une fête, dit-elle distraitement. Elle est si accueillante…

Elle s'interrompit soudain et se tourna vers Alice.

— Ça ne te perturbe pas de passer autant de temps dans ton ancienne maison ?

Alice la dévisagea, perplexe.

— Je ne sais pas trop…

Elle réfléchit quelques secondes.

— On dirait… que ce n'est plus vraiment la même. Comme quand tu vas chez des amis qui habitent le même genre de maison que toi, et que tu sais déjà où se trouvent la cuisine et les toilettes. Tu viens pour la première fois, et pourtant il y a quelque chose de familier. C'est un peu ce que je ressens ici.

Elle désigna la pièce autour d'elle.

— D'abord, vos meubles sont tellement différents...

— Oui, mais une bonne partie étaient à vous. Sont à vous, devrais-je dire. Ça ne te gêne pas ?

Alice contempla la table en pin, le cœur serré au souvenir des petits déjeuners d'hiver, où elle était encombrée par les bols, les assiettes, les paquets de céréales, la boîte de chocolat en poudre et le porte-toasts, sur lequel il restait toujours une tartine grillée en train de refroidir dans l'indifférence générale. Souvent, il faisait encore nuit, mais on était au chaud dans la cuisine inondée de lumière où résonnait la voix des présentateurs de radio, que Liz ne pouvait s'empêcher d'interpeller. Et il y avait Oscar, qui miaulait avec insistance, puis sautait sur la table d'où on le redescendait patiemment, avant qu'il profite d'un moment d'inattention pour tremper son museau dans un bol de céréales.

Des larmes lui piquèrent les yeux, et elle regarda par la fenêtre. Mais là, il y avait le jardin. Où ses parents avaient organisé chaque été un goûter d'anniversaire... jusqu'à ce qu'elle ait douze ans et préfère inviter ses amis au cinéma. Où ils avaient installé une piscine gonflable une année, une tente une autre année et aussi, pendant quelque temps, une horrible balançoire d'occasion achetée à des amis, balançoire qui se renversait dès qu'Alice prenait trop d'élan.

Durant quelques minutes interminables, elle crut qu'elle allait se mettre à pleurer. Mais, en fixant le ciel et en s'enfonçant les ongles dans la paume de ses mains, elle réussit à surmonter ce moment gênant.

Lorsqu'elle fut sûre d'elle, qu'elle eut ravalé ses larmes et retrouvé sa respiration, elle se tourna de nouveau vers Ginny, s'arrangeant pour ne voir que les ravissants objets de la jeune femme, ceux qu'elle ne se lassait pas d'admirer : les pots en grès, le pupitre en fer forgé sur lequel était posé le livre de recettes, l'étrange bouilloire chromée. Elle ignora délibérément les vieux meubles de la cuisine, si familiers et chargés de souvenirs. Sans parler du reste de la maison. Enfin, elle croisa le regard de Ginny.

— Je n'y pense presque jamais, affirma-t-elle avec un haussement d'épaules, avant de boire une nouvelle gorgée de punch.

Ginny la dévisagea et ne put s'empêcher de la plaindre. Quelle horreur de devoir quitter la maison de son enfance ! Lorsque Piers et elle auraient des enfants, songea-t-elle, elle veillerait à ce qu'ils puissent garder toute leur vie la demeure familiale où ils avaient été heureux. Une ferme, peut-être. Ou un ancien presbytère. Ou même une maison à Londres, comme celle que Clarissa venait d'acquérir…

Ginny avait appelé son amie ce matin-là pour l'inviter à leur fête.

« Bien sûr, quelle merveilleuse idée ! s'était exclamée Clarissa. Mais je… ne pourrai pas boire d'alcool. Devine ce qui m'arrive ! »

Évidemment, elle était enceinte. Elle et son mari avaient signé une promesse de vente pour une grande maison avec un jardin à Kensington, et elle allait engager une nurse, en espérant retravailler aussitôt après la naissance du bébé ; mais, au fond, serait-ce vraiment un problème si elle ne reprenait pas tout de suite ?

« Ce que je veux dire, Ginny, c'est que tu pourras faire tourner seule l'agence de relations publiques Prentice Fox, non ? Jusqu'à ce que je me sente prête à revenir ? »

En l'écoutant, Ginny l'imaginait à son bureau, en train d'entortiller avec un sourire charmeur le cordon du téléphone autour de son poignet, resplendissante dans une robe de maternité de marque.

« En fait, Clarissa, s'était-elle entendu répondre, ce n'est pas si sûr. Piers et moi envisageons nous aussi d'avoir un bébé.

— Vraiment ? Oh, Ginny ! Quelle excellente nouvelle !

— N'est-ce pas ? avait déclaré celle-ci, enhardie par l'enthousiasme de Clarissa. Piers a pratiquement dans la poche un rôle génial à la télévision. Très bien payé. Ça tombe à pic.

— Formidable ! s'était écriée Clarissa de sa voix irrésistible de petite fille. Oh, Ginny, quelle chance tu as d'avoir épousé un acteur, au lieu d'un banquier ennuyeux comme la pluie !

— Je sais. J'ai du mal à y croire... »

Ginny exultait encore quelques minutes plus tard, heureuse d'être si près du but et de la gloire, jubilant à l'idée d'avoir fait un pari hasardeux dont elle allait retirer des bénéfices inespérés.

Les mains tremblantes, elle continuait de remplir ses enveloppes. Piers dans *Summer Street*... Ça lui paraissait presque une réalité, comme si c'était déjà fait. Elle avait l'impression qu'il faisait partie de la série, qu'elle le découvrirait sur l'écran en allumant la télévision. Il ne pouvait en être autrement. Piers allait décrocher le rôle. Ce n'était plus qu'une question de temps.

Plus tard, ce même soir, Liz était attablée dans le séjour, apparemment plongée dans l'étude de ses projets pour le département des langues vivantes. Elle avait une pile de notes devant elle et, en haut de son bloc, le mot « Programmes » était souligné deux fois. Mais elle n'avait rien écrit de plus et restait prostrée, les yeux dans le vague.

Elle était dans cet état de lassitude depuis l'entretien à la banque. Sonnée, incapable de se concentrer, trop abattue pour prendre de nouvelles initiatives, elle ne réussissait qu'à assurer ses responsabilités au jour le jour. Loin de la stimuler, le fait d'être propriétaire du cours privé lui paraissait un fardeau écrasant, qu'elle avait accepté avec trop d'empressement.

Pourtant, l'entretien n'avait pas été entièrement négatif. Barbara Dean s'était révélée une femme sympathique, aussi soucieuse qu'eux-mêmes – ou, plus exactement, que Jonathan – de la réussite de leur entreprise. Elle avait néanmoins insisté sur le montant insuffisant du capital investi. On leur avait accordé un second prêt, avait-elle rappelé, à la seule condition qu'ils vendent leur maison et que l'essentiel du produit de la vente finance l'achat du cours privé. Ce qui, bien sûr, n'était toujours pas le cas.

À court terme, elle reconnaissait que la location de la maison était la meilleure solution ; à long terme, en revanche, il faudrait la vendre. Ils n'auraient pas le choix. Sinon… À cette perspective, Barbara Dean avait haussé les sourcils au-dessus de ses lunettes à monture dorée. Puis elle s'était détendue. Dans l'immédiat, avait-elle assuré, les choses auraient pu être pires. Et, avec un peu plus de travail et d'innovations, ils pourraient bientôt réaliser des bénéfices intéressants.

Ces encouragements arrivaient trop tard. Liz n'avait plus envie de se tuer à la tâche. Plus envie, comme l'avait suggéré Barbara Dean, de relever le défi. Elle aurait presque été soulagée de devoir renoncer sans plus tarder à cette chimère et de remettre le cours privé sur le marché. Cet aveu d'échec lui paraissait préférable aux efforts herculéens qui les attendaient.

Elle regarda autour d'elle avec un frisson. En chemin, son esprit d'initiative, son enthousiasme, son désir de réussir l'avaient abandonnée. Comme si le harnais avait glissé de ses épaules, et que Jonathan se retrouvait seul à conduire l'attelage. Elle avait beau essayer, elle n'avait pas la force de reprendre le collier. Toute l'entreprise lui semblait désormais inutile. Un travail de titan pour une récompense incertaine.

Furtivement, elle caressa la gourmette en or cachée sous sa manche, sentant ses lourds maillons contre sa peau. Combien a-t-elle pu coûter ? se demanda-t-elle pour la centième fois. Lorsque Marcus, un soir, peu avant Noël, lui avait tendu d'un geste emprunté un petit paquet soigneusement emballé, elle avait été intriguée. Mais, en découvrant son contenu, elle était restée bouche bée. Un bracelet en or, acheté chez un grand bijoutier londonien. Et elle qui n'avait même pas pensé à lui faire un cadeau ! Avec un haussement d'épaules, Marcus avait coupé court à ses remerciements maladroits, à ses promesses de lui offrir quelque chose après Noël.

« C'est trois fois rien. Une bricole, avait-il dit avec son sourire charmeur. Une petite surprise pour que tu ne m'oublies pas. »

Elle avait fait croire à Jonathan que le bracelet était plaqué or, un cadeau d'abord destiné à Alice… qu'elle avait décidé de garder pour elle. Apparemment, il l'avait crue. Elle avait pu le porter pendant toute la période des fêtes, admirer ses reflets sous les lumières du sapin, jouer avec en regardant la télévision. Il avait éclipsé la douillette chemise de nuit à fleurs et l'ouvrage de tapisserie respectivement offerts par Jonathan et Alice, ainsi que l'assortiment habituel de babioles sympathiques, mais mal choisies. Tous ces objets paraissaient dérisoires à Liz, presque sans intérêt. Rien à voir avec les cadeaux que Marcus et sa famille devaient s'échanger au même moment.

Tandis qu'elle défaisait l'emballage d'un paquet en forme de bouteille apporté par le père de Jonathan – en se demandant à voix haute, comme le voulait la tradition familiale, de quoi il pouvait bien s'agir –, elle n'avait pu s'empêcher d'imaginer la même scène chez Marcus Witherstone. Si, pour lui, un bracelet en or n'était qu'une bricole, que diable avait-il bien pu offrir à Anthea ? Un diamant ? Un cashmere ? Un sac à main de marque ? Quoi qu'il en soit, ça n'a pas l'air d'améliorer nos relations, se dit-elle non sans aigreur. Marcus l'avait appelée la veille au soir pour remettre à plus tard leurs deux prochains rendez-vous. Ces temps-ci, Anthea est un peu nerveuse, avait-il expliqué. Liz avait eu l'impression qu'il l'était passablement, lui aussi. Il ne devait pas s'amuser tous les jours.

Elle avait déjà aperçu Anthea plusieurs fois quand elle venait chercher son fils à la fin de ses interminables cours particuliers. À cette heure-là, Liz avait normalement fini sa journée et, d'une fenêtre de l'appartement, elle pouvait la voir se garer de l'autre côté de la rue, sortir ses longues jambes fines du véhicule et se diriger d'un pas vif vers la porte d'entrée. Elle discutait parfois près d'une demi-heure avec Jonathan, avant de ressortir en se retournant pour crier à son fils de se dépêcher et de regarder avant de traverser ; ensuite, elle poussait le malheureux dans la voiture et démarrait aussitôt. Quel cauchemar ! Pas étonnant que Marcus ne s'entende pas avec elle.

En de rares occasions, il passait lui-même prendre le jeune garçon mais, malheureusement, ne faisait qu'entrer et sortir. Pas le temps pour Liz de descendre et de faire semblant de passer par hasard devant la classe. Elle avait parfois envie de taper à la fenêtre, telle une princesse emprisonnée, pour le voir lever les yeux vers elle avec un sourire ravi. Elle n'osait jamais, se contentait de regarder disparaître sa luxueuse voiture, puis s'éloignait d'un bond de la fenêtre, prête à s'absorber dans une autre activité avant le retour de Jonathan.

Elle sortit le bracelet de sous sa manche et le fit miroiter dans la lumière. Ce n'est pas assez, se surprit-elle à penser. Elle méritait de profiter davantage de Marcus. Elle se renversa dans sa chaise et contempla le plafond. D'étranges pensées lui traversèrent l'esprit. Qui l'avaient déjà effleurée, sans qu'elle se l'avoue. Que ferait-elle si Marcus lui demandait un jour de quitter Jonathan et de venir vivre avec lui dans l'opulence ?

Une voix intérieure la rappela sévèrement à l'ordre : jamais il ne le lui demanderait !

Oui, mais s'il lui posait quand même la question ? S'il la suppliait ? Après tout, il y avait déjà fait allusion.

Avec un frisson de plaisir, elle se rappela sa voix, et sa phrase exacte dans cette horrible chambre d'hôtel :

« Tous ces mensonges finissent par m'atteindre. »

Et s'il déclarait qu'il en avait assez de mentir, qu'il ne pouvait plus se passer d'elle ? Une scène s'imposa à elle, où Marcus, bras tendus, s'efforçait de la convaincre qu'il l'aimait plus que tout au monde. Qu'il voulait pouvoir marcher dans la rue avec elle main dans la main, sans se cacher. Qu'il serait très honoré si elle acceptait de devenir sa femme. Une jubilation intense la fit palpiter. Bien sûr, tout cela était peu vraisemblable…, mais pas impossible. Tout à fait possible, même. Après tout, nombreux étaient les hommes qui se séparaient de leur femme. Puis épousaient leur maîtresse. Les choses les plus invraisemblables se produisaient tous les jours. Un an plus tôt, jamais elle n'aurait imaginé avoir une liaison, or son aventure avec Marcus durait depuis des semaines. Incroyable ! Et bien malin qui pouvait en prévoir les prochains développements…

Des images séduisantes affluèrent dans son esprit : elle faisait son entrée dans une boutique de vêtements de luxe, choisissait différents articles en prévision de nombreuses mondanités, posait une carte de crédit sur le comptoir avec une nonchalance étudiée. Ou bien elle préparait le dîner pour Marcus dans une cuisine sophistiquée au sol recouvert de tomettes, avec des bouquets de fleurs séchées accrochés au plafond ; elle ouvrait une bouteille de vin rouge millésimé ; plus tard, elle laissait à son employée de maison le soin de charger le lave-vaisselle. Marcus et elle se retiraient dans leur chambre à la moquette épaisse. Avec salle de bains attenante. Plus de travail ; plus de soucis. Aucune obligation le matin, sauf celle de se réveiller.

Un bruit de porte la fit sursauter.

— Bonsoir ! dit Alice, s'arrêtant au milieu de la pièce.

L'adolescente plissa le front et regarda sa mère en clignant les yeux.

— Cette lumière ne serait pas un peu trop vive ?

— Tu crois ? répondit Liz distraitement.

Elle contempla la silhouette dépenaillée de sa fille, l'imaginant dans un an ou deux : les cheveux plus longs et soyeux, vêtue avec une élégance discrète, elle conversait avec des invités autour d'une table où scintillait l'argenterie, remerciant d'un sourire Marcus qui lui versait un demi-verre de vin. Alice pourrait avoir sa voiture personnelle aussitôt son permis de conduire en poche. Elle irait préparer son examen de fin d'études secondaires dans un établissement réputé. Peut-être même serait-elle conviée au bal des débutantes…

— Ce qu'il nous faudrait au lieu de ce vieux truc, déclara Alice avec conviction, ce sont des lampes. Beaucoup de lampes avec une lumière très tamisée. Et des abat-jour couleur crème.

Elle désigna avec mépris le plafonnier beige. Liz la fixa quelques instants sans comprendre. Puis son visage s'éclaira.

— Ton amie Ginny a des lampes partout, je suppose…

Alice haussa les épaules en rougissant légèrement.

— Ça se peut. Quelques-unes. Une ou deux.

Elle jeta un coup d'œil dans la pièce, comme pour trouver un autre sujet de conversation.

— Tu fais quoi ? finit-elle par demander.

— Je prépare de nouveaux programmes pour le cours privé, répondit Liz d'une voix peu aimable. Elle saisit son stylo et inscrivit sur sa feuille une série de titres absurdes, qu'elle numérota et souligna machinalement : n'importe quoi pour avoir l'air occupé. Alice l'observait en silence. Puis, avec un soupir, la jeune fille chercha quelque chose dans sa poche de veste. Après une hésitation, elle en tira une enveloppe blanche.

— C'est pour toi.

— Pour moi ?

— Pour vous deux, marmonna l'adolescente.

Liz sortit le carton.

— C'est une invitation, précisa Alice. Mais vous n'êtes pas obligés de venir.

Liz leva les yeux.

— Qui te dit que nous n'avons pas envie d'y aller ? C'est gentil d'avoir pensé à nous ! Mais, ne sommes-nous pas trop vieux pour ce genre de soirée ?

Alice dut se faire violence pour ne pas répliquer que si, justement.

— Non, pas vraiment. D'ailleurs, il y aura quelques personnes âgées. Des gens avec lesquels Ginny travaille.

— Nous ne sommes pas exactement ce qu'on appelle des « personnes âgées », protesta Liz.

Elle réfléchit un court instant.

— Tu veux dire qu'il y aura des gens de l'agence Witherstone's ?

— Aucune idée. Enfin, si. Oh, et puis j'en sais rien…

— Tu sais que Ginny et Piers ont loué notre maison par l'intermédiaire de cette agence, expliqua Liz, que cette coïncidence amusait.

Alice, elle, affichait le plus profond désintérêt.

— C'est M. Witherstone qui a tout arrangé. Je crois que son prénom est Marcus. Marcus Witherstone.

Elle n'en revenait pas de prononcer son nom dans sa propre salle de séjour. Une lueur apparut dans le regard d'Alice.

— En fait, il doit être invité. Marcus quelque chose. Elle haussa les épaules.

— De toute façon, vous serez sûrement trop occupés ! lança-t-elle avec un sourire plein d'espoir.

— Détrompe-toi. J'attends cette soirée avec impatience…

Liz posa avec soin le carton blanc sur les carreaux bleu pâle de la cheminée et recula d'un pas pour admirer l'effet produit.

— Je ne la manquerais même pour rien au monde…

13

Au cours des trois semaines suivantes, Jonathan reçut vingt-trois appels au sujet de la préparation spéciale à l'examen d'entrée dans les écoles privées. Lorsque arriva la dernière leçon de Daniel, deux séances quotidiennes avaient été organisées après la classe, réunissant la plupart de ses camarades, ainsi que plusieurs autres garçons d'une douzaine d'années, dont les mères avaient entendu parler du cours privé de Silchester.

Jonathan était dans son élément. Les nouvelles recrues étaient en majorité de bons élèves, avait-il expliqué à Liz, et il ne perdait donc pas son temps avec eux. Certains d'entre eux se révélaient même extrêmement brillants. Ils pourraient très bien décrocher une bourse dans les établissements les plus réputés. Seul inconvénient, mineur au demeurant, avec ce genre d'élèves : les ambitions démesurées de leurs parents. À la fin de chaque cours, ils noyaient Jonathan sous un tel flot de questions, de remarques et de lamentations, qu'il leur avait proposé un bilan personnalisé sur rendez-vous – pour lequel, avait-il précisé à Liz, il demandait des honoraires raisonnables. L'un dans l'autre, ce serait très intéressant financièrement. Et si l'un de ces garçons se distinguait, la réputation du cours en bénéficierait.

Liz avait mollement hoché la tête pendant cet exposé. Certes, cette préparation spéciale était un succès : elle avait elle-même constaté l'augmentation des effectifs et en mesurait les effets positifs sur leur chiffre d'affaires. Barbara Dean s'en réjouirait sans aucun doute. Pourtant, cela ne suffisait pas à ranimer son enthousiasme pour le cours privé. Plus que jamais, elle le considérait comme un fardeau. Ils étaient endettés jusqu'au cou, toujours obligés de vendre la maison de Russell Street et de se tuer à la tâche pendant une éternité avant de commencer à réaliser des bénéfices dignes de ce nom.

Liz refusait de lier son sort à celui du cours privé. Elle était au-dessus de ces considérations sordides de prêts bancaires, d'emprunts et de traites, évoluant désormais dans un univers plus confortable, plus protégé... Du moins en serait-il bientôt ainsi... Ça ne saurait tarder. Il lui semblait que ces dernières semaines elle s'était contentée d'attendre son heure : sa vraie vie allait enfin commencer. Elle écouta avec bienveillance Jonathan lui annoncer ses victoires dérisoires et parcourut docilement les chiffres qu'il lui mettait sous les yeux. Mais tout cela lui paraissait vain, sans intérêt. Cent livres par-ci, cent livres par-là... Alors que Marcus payait fréquemment beaucoup plus pour une simple nuit d'hôtel.

Elle ne l'avait pas revu depuis Noël. Sa femme se montrait certainement plus exigeante. Pauvre Marcus. Elle n'avait jamais rencontré Anthea, une névrosée, d'après Jonathan. Sans doute aveuglée par son amour pour Marcus, elle devait pourtant sentir qu'il se passait quelque chose. Liz frémit en imaginant ce dernier chez lui, aux prises avec son épouse possessive dont il tentait d'apaiser les soupçons. Tout cela ne présageait rien de bon. Il faudrait rapidement régulariser la situation. Ils ne pouvaient continuer à se voir par intermittence et en cachette. Leur relation allait devoir prendre une autre dimension. Liz ne savait pas exactement laquelle, mais, au plus profond d'elle-même, la jeune femme sentait qu'ils avaient atteint un point critique. Elle verrait Marcus à cette soirée. Et, si l'occasion se présentait, elle aborderait le sujet avec lui.

Ginny n'en croyait pas ses oreilles.

— Quoi ?

Elle foudroya Piers du regard, comme si tout était sa faute.

— Ils ont affirmé qu'il s'agissait d'un problème administratif, expliqua-t-il, s'efforçant de prendre les choses avec philosophie. Ça ne veut rien dire.

— Bien sûr que si ! Ils ne peuvent tout de même pas te maintenir indéfiniment dans l'incertitude ! Qu'est-ce qu'ils ont contre demain ?

Piers haussa les épaules.

— Aucune idée. Ils ne me l'ont pas dit. Peut-être que le grand chef est occupé…

— C'est un peu fort !

Exaspérée, Ginny se passa la main dans les cheveux.

— Je croyais que c'était une simple formalité. Car enfin, tu l'as, ce rôle. Ils t'ont dit que tu leur convenais. Quel qu'il soit, ce gros bonnet ne va quand même pas désavouer le producteur !

Piers haussa de nouveau les épaules.

— Qui sait ? lança-t-il d'un ton volontairement désabusé.

Ginny le dévisagea, l'air abattu.

— Mais, la semaine prochaine, il y a notre fête ! Tu ne peux pas auditionner le même jour.

— Aucun problème, on préparera tout la veille.

— Mais…

— Quoi donc ?

Ginny le contempla en silence. Impossible de lui avouer qu'elle comptait annoncer la bonne nouvelle au cours de la soirée ; qu'elle avait prévu de faire une folie et de s'offrir une robe superbe pour l'occasion ; qu'elle souhaitait être fixée cette semaine, pas la suivante.

— Je trouve simplement que ça tombe très mal, voilà tout, se contenta-t-elle de dire. Ils devraient te traiter avec un minimum de respect. Et si tu n'avais pas été libre la semaine prochaine ?

— Dans ce cas, ils auraient certainement donné le rôle à quelqu'un d'autre.

Piers quitta la pièce ; elle le suivit des yeux, le cœur battant à tout rompre et le visage sombre.

Cet après-midi là, Marcus et Anthea conduisirent ensemble Daniel à Bourne College pour ses trois jours d'épreuves. À l'approche des grilles majestueuses de l'établissement, Marcus s'aperçut avec surprise qu'il éprouvait une certaine appréhension. Au moment où ils s'engageaient lentement sur l'allée bordée d'arbres et couverte de ralentisseurs qui menait vers l'école, il se retourna sur son siège et sourit au jeune garçon.

— Ça va ? demanda-t-il.

— Ça va.

Daniel, serrant sa trousse de toutes ses forces, répondit à son sourire. Marcus fut étreint par un douloureux sentiment de fierté. Son fils avait travaillé d'arrache-pied en vue de cet examen. Et il méritait vraiment de réussir. C'était un vrai héros. Il lui sourit de plus belle, regrettant de ne pouvoir le prendre dans ses bras.

— Marcus ! s'écria Anthea. Attention ! Tu vas rentrer dans un arbre !

Assise à côté de lui, elle fixait la route avec détermination, le visage tendu, les poings serrés sur les genoux.

— Tiens, qu'ont-ils fait ? demanda-t-il avec stupéfaction au moment où ils approchaient de l'école. Qu'est-ce que c'est que ce bâtiment ?

— Le nouveau centre multimédia, répondit aussitôt Anthea. Je t'en ai parlé. Tu l'aurais vu si tu étais venu à la journée portes ouvertes.

— Ah bon.

Pour des raisons qui lui échappaient autant qu'à Anthea, Marcus avait refusé d'aller visiter son ancienne école en tant que futur parent d'élève.

« Je connais les lieux, avait-il affirmé. À quoi me servirait-il d'y retourner ? »

À présent, il considérait d'un œil attendri et curieux les vieux bâtiments familiers, flanqués de constructions ultramodernes. Pour la première fois, il eut la gorge serrée en imaginant Daniel dans l'uniforme qu'il avait porté autrefois, ou en train de jouer au rugby sur le même terrain que lui. Ou encore, endormi dans son ancien dortoir.

Il réalisa que, si Daniel décrochait une bourse, il ne serait pas dans la même aile que lui, mais dans le bâtiment directorial. Avec les meilleurs élèves de l'école, qui se promenaient en toge noire et que les journalistes photographiaient régulièrement. Il ferait partie de l'élite. Comme Edwin Chapman, de la même promotion que lui, et désormais secrétaire d'État. Ou William Donaghue, de la promotion suivante, aujourd'hui avocat réputé que tout le monde s'arrachait.

En se garant, Marcus regarda soudain Daniel avec respect. Accéderait-il vraiment à cet univers où l'excellence était la règle ? Lui, le fils d'un agent immobilier de province ?

— Daniel, contente-toi de faire de ton mieux, s'entendit-il déclarer. Essaie de te souvenir des conseils de M. Chambers. Et n'oublie pas que nous serons fiers de toi quoi qu'il arrive…

— As-tu assez de cartouches pour ton stylo ? interrompit Anthea d'un ton inquiet. As-tu pensé à ton taille-crayon ? Et aussi à…

— Anthea, intervint Marcus d'une voix apaisante. Un établissement aussi renommé que Bourne College pourra certainement fournir une malheureuse cartouche d'encre si nécessaire.

Il échangea un clin d'œil avec Daniel, puis se pencha en avant et ébouriffa d'un geste affectueux les cheveux de son fils.

— Viens, dit-il. Je vais te faire visiter mon ancienne école.

Plus tard, une fois Daniel installé dans la salle d'examen, Anthea et lui se promenèrent dans l'enceinte de l'établissement, main dans la main. Anthea parlait sans arrêt pour dissimuler sa nervosité, désignant les réussites architecturales, s'interrogeant sur le nombre de candidats à l'examen, s'extasiant sur l'intérieur de la chapelle et se demandant toutes les deux minutes comment Daniel s'en sortait. Marcus se contentait de sourire et marchait tranquillement à côté d'elle.

Près du lac artificiel, où se pratiquaient les sports nautiques, ils s'arrêtèrent et se retournèrent afin de contempler l'école. Marcus passa le bras autour des épaules menues et raides d'Anthea, fragiles comme de la porcelaine.

— Tu sais, dit-il lentement, si Daniel décroche cette bourse, ce sera entièrement grâce à toi.

Elle leva vers lui de grands yeux interrogateurs.

— Pour commencer, il a hérité de ton intelligence, poursuivit-il à regret. Moi, je n'ai jamais pu prétendre à la moindre bourse. Et c'est toi qui l'as encouragé à se dépasser. Toi qui as fait tout le travail.

Elle se contracta légèrement.

— Je croyais que tu n'étais pas d'accord pour qu'il tente cet examen, dit-elle en regardant au loin. Que ça te paraissait une perte de temps.

— Eh bien, j'ai peut-être eu tort, concéda Marcus après un silence.

— Moi aussi, sans doute, reconnut Anthea de manière inattendue.

Elle avala sa salive.

— Je sais que j'exige parfois trop des garçons. Et que tout le monde me trouve arriviste.

Elle passa la main dans ses cheveux roux.

— Je veux simplement qu'ils exploitent leur potentiel. Je le fais pour leur bien, sans mauvaises intentions, tu sais.

Elle le dévisagea, anxieuse. Marcus eut un élan de tendresse.

— Je sais, dit-il. J'en suis persuadé.

Il la prit dans ses bras et attira son corps si mince contre lui. Elle tenta aussitôt de se dégager, en jetant des coups d'œil affolés autour d'elle.

— Marcus ! Tu ne peux pas faire ça ici !

— En tant qu'ancien élève, répliqua-t-il, j'ai le droit de faire tout ce que je veux, là où je veux.

Alice s'angoissait de plus en plus à l'idée de ce qu'elle allait porter à la soirée chez Piers et Ginny. Elle s'était d'abord dit qu'elle mettrait son vieux jean percé, peut-être avec son collier indien en argent. Jusqu'au moment où, chez elle, en lisant attentivement le carton d'invitation, elle avait découvert ces mots : « Tenue noire et/ou rouge de rigueur. » Elle avait beaucoup de vêtements noirs, mais surtout des T-shirts passés et des collants en laine qui ne convenaient pas pour ce genre de soirée.

Et voilà qu'aujourd'hui même Ginny lui avait montré la robe qu'elle s'était achetée pour l'occasion : en soie rouge vif, très courte, avec des paillettes noires sur le devant. Si Alice l'avait vue dans une boutique, elle se serait aussitôt exclamée : « Beurk ! Vulgaire ! » Quand Ginny l'avait enfilée, elle avait bien dû admettre que celle-ci avait fière allure. Tournant sur elle-même devant le miroir de sa chambre, la jeune femme lui avait demandé :

« Et toi, que vas-tu mettre ? »

Alice avait répondu qu'elle n'y avait pas encore réfléchi. Depuis, elle ne pensait qu'à ça. Noir et rouge. Noir et rouge. Un jean noir et un T-shirt rouge ? Non. Ce serait affreux ! Un jean noir et un col roulé noir ? Non plus. Trop banal. Elle s'imagina le soir de la fête. Piers serait là, en extase devant la robe à paillettes de Ginny. Elle devait s'arranger pour porter quelque chose qui lui plairait. Et qui la fasse paraître plus adulte.

Elle fit irruption dans la cuisine où Liz, adossée au mur, buvait son thé d'un air rêveur.

— Il me faut des vêtements neufs pour cette soirée. Je n'ai rien de noir et rouge.

Elle regarda sa mère sans grand espoir, s'attendant à l'entendre répondre qu'elle avait tout ce qu'il fallait. Au lieu de quoi le visage de Liz s'éclaira.

— Mais bien sûr ! Nous allons te trouver quelque chose de joli.

Alice la considéra avec méfiance.

— Il faut que ce soit noir. Ou rouge. C'est ce que dit l'invitation.

— Vraiment ? Diable ! Dans ce cas, je vais sans doute devoir moi aussi m'acheter quelque chose... Après tout, nous avons bien mérité une petite récompense, non ? lança Liz, rayonnante.

— Oui..., peut-être... Tu me donneras un peu d'argent, alors ?

— On va y aller ensemble. On ira en ville samedi matin, on s'offrira chacune quelque chose qui nous plaît, et ensuite on déjeunera au restaurant. Qu'en penses-tu ?

— Pourquoi pas ? Mais je peux aussi y aller seule après les cours...

— Pas question. Ou tu m'accompagnes samedi, ou tu vas à cette fête avec ton jean noir et ma chemise en velours rouge.

Alice eut un sourire résigné.

— Entendu pour samedi...

Le samedi, il y avait toujours un monde fou à Silchester. Quand elles arrivèrent sur la place du marché, Liz se lamenta.

— Nous aurions dû venir à neuf heures. Ça va être l'enfer.

— Ce n'est pas grave, dit Alice, contemplant la foule qui affluait.

Elle jeta un coup d'œil à sa mère : ce ne serait peut-être pas si déplaisant de faire les courses avec elle. À condition qu'elle n'essaie pas de lui faire enfiler une paire de chaussures ridicules comme la dernière fois…

— Excusez-moi ! Vous avez une minute ?

Alice leva les yeux. Banane gominée au-dessus du front et bloc-notes à la main, un jeune homme fonçait droit sur elle. Elle hésita. Récemment, après avoir répondu oui, une de ses camarades avait pu goûter plusieurs échantillons de gâteau au chocolat.

— Bon, d'accord… Mais ce ne sera pas trop long ? demanda-t-elle en tournant la tête vers sa mère.

— Pas le moins du monde. Juste quelques questions toutes simples. Vivez-vous, ou travaillez-vous à Silchester ?

— Oui… J'y vis.

— Êtes-vous mariée, célibataire, ou engagée dans une relation ?

Alice rougit.

— Pourquoi ce genre de question ?

— Nous sommes en train de lancer un club de rencontres à Silchester, expliqua l'inconnu. Beaucoup de gens souffrent de la solitude dans cette ville, vous savez.

Alice devint écarlate.

— Je vais encore au lycée. Je ne crois pas que…

L'homme la dévisagea.

— Oh ! Vous avez raison. Le questionnaire s'adresse aux plus de dix-huit ans. Toutes mes excuses.

Il s'éloigna. La voix de Liz l'arrêta net.

— Attendez une minute ! Pourquoi ne m'avez-vous pas interrogée ?

Il se retourna.

— À vrai dire…

Alice lança un regard stupéfait à sa mère.

— Pourquoi ne m'avez-vous pas interrogée ? répéta Liz. On ne sait jamais. Je pourrais être intéressée par ce service.

L'homme posa les yeux sur la main gauche de Liz, gantée de laine.

— J'ai supposé…

— Que j'étais mariée ? Ou trop vieille ?

Elle rejeta ses cheveux en arrière et sourit à son interlocuteur.

— Comment savez-vous que je ne suis pas jeune, libre et célibataire ? Ou, du moins, libre et célibataire ?

Il répondit à son sourire et passa la main sur sa banane.

— Je reconnais que je n'ai aucune preuve. Vous l'êtes ?

— Jeune ? Plus vraiment, hélas.

— Bien sûr que si ! assura-t-il avec galanterie.

Il fit un clin d'œil à Alice, qui rentra la tête dans les épaules, rouge de confusion et outrée par le comportement de sa mère. Qu'est-ce qui lui prenait de parler ainsi à un inconnu ? Elle se mettait à dérailler en vieillissant. Alice regretta amèrement d'avoir accepté de l'accompagner en ville : elle aurait dû se douter que ce serait une source d'ennuis.

— Très bien, dit le jeune homme d'un ton enjoué. On recommence tout.

D'un geste ample, il tourna une page de son bloc.

— Vivez-vous, ou travaillez-vous à Silchester ?

— J'y vis.

— Êtes-vous mariée, célibataire, ou engagée dans une relation ?

— J'ai parfois l'impression d'être les trois.

— Maman… soupira Alice, horrifiée.

— D'accord, j'arrête. Je suis mariée. Ou engagée dans une relation. Au choix. Et je ne suis pas intéressée par un club de rencontres… Cela dit, je vous ai fait réfléchir, non ?

— Mais alors, j'avais raison ! s'exclama le jeune homme, feignant l'indignation. Je savais bien que vous étiez mariée !

— Oui, mais j'aurais aussi bien pu ne pas l'être, rétorqua Liz en le regardant droit dans les yeux.

Elle désigna alors une femme grisonnante qui tirait un chariot à provisions en tissu écossais.

— À votre place, ajouta-t-elle, je tenterais ma chance avec cette dame. On ne sait jamais. Au revoir !

Elle s'éloigna d'un pas vif, et Alice s'empressa de la suivre, non sans avoir adressé un sourire d'excuse à l'inconnu. Parfois, sa mère la sidérait.

L'adolescente n'était pas au bout de ses surprises. Sa mère et elle s'étaient rendues directement chez Sedgwick's, le grand magasin de Silchester, et étaient montées au rayon du prêt-à-porter. Liz s'était adressée aux vendeuses comme si elle achetait régulièrement des vêtements de marque, avant d'en réquisitionner trois pour qu'on leur apporte tous les articles souhaités dans la cabine d'essayage. Elle s'était finalement choisi un pantalon noir et un chemisier en soie rouge, d'un montant total de plus de deux cents livres. Alice n'en revenait pas.

Ensuite, elles avaient avisé une robe noire très courte à franges.

« Alice ! Voilà exactement ce qu'il te faut ! »

Liz parlait soudain comme Ginny. Elle avait convaincu Alice de l'essayer et de faire un tour sur elle-même pour vérifier comment bougeaient les franges, puis avait demandé à toutes les vendeuses de venir voir, déclarant :

« Eh bien, je crois que nous n'allons pas pouvoir résister ! »

La robe avait été enveloppée dans du papier de soie et confiée à Alice dans un sac en plastique rutilant.

Peu après, Liz et sa fille pénétraient dans un restaurant empli de chaises à coussin rose et de fleurs, avec quelqu'un au piano dans un coin. Alice n'en croyait pas ses yeux. Ce jour-là, sa mère n'était plus la même. On aurait dit celle de Geneviève, qui les avait une fois emmenées toutes les deux, son amie et elle, chez Harrods, où elle avait acheté des tonnes de choses, avant de leur commander d'immenses glaces pour le goûter. Normalement, sa mère à elle n'achetait jamais de vêtements de marque. Et elles n'étaient pas allées au restaurant depuis une éternité. Pas depuis l'achat du cours privé, en tout cas.

— Une table pour deux, demandait Liz au maître d'hôtel. Non-fumeurs. Oh !

Elle avait poussé un petit cri, Alice leva les yeux. Mais elle ne vit que deux hommes en train de saluer sa mère. D'un geste furtif, elle glissa la main à l'intérieur du sac en plastique et caressa les franges de sa nouvelle robe. Elle la mettrait avec un collant noir brillant, ferait reluire ses Doc Martens, et peut-être Piers l'inviterait-il à danser…

— Alice !

Liz semblait un peu nerveuse.

— Viens que je te présente à Marcus Witherstone. Tu sais, l'agent immobilier qui a loué la maison à Ginny et à Piers.

— Enchantée, dit poliment Alice.

Elle regarda Marcus Witherstone avec curiosité. Ginny lui avait un peu parlé de lui, elle s'en souvenait maintenant. Elle l'avait présenté comme un don Juan, et sa femme comme une créature impossible. Pourtant, Alice ne lui trouvait rien de séduisant : il avait l'air vieux et ennuyeux. Elle se tourna vers son compagnon, un homme plus petit, aux cheveux blonds tirant sur le roux et au teint florissant. Apparemment, sa mère aussi avait les yeux posés sur lui. Comme tout le monde dans le restaurant, d'ailleurs.

— Bonjour, dit-il à Alice avec un horrible sourire mielleux. Je suis Léo Francis. Un collègue de travail de Marcus.

— Léo est notaire, se hâta de préciser Marcus Witherstone. Nous lui confions ponctuellement certaines transactions. Des règlements de successions. La routine, quoi.

Mortel, décida Alice. Son attention fut attirée par une table à l'écart, où le garçon avait apporté un dessert qu'il faisait flamber. De petites flammes bleutées s'élevèrent, et la joie illumina tous les visages autour de la table, même celui du garçon. Elle voulait la même chose, même sans savoir ce que c'était. D'ailleurs, elle avait une faim de loup. Elle fixa sa mère, espérant l'entendre prendre congé. Mais Liz souriait toujours béatement à cet agent immobilier sans intérêt.

— Nous venons d'acheter des vêtements pour cette fameuse soirée, expliquait-elle avec un empressement un peu trop visible.

Puis, à la stupeur de sa fille, elle ouvrit son sac en plastique pour en montrer le contenu aux deux hommes. Malgré son manque d'expérience, Alice savait que les hommes ne s'intéressaient jamais aux vêtements. Même pas à ceux de leur femme.

— Serez-vous à la soirée ? Celle donnée par Piers et Ginny Prentice ? demanda Liz.

— Je crois que oui, répondit l'agent immobilier, légèrement surpris.

Il fit soudain la grimace.

— Oh là, il faut que j'y aille.

— À bientôt, dans ce cas, dit Liz gaiement.

À bientôt, répéta-t-elle lentement tandis que les deux hommes s'éloignaient.

Elle se tourna alors vers Alice avec un regard étrangement lumineux.

— Tu sais quoi ? Je boirais bien un peu de champagne. Pas toi ?

Pendant qu'ils se dirigeaient vers le vestiaire, Léo lança à Marcus, avec un sourire en coin :

— Vous ne sembliez pas vraiment à votre aise, tout à l'heure. C'était votre maîtresse, peut-être ?

Marcus s'apprêta à faire une réponse cinglante et se ravisa. Il n'avait pas envie de se fâcher avec Léo. Juste de limiter ses contacts avec lui au strict minimum. Et, si possible, de ne plus jamais avoir affaire à lui.

La pensée du chèque de deux cent mille livres dans la poche intérieure de sa veste le réconforta cependant. Belle récompense pour les angoisses et les complications engendrées par cette déplorable affaire ! Mais alors même qu'il était en possession de l'argent et ne risquait plus – en principe – d'être découvert, il n'avait pas changé d'avis. Il ne recommencerait sous aucun prétexte. En dégustant sa sole au beurre blanc, il avait dit à Léo que, la prochaine fois, il devrait trouver quelqu'un d'autre pour s'écarter du droit chemin.

Celui-ci avait bien sûr eu des paroles aimables et rassurantes, vite remplacées, lorsqu'il avait compris que Marcus était sérieux, par une condescendance évidente. Marcus s'en moquait. Tout comme il se moquait de renoncer à ce qui était, au fond, de l'argent facilement gagné. Le jeu n'en valait pas la chandelle. Deux cent mille livres, certes, mais qu'allait-il en faire, se demandait-il encore une fois… Payer les frais de scolarité à Bourne College ? Il avait déjà épargné à cet effet. De toute façon, pensait-il avec le sourire en revoyant le visage enthousiaste de son fils la veille au soir, si Daniel avait aussi bien réussi à son examen que tout le monde semblait le croire, il n'y aurait pas de frais de scolarité à régler. Quelles étaient alors les autres possibilités ? Une maison de campagne ? Une villa en France ? Le reste de la famille voudrait savoir d'où venait tout cet argent.

L'ennui, avec une fortune familiale – la sienne en particulier –, c'est que tout était transparent, attesté. Chaque membre de la famille savait exactement quelle part du capital les autres détenaient ; combien ils avaient acheté leur maison ; quel était le chiffre d'affaires de l'agence familiale. Il aurait été moins scandaleux d'avouer sa ruine que de se retrouver sans explication valable avec des sommes considérables.

Marcus sentit son sang se glacer à l'idée de devoir tout avouer à Miles, de voir une expression horrifiée s'installer sur son visage honnête. Ce cher Miles, qui plaçait la solidarité familiale plus haut que tout, qui voulait de toute évidence conserver à Marcus sa confiance, malgré ses soupçons. Depuis son coup de téléphone le jour du défilé de Noël d'ECO, Miles ne lui avait plus jamais reparlé de Léo Francis. Et pourtant, il avait dû s'en poser, des questions... Marcus frissonna. Au moins une partie de cet argent, décida-t-il soudain, servirait à leur offrir, à Miles et à lui, un long déjeuner bien arrosé au Manoir. Une bonne bouteille de bordeaux, un petit cognac : le grand jeu. Ils en auraient bien pour l'après-midi. Comme au bon vieux temps..., avant Léo. Et avant Liz...

— Eh bien, au revoir, Marcus, déclara Léo de sa voix affable alors qu'on leur tendait leur manteau. Ravi de notre collaboration.

Marcus acquiesça brièvement, enfila son pardessus à chevrons et, sans s'attarder, descendit l'escalier recouvert d'une épaisse moquette qui conduisait vers la sortie. Il était impatient de quitter les lieux, de laisser tous ces gens derrière lui. Léo, Liz, et les autres. Il n'en revenait pas de cette rencontre fortuite avec Liz. Dieu seul savait ce qui aurait pu se passer, quelles révélations auraient pu leur échapper. À cette pensée, il se maudit avec une sévérité excessive. Pour commencer, il n'aurait jamais dû accepter d'aller au restaurant. Ils auraient mieux fait de se voir chez Léo. Il aurait dû prévoir qu'il risquait de rencontrer quelqu'un ! Et que cela avait toutes les chances d'être Liz !

Au souvenir de la plaisanterie douteuse de Léo, il ressentit un picotement désagréable au creux des reins. Se doutait-il vraiment de quelque chose ? Avait-il deviné la vérité ? Serait-il capable, par méchanceté, de faire part de ses soupçons à Anthea ? Marcus l'imagina en train de décrocher son téléphone, de parler avec force sous-entendus à Anthea, dont le visage exprimerait une stupéfaction de plus en plus visible. Salaud ! S'il disait quoi que ce soit, il le tuerait.

Puis il se ressaisit. Léo n'avait rien voulu insinuer. Il ne dirait rien, n'ayant aucune raison de se faire un ennemi de Marcus. Au fur et à mesure que ses pas l'éloignaient du restaurant, et du danger, il réussit à se convaincre qu'il s'agissait d'une coïncidence malheureuse.

Il restait toutefois sur ses gardes. Et si ce genre de rencontre se reproduisait ? Et si Anthea avait été avec lui ? Le visage empourpré de Liz et son empressement lui auraient forcément mis la puce à l'oreille. En revoyant ses joues roses et ses yeux brillants, il frémit de nouveau. Auparavant, il s'en serait réjoui et aurait attendu leur prochain rendez-vous avec une impatience accrue. Désormais, il était surtout découragé. À l'évidence, Liz pensait que rien n'avait changé entre eux. Ne comprenait-elle pas pourquoi il annulait leurs rendez-vous les uns après les autres ? Et son incompréhension était-elle inconsciente, ou délibérée ?

Marcus réalisa qu'il allait rapidement devoir lui mettre les points sur les « i ». Très rapidement, même. Il ne pouvait pas la laisser croire que tout allait continuer comme avant, ni courir le risque de tomber sur elle avant d'avoir mis les choses au clair. Ce qui ne devrait pas être trop difficile, d'ailleurs. Il fallait qu'elle pense à son mari, tout comme il devait penser à Anthea. Un mari très sympathique de surcroît.

Peut-être même Liz partage-t-elle mon sentiment, se dit-il pour se rassurer alors qu'il s'approchait de sa voiture et déclenchait l'ouverture de la portière avec sa commande à distance. Peut-être en a-t-elle également assez de cette liaison. Il repensa à ses joues empourprées. Il avait dû se tromper. Sans doute était-elle gênée de le rencontrer en compagnie de sa fille. Il démarra et se cala confortablement dans son siège. Au fond, il s'était affolé pour rien, tout allait très bien se passer.

14

Le jour où la fête devait avoir lieu, Alice se réveilla plus tôt que d'habitude. Elle se leva, enfila un sweat-shirt par-dessus son pyjama et alla sans bruit dans la cuisine. Dehors, le ciel était gris et menaçant, rendant la pièce encore plus déprimante que d'ordinaire. Alice jeta un regard à la pendule. Sept heures. Ce jour-là, elle avait deux heures de permanence en début de matinée : donc, pas besoin d'être au lycée avant dix heures. En temps normal, elle aurait fait la grasse matinée, avant de prendre tranquillement son petit déjeuner devant la télévision. Mais elle était trop énervée pour retourner se coucher. Elle aurait déjà voulu être à la fin de la journée.

Elle pensa avec délectation à sa nouvelle robe qui attendait sur un cintre dans sa penderie, à ses collants neufs qui avaient coûté une petite fortune, au rouge à lèvres brun-violet qu'elle avait mis une heure à choisir après les cours. Ginny lui avait proposé de venir un peu en avance, pour l'aider à se maquiller et à se coiffer. C'était sans doute le moment que l'adolescente attendait avec le plus d'impatience. Elle adorait se faire maquiller et coiffer, tout comme elle adorait la chambre de Piers et de Ginny, imprégnée du parfum de la jeune femme et pleine de choses intéressantes à découvrir. Parfois, elle regardait autour d'elle en se demandant comment la même pièce avait pu être la chambre de ses parents, sans odeur particulière, envahie de livres, de magazines et de tout un bric-à-brac.

Elle mit machinalement la bouilloire en route et, adossée au plan de travail, tortilla avec impatience le fil électrique, comme pour faire chauffer l'eau plus vite. Encore une dizaine d'heures devant elle. Quelle interminable attente ! Soudain, avec un frisson de plaisir, elle se rappela l'autre événement prévu ce jour-là : la seconde audition de Piers pour *Summer Street*. Si c'était le terme exact. Piers en parlait comme d'une audition, mais Ginny, l'air contrarié, rectifiait aussitôt :

« Il ne s'agit pas vraiment d'une audition. C'est plutôt un entretien, non ? »

Alice ne voyait pas la différence. En tout cas, cela avait lieu aujourd'hui. Ses amis aussi devaient s'être levés de bonne heure, afin que Piers puisse attraper le train pour Londres en milieu de matinée. Elle se les représentait tous les trois – Piers, Ginny et Duncan – assis autour de la table du petit déjeuner, en train de plaisanter à propos de *Summer Street*, de régler les derniers détails pour la soirée et de se resservir de leur délicieux café bien noir. Elle considéra sans indulgence sa propre tasse, où elle s'apprêtait à verser une cuillerée de Nescafé. Elle eut envie d'être au 12, Russell Street avec eux. Ce serait super de passer les voir avant le lycée et de souhaiter bonne chance à Piers. Plus tard, devant un épisode de *Summer Street*, elle pourrait le désigner sur l'écran en disant :

« Jamais je n'oublierai le jour où il a décroché ce rôle. Nous avons même pris le petit déjeuner ensemble. »

Elle savoura un instant cette perspective, éteignit la bouilloire, puis regagna aussitôt sa chambre. Dans le couloir, elle croisa sa mère, au regard encore ensommeillé.

— Il y a de l'eau chaude dans la bouilloire, lui dit-elle gentiment. Moi, je ne prends pas mon petit déjeuner ici.

Après avoir enregistré avec satisfaction l'air surpris de Liz, elle s'enferma dans sa chambre pour choisir la moins moche de ses jupes d'uniforme, et se mettre autant d'eye-liner et de mascara que possible sans risquer de se faire rappeler à l'ordre.

Devant la maison de Russell Street, elle eut un moment d'hésitation : elle passait souvent chez Ginny et Piers sans prévenir, mais jamais le matin en semaine. Ce n'est pas un jour comme les autres, décida-t-elle. Et, en jetant un coup d'œil par la fenêtre de la cuisine, elle eut la joie de les découvrir tous les trois comme elle les avait imaginés, autour de la table. Avec leurs magnifiques tasses italiennes peintes à la main, ils auraient pu figurer dans une publicité. Duncan l'aperçut et lui fit un petit signe avant de dire quelque chose aux autres. Ginny se retourna brusquement. Elle n'avait pas l'air ravie de voir Alice, plutôt tendue même. Sans doute à cause de l'audition. Ou de l'entretien. Au choix.

— Quelle mine superbe ! s'exclama la jeune fille lorsque Piers lui ouvrit la porte de la cuisine. T'es drôlement bronzé. Comment as-tu fait ?

— Il n'est pas si bronzé que ça, répliqua Ginny. Il a juste un léger hâle. Pour lui donner des couleurs.

C'était elle qui avait eu l'idée des séances d'UVA, et, à présent, une légère inquiétude l'avait envahie. Était-il trop bronzé ? Après tout, *Summer Street* était un soap opera très britannique.

— En tout cas, je trouve que ça lui va très bien, dit Alice avec sincérité.

Elle contempla Piers.

— Et cette chemise bleue est magnifique.

— Ce n'est pas une chemise comme les autres. Elle me porte chance, expliqua Piers, touchant le tissu avec tendresse.

Il croisa le regard de Ginny et lui sourit. Le visage crispé de la jeune femme s'éclaira.

— Viens t'asseoir, Alice, dit-elle, posant la main sur la chaise à côté d'elle. Tu vas au lycée ?

— Oui. Je voulais juste souhaiter bonne chance à Piers… Encore qu'il n'en ait pas besoin, précisa-t-elle aussitôt.

— Oh, je n'en sais rien, répondit celui-ci. On n'en a jamais trop.

Il a vraiment beaucoup d'allure, songea Alice, rêveuse. Séduisant, sûr de lui, comme les grands acteurs…

— As-tu pris ton petit déjeuner ? lui demanda Duncan, debout près du fourneau. Veux-tu goûter à mes célèbres œufs brouillés ?

— Bien sûr ! s'écria-t-elle joyeusement.

— Il y a aussi du café, ajouta Ginny en lui passant la cafetière. Va te chercher une tasse.

Plus tard, Alice eut toutes les peines du monde à reconstituer ce qui s'était passé. Elle avait empoigné énergiquement la cafetière, avait pivoté sur son siège pour atteindre sa tasse préférée, celle sur laquelle était peinte une sirène. Et, une fraction de seconde plus tard, Piers poussait des hurlements en tenant sa manche dégoulinante de café bouillant.

— Alice ! crièrent Ginny et Duncan d'une seule voix. Duncan, voyant la coupable blêmir, puis rougir, ajouta :

— Quel accident idiot ! Vite, enlève cette chemise. Comment va ton bras ?

— Ça va, dit Piers d'une voix mal assurée.

Il sourit à Alice.

— Ne t'inquiète pas.

L'adolescente le fixait, à la fois atterrée et incrédule.

— Je suis navrée, murmura-t-elle.

Elle vit son avant-bras humide et rouge tandis qu'il retroussait sa manche. Sa chemise était couverte de taches brunes. Horrifiée, elle ne savait que dire.

— Comment as-tu pu faire quelque chose d'aussi stupide ?

La question de Ginny siffla à ses oreilles comme un coup de fouet.

— Ginny !

Le cri de reproche de Piers emplit la cuisine. Alice se recroquevilla sur sa chaise. Oui, comment avait-elle pu causer un tel désastre ? Elle aurait mieux fait de rester sagement chez elle.

— Ce n'est pas un drame, disait Piers. Je vais aller mettre une chemise propre, voilà tout.

— Mais ton bras ?

Alice n'osait pas regarder Ginny, qui avait l'air furieuse.

— Mon bras n'a rien, répliqua Piers.

Alice risqua un coup d'œil furtif dans sa direction. Ginny avait les lèvres pincées, et son regard noir n'annonçait rien de bon.

— Je suis navrée, murmura-t-elle de nouveau. Absolument navrée.

— Pour l'amour du ciel ! s'exclama Piers. Ce n'est pas une catastrophe !

Il consulta sa montre.

— Je ferais mieux d'aller me changer.

— C'était ta chemise porte-bonheur, gémit Ginny alors qu'il se levait.

— Eh bien, je vais devoir passer une de celles qui me portent malheur, répondit-il, imperturbable.

Après son départ, Ginny s'affaissa sur sa chaise, anéantie.

— Je n'arrive pas à y croire…

— Allons, Ginny ! Reprends-toi. Piers va très bien, déclara Duncan.

— C'est un très mauvais présage.

— Foutaises ! Ç'aurait pu être cent fois pire. Et s'il s'était renversé du café dans la salle d'attente des studios ?

— Oui, mais…

Ginny s'interrompit. Alice savait ce qu'elle pensait. Mais ce n'est pas lui qui s'est renversé du café sur lui.

— Ginny, je te demande pardon, dit-elle timidement. Je ne comprends pas ce qui s'est passé.

— Ce n'est pas grave, répondit Ginny, un peu apaisée. C'est un accident. Ça arrive.

Elle regarda sa montre.

— Piers va rater son train, s'il ne se dépêche pas, dit-elle, le front soucieux.

— Ah bon ? Je croyais qu'il prenait celui de onze heures, s'étonna Alice sans réfléchir.

— Eh bien, il a décidé de prendre le précédent, voilà tout ! rétorqua Ginny.

Elle soupira.

— Écoute, Alice, il ne faut pas m'en vouloir. Je n'aurais pas dû m'énerver, tout à l'heure. Simplement…

Elle avala sa salive et se passa la main dans les cheveux.

— C'est une journée très importante pour nous.

Alice acquiesça en silence, contemplant d'un air lamentable la flaque de café sur la table, en train de s'écouler goutte à goutte sur la chaise de Piers et sur le sol. Devait-elle proposer de passer un coup d'éponge ? Ne risquait-elle pas de renverser autre chose ? Elle avait l'impression de ne plus maîtriser le moindre de ses gestes.

— Ginny, suggéra doucement Duncan, pourquoi ne montes-tu pas aider Piers pendant qu'Alice me donne un coup de main ici pour tout nettoyer ? D'accord ?

La jeune femme resta immobile, fixant la table. Puis elle sembla se ressaisir et leva la tête.

— D'accord. Je vais voir si Piers a encore une chemise présentable.

Ignorant Alice, elle se leva brutalement et quitta la pièce.

L'adolescente la regarda sortir puis, à sa grande honte, éclata en sanglots.

— Oh non, Alice ! Pas ça ! s'écria Duncan. Il y a déjà bien assez de liquide à éponger dans cette cuisine.

Les pleurs de la jeune fille redoublèrent. Il vint s'asseoir près d'elle et passa le bras autour de son épaule.

— Écoute, Ginny est d'une humeur massacrante depuis ce matin. Ne t'occupe pas d'elle. Tu n'as pas fait exprès de renverser cette cafetière…

— Je m'en veux tellement, sanglota Alice. J'ai gâché la journée de Piers.

— Pas du tout…

Il réfléchit une minute.

— En fait, il fallait sans doute ce genre de chose pour lui changer un peu les idées.

— Tu dis ça pour me consoler, protesta Alice, reprenant tout de même espoir.

— Absolument pas. Et puis, Piers est coriace. Tu n'as pas à t'en faire pour lui. En revanche, si c'était sur moi que tu avais renversé du café, ça ne se serait pas passé comme ça, je te le dis tout de suite !

Devant son expression indignée, Alice ne put s'empêcher de rire.

— Ah, je préfère ça ! Et maintenant, tu ferais mieux d'aller au lycée.

— Mais la cuisine ? demanda-t-elle avec tristesse.

— Je m'en charge, avec mon nouveau Monsieur Propre, encore plus rapide, encore plus puissant, répondit-il de sa voix d'acteur. À propos, t'ai-je annoncé que j'allais tourner dans un film publicitaire ? Le mois prochain. Super bien payé.

— Vraiment ? s'exclama Alice, oubliant provisoirement ses soucis. Quelle bonne nouvelle ! Pour quel produit ?

— Une poudre dentifrice. Je joue une dent.

— Génial !

Hilare, elle rejeta ses cheveux en arrière, s'essuya les yeux sur sa manche et renifla bruyamment.

— Bravo ! approuva Duncan.

Il ramassa son sac et le lui tendit.

— À ce soir pour la fête. N'oublie pas de venir en avance.

— Ginny devait m'aider à me maquiller, dit Alice d'un ton désolé. Maintenant, elle ne voudra sans doute plus.

— Bien sûr que si. Mais si elle est trop occupée, ajouta-t-il avec tact, c'est moi qui la remplacerai.

Alice le considéra d'un œil sceptique.

— Toi ? Tu t'y connais en maquillage ?

— Si je m'y connais en maquillage ! Non mais ! Pourquoi crois-tu que j'ai passé plusieurs années dans un cours d'art dramatique ? s'indigna Duncan, faisant mine de la chasser de la cuisine.

Durant le petit déjeuner, Anthea ne cessa de se lever de table, de se rasseoir et de faire griller des toasts qu'elle découpait en morceaux de plus en plus petits jusqu'à ce qu'ils se désintègrent. Résignée, Hannah la suivait à travers la cuisine, un chiffon à la main, sous l'œil indifférent d'Andrew et de Daniel ; Marcus observait toute la scène avec amusement. Lorsque Hannah eut envoyé les garçons se préparer pour l'école, Anthea leva vers lui un regard implorant.

— On ne pourrait pas les appeler ?

— Sûrement pas, répondit Marcus d'une voix aimable mais ferme. Ils ont dit qu'ils contacteraient l'école de Daniel.

— Je sais.

D'un geste nerveux, Anthea porta son index à sa bouche, se mit à se ronger l'ongle, puis se ravisa.

— Le jury se réunit ce matin, dit-elle lentement, comme si elle récitait une leçon. Et la décision sera connue à midi.

— À moins qu'ils ne réussissent pas à se mettre d'accord. Ou qu'ils décident de ne pas accorder de bourses cette année…

Elle lui jeta un coup d'œil irrité.

— C'est donc à cette heure-là qu'ils appelleront l'école de Daniel, conclut-elle.

— Et qu'on nous contactera… D'ici là, nous ne pouvons rien faire de plus.

— Mais tu sais bien comment fonctionne ce genre d'institution, déclara-t-elle en désespoir de cause. L'an dernier, personne n'a rien su pendant des jours et des jours.

Elle se blottit dans son peignoir.

— Il doit bien y avoir un moyen d'obtenir les résultats plus tôt.

— Nous ne sommes même pas certains que le jury se réunira aujourd'hui, répondit patiemment Marcus. Je ne vois pas l'utilité de s'inquiéter dans l'immédiat.

— M. Chambers m'a assuré que la réunion aurait lieu aujourd'hui, répliqua Anthea. Et il est bien placé pour le savoir. Le directeur de Bourne College est l'un de ses amis.

Une expression énigmatique passa sur son visage.

— Mais bien sûr !

— Quoi encore ? grogna Marcus, méfiant.

— M. Chambers pourrait appeler le directeur de Bourne pour s'informer du résultat.

— Il n'en est pas question ! On ne peut pas lui demander une chose pareille !

— Pourquoi pas ? lança Anthea, relevant le menton d'un air de défi. Il doit être aussi impatient que nous.

Elle prit le téléphone sans fil et commença à appuyer sur les touches.

— Je préfère ne pas écouter ça, dit Marcus. Je vais me brosser les dents.

Il se leva et agita son journal d'un geste menaçant en direction d'Anthea.

— Il refusera. Je te le dis tout net.

Pourtant, lorsqu'il repassa par la cuisine, prêt à partir à l'agence avec son attaché-case, Anthea minaudait au téléphone :

— … je vous remercie infiniment… Au revoir.

Elle raccrocha, un sourire triomphant sur les lèvres.

— Il a accepté ? demanda Marcus, stupéfait.

— Évidemment. J'en étais sûre. Il a dit que si nous voulions passer en fin de journée, il aurait certainement des nouvelles de Bourne.

— Sommes-nous vraiment obligés d'y aller tous les deux ?

— Oui. Car, après, nous irons directement à cette soirée. Apparemment, M. Chambers et sa femme y vont aussi. J'ai dit que nous pouvions les emmener.

Elle contempla son mari de ses grands yeux innocents.

— La soirée chez les Prentice. Tu te souviens ?

Marcus fit la grimace.

— On ne pourrait pas s'en dispenser ? Si on allait plutôt dîner au restaurant ? Pour fêter la réussite de Daniel, ou nous consoler de son échec. Au choix.

— Certainement pas ! J'ai déjà pris rendez-vous chez le coiffeur. Et je me suis acheté une nouvelle robe. Il faut absolument y aller. En plus, on va bien s'amuser.

Elle fronça les sourcils.

— Au fait, pourquoi ces réticences ?

— Je n'ai aucune réticence particulière, se hâta de répondre Marcus. Tu as raison. On passera un bon moment.

Il prit son attaché-case et embrassa Anthea avec plus de chaleur que d'habitude. Vivement que cette journée se termine, pensa-t-il non sans appréhension. Que tout soit réglé, dans un sens ou dans l'autre.

Piers arriva aux studios cinq minutes avant son rendez-vous. En temps ordinaire, il aurait eu au moins un quart d'heure d'avance, mais, ce jour-là, il pensait pouvoir se montrer un peu plus détendu. Il gratifia la réceptionniste d'un sourire charmeur et donna son nom avec désinvolture, comme s'il faisait déjà partie de la série et qu'il était un habitué de la maison. À la même heure dans deux mois…, songea-t-il avant de se rappeler machinalement à l'ordre. En revanche, il ne put empêcher son cœur de faire un bond lorsque, au téléphone, la jeune femme acquiesça deux fois de la tête et lui dit aimablement :

— Alan Tinker sera là dans une minute.

Quand Alan apparut, il salua Piers tel un vieil ami.

— Ravi de vous revoir, Piers. C'est un plaisir.

Il l'entraîna derrière une porte à double battant, puis le long d'un couloir conduisant à une salle d'attente.

— Je reviens dans un instant. Je vous donnerai toutes les instructions à ce moment-là. Prenez un café. À tout de suite !

Après un clin d'œil, il disparut. Piers se retourna, se figeant soudain. Assis dans un coin, sur une chaise recouverte de peluche, un jeune homme buvait à petites gorgées un café dans un gobelet en polystyrène. Grand, brun, il portait avec assurance des vêtements d'une élégance discrète. Au grand étonnement de Piers, il offrait une certaine ressemblance avec Ian Everitt.

— Bonjour, dit-il d'une voix qui ne pouvait appartenir qu'à un acteur.

Piers sentit les battements de son cœur s'accélérer. Que se passait-il ?

La porte s'ouvrit, et Alan Tinker fit entrer un nouveau jeune homme, grand et brun lui aussi. Et vêtu d'une chemise bleue identique à celle sur laquelle Alice avait renversé du café.

— Encore un peu de patience ! annonça Alan Tinker aux trois hommes d'un ton jovial. Vous êtes au complet, mais il nous reste quelques préparatifs. J'en ai pour deux secondes.

Et il disparut de nouveau.

— Bonjour ! lança le troisième homme, un peu nerveux. Vous êtes venus auditionner pour le rôle de Rupert dans *Summer Street* ?

— On est tous les trois ici pour ça, non ? demanda l'homme assis dans un coin. Ils ont du culot, si vous voulez mon avis. Je croyais être seul en course. Ce salaud m'avait pratiquement promis le rôle. Je suis tombé des nues quand il m'a appris que nous étions trois.

— Moi aussi, renchérit l'homme près de la porte. Je croyais depuis des semaines avoir décroché le rôle.

Il dévisagea successivement Piers, puis l'homme assis dans un coin.

— Ça alors ! s'exclama-t-il en s'avançant dans la pièce. Vous ne trouvez pas qu'on a un air de famille ?

15

À dix-huit heures, Ginny entendit le bruit de la clef dans la serrure de la porte de devant. La tête en partie hérissée de bigoudis chauffants, elle se précipita sur le palier en haut de l'escalier, juste à temps pour voir Piers entrer dans la maison, non pas en bombant le torse, mais très calmement, presque humblement. Elle craignit le pire, et son cœur se mit à cogner dans sa poitrine.

— Alors ?

Elle avait presque crié. Piers leva les yeux vers elle avec un haussement d'épaules éloquent.

— Quoi ? Tu ne sais toujours rien ?

— Ils vont appeler ce soir, répondit-il. C'est du moins ce qu'ils m'ont assuré.

Ginny le fixa.

— Que veux-tu dire ?

— Laisse-moi d'abord prendre un verre. On a du gin ?

— Dans la cuisine.

Elle jeta un coup d'œil à sa montre.

— Mince. Je n'ai pas fini de me coiffer.

Elle le suivit pourtant avec inquiétude dans la cuisine et le regarda se verser un grand gin tonic, secouant la tête lorsqu'il lui en proposa un. Après avoir ajouté deux ou trois glaçons dans son verre, Piers but une longue gorgée. Puis une seconde. Enfin, il s'essuya la bouche.

— Les salauds !

— Pourquoi ? lança Ginny, le souffle coupé par la panique.

Entortillant nerveusement une mèche de ses cheveux autour de son index, elle fixait Piers.

— Qu'ont-ils fait ?

— Je n'étais pas seul à auditionner.

— Comment ça ?

— Nous étions trois. Ils nous ont fait passer l'un après l'autre. Soi-disant pour pouvoir comparer plus facilement, ironisa-t-il.

Elle le dévisagea, médusée.

— Je croyais que tu étais leur seul candidat !

— Moi aussi. Les autres aussi, d'ailleurs.

Le cœur de Ginny se remit à battre la chamade.

— Et comment étaient-ils ? demanda-t-elle, s'efforçant de ne pas trahir son anxiété.

— Le premier ressemblait pas mal à Ian Everitt. Il s'appelle Sean quelque chose. Le second m'a paru un peu amorphe. Il sort tout juste du cours d'art dramatique, je crois.

— Tu les as vus auditionner ?

— Non, Dieu merci ! Il n'aurait plus manqué qu'on nous oblige à regarder les autres !

Certes, mais au moins, tu saurais ce qu'ils valent, pensa Ginny, agacée.

— Et alors ?

— C'était une situation assez insolite. Après être passés, nous nous sommes retrouvés tous les trois assis dans la salle d'attente.

Piers finit son verre et se prépara un autre gin tonic. Il se remémora la scène : la tension insupportable entre eux, les sourires forcés, les échanges de potins pour se distraire.

— Puis Alan Tinker est venu demander à Sean de retourner sur le plateau faire un nouvel essai. Et il nous a dit, à l'autre type et à moi, qu'on pouvait partir…

Ginny eut l'impression qu'un poids énorme l'empêchait de respirer.

— Tout en nous assurant que ça n'avait aucune signification, ajouta Piers. Et que nous serions tous prévenus ce soir par téléphone.

L'air maussade, il vida son verre d'une traite. La voix d'Alan Tinker résonnait encore dans sa tête. *N'allez pas vous inquiéter inutilement, tous les deux. Ni vous imaginer que nous ne retenons pas votre candidature*. Et il leur avait souri. Ce sourire était-il plus spécialement destiné à Piers ? Difficile à dire.

Ginny s'affala sur une chaise.

— Bon sang ! Je n'arrive pas à y croire. Qu'est-ce qui a bien pu les inciter à rappeler ce type ?

Piers lui lança un regard sombre.

— Je l'ignore. Je me suis interrogé pendant tout le trajet de retour. M'auraient-ils mené en bateau ? Lui ont-ils confié le rôle ?

— Si c'était le cas, pourquoi ne pas te l'avoir dit aussitôt ? demanda Ginny avec indignation.

— Dieu seul le sait. Ah, les salauds !

Il posa son verre sur la table d'un geste rageur.

— Voilà des mois que cette putain d'audition est suspendue au-dessus de ma tête comme une épée de Damoclès, et je voudrais bien être fixé une fois pour toutes !

Ginny jeta un coup d'œil à sa montre.

— Ont-ils précisé à quelle heure ils appelleraient ?

Piers secoua la tête.

— Tu penses bien que non.

Ginny considéra son visage crispé. Elle dut se faire violence pour lui poser la question qui lui brûlait les lèvres.

— Et toi ? Crois-tu qu'ils lui ont donné le rôle ? demanda-t-elle doucement.

Il haussa les épaules. Il préférait ne pas envisager cette éventualité.

— Je n'en sais rien. Vraiment rien.

Il contempla Ginny, se forçant à sourire.

— Tu es superbe, dit-il. Je ferais mieux de me préparer moi aussi.

Ginny répondit à son sourire et prit sa main dans les siennes. Au plus profond d'elle-même, un terrible désenchantement et un fol espoir se livraient un combat sans merci. C'était insupportable. Elle se sentait épuisée, incapable d'affronter le monde extérieur. Quelle était l'utilité de cette soirée ridicule ? Avait-elle encore une raison d'être ?

En fin d'après-midi, Liz avait proposé à sa fille de l'aider à se coiffer et à se maquiller. Et Alice, qui après l'épisode de la cafetière hésitait beaucoup à s'adresser à Ginny, avait fini par accepter. Assise sur le lit de sa mère, alors que les pinceaux et les crayons à lèvres ou à sourcils lui chatouillaient le visage, elle se disait que, si le résultat était trop nul, elle pourrait toujours le cacher sous une couche d'eye-liner. Liz semblait d'excellente humeur. Elle avait ouvert une bouteille de vin pour la boire avec Alice pendant leurs préparatifs et elle chantonnait en répétant à l'adolescente qu'elle allait être magnifique.

Enfin, elle l'autorisa à se regarder dans le miroir. Agréablement surprise, Alice admira son reflet. Elle n'aurait pas su dire pourquoi, mais son teint avait beaucoup plus d'éclat que d'habitude. Même ses cheveux paraissaient plus soyeux.

— Va mettre ta robe, déclara Liz avec un sourire ravi. Tu seras la reine de la soirée.

Alice lui lança un coup d'œil surpris.

D'ordinaire, sa mère prétendait qu'elle était trop jeune pour se maquiller autant. Aujourd'hui, cependant, on aurait dit que ça lui faisait plaisir. Par ailleurs, songea Alice en étudiant de plus près le visage maternel, Liz est elle aussi beaucoup plus maquillée qu'en temps normal.

— Il te va bien, ce nouveau maquillage, risqua-t-elle.

— Je l'ai fait faire chez Sedgwick's. Au rayon cosmétiques.

Alice ouvrit des yeux ronds.

— Tu as accepté de t'asseoir sur un de ces petits tabourets ? Devant tout le monde ?

— Oui, où est le mal ? C'est gratuit. Et je n'ai pas les moyens de m'offrir tous ces produits de beauté.

Pas encore, en tout cas, ajouta-t-elle intérieurement.

Lorsque Alice eut disparu dans sa chambre, Liz sortit de sa penderie les nouveaux vêtements. Elle s'habilla avec soin, brossa longuement ses cheveux pour les faire briller et se regarda avec satisfaction dans le miroir. Était-ce un effet de son imagination, ou bien donnait-elle déjà une certaine impression d'aisance ? Était-elle en train d'adopter l'assurance de Marcus ? Le naturel avec lequel il évoluait dans le luxe ? Elle fit quelques allées et venues devant la glace, pour le plaisir de voir son chemisier en soie onduler avec élégance autour de ses hanches. Ses bourrelets semblaient avoir disparu par un coup de baguette magique.

Quand Jonathan frappa à la porte, elle pivota sans hâte sur elle-même et demanda d'une voix distinguée :

— Oui ?

— Je ne voulais pas te déranger, dit-il en allant chercher un livre sur sa table de chevet. Il se retourna et la contempla avec admiration.

— Tu es éblouissante !

Comme si tu en savais quelque chose…, pensa Liz, impitoyable.

— Je viens d'avoir la mère de Daniel Witherstone au téléphone, continua-t-il. Je n'ai toujours pas réussi à contacter Geoffrey.

— Quoi, à propos de cette histoire de bourse ?… À quelle heure dois-tu rappeler le… les parents de cet élève ? demanda-t-elle avec prudence.

— Je ne les rappelle pas. Ce sont eux qui viennent ici. Apparemment, ils vont eux aussi à cette soirée.

Jonathan sourit à Liz.

— Le monde est petit, non ? Mme Witherstone a proposé de passer nous prendre. Mais ils sont surtout impatients d'avoir les résultats de leur fils.

— Ah oui ?

Le cœur de Liz se mit à battre plus fort. Elle ne voulait pas voir Marcus tout de suite. Pas ici. Ni en compagnie de sa femme.

— En fait, s'empressa-t-elle de dire, Alice et moi ferions mieux d'y aller de notre côté… Après tout, nous aurons besoin de la voiture pour rentrer, ajouta-t-elle, prise d'une inspiration soudaine.

— Très juste… Maintenant que j'y pense, je n'ai pas mentionné la présence d'Alice. Ils n'auraient peut-être pas assez de place pour nous trois.

— Ce ne serait sans doute pas un problème, répliqua-t-elle. Enfin…, je veux dire qu'ils viennent toujours chercher leur fils dans une grosse voiture. Ils m'ont l'air absolument pleins aux as, affirma-t-elle sur un ton de défi.

Jonathan haussa les épaules.

— C'est possible.

Liz le foudroya du regard. N'allait-il même pas manifester un semblant de jalousie ?

— D'ailleurs, je me demande bien pourquoi ils ont tant besoin d'une bourse, conclut-elle.

— Ce n'est pas seulement une question d'argent, expliqua paisiblement Jonathan. Décrocher une bourse d'entrée à Bourne College est un événement marquant dans une scolarité. C'est en partie la raison pour laquelle je veux essayer de joindre Geoffrey. Je suis impatient de connaître les résultats du jeune Daniel. Tu sais, Liz, sa réussite pourrait avoir un effet très positif pour nous. Et pour le cours privé. Les nouvelles vont vite à Silchester.

Mais Liz n'écoutait plus. Elle aurait déjà voulu être partie, avant l'arrivée de Marcus et d'Anthea dans le rôle du couple idéal avec leur somptueuse voiture et leurs vêtements raffinés.

— Alors, c'est entendu. Tu nous retrouves plus tard. Elle prit son sac et sortit sur le palier.

— Alice ! Tu es prête ?

Jonathan soupira à la vue des habits de sa femme éparpillés aux quatre coins de la pièce. Il ramassa un chemisier froissé et le considéra un court instant. Puis il le laissa tomber à l'endroit où il l'avait trouvé, suivit

Liz et s'arrêta net, éberlué. Alice sortait de sa chambre, pareille à une jeune élégante des années vingt avec son irrésistible robe courte et ses yeux brillants aux longs cils noirs.

— Tu es magnifique ! s'exclama-t-il avec conviction. Je suis très impressionné.

Il posa les yeux sur les Doc Martens de sa fille.

— Je suppose qu'elles font partie de la tenue…, ajouta-t-il avec humour.

— Absolument, marmonna Alice.

Elle fixa le vieux pantalon gris et la chemise aux couleurs passées de son père.

— Tu y vas comme ça ?

— Pas du tout. Je vais me changer, répondit-il avec sa patience habituelle. Rassure-toi, Alice, je ne te ferai pas honte devant tes amis. Je n'ai pas l'intention de me déguiser en canard.

Il tenta de croiser son regard, mais elle se détourna en rougissant. Liz, qui venait de mettre une dernière couche de rouge à lèvres et n'avait rien entendu, leva la tête.

— Bon, en route, Alice. À tout à l'heure, Jonathan.

Et elle dévala l'escalier d'un pas léger d'écolière. Alice la suivit lentement, traînant les pieds, tiraillée entre l'envie de sourire à son père en lui disant « À tout à l'heure ! » et l'espoir qu'il décide finalement de ne pas les rejoindre. Arrivée en bas de l'escalier, elle se retourna, pensant pouvoir lui lancer un « Au revoir ! » amical en guise de compromis. Mais il avait déjà regagné l'appartement.

Lorsque Alice et Liz arrivèrent au 12, Russell Street, toutes les lumières étaient allumées et la musique faisait vibrer les murs. Liz eut un moment d'hésitation.

— C'est vraiment une soirée pour moi ?

La question s'adressait autant à elle-même qu'à Alice.

— Évidemment ! Allez, viens !

L'adolescente lui lança un regard furieux. En proie à une certaine appréhension elle aussi, elle n'avait pas besoin que sa mère lui complique les choses.

Quand Duncan ouvrit la porte, tout sembla s'arranger. Comme Liz, il portait une chemise en soie, du même rouge que ses joues. Des flots de musique arrivaient par vagues autour de lui, attirant les visiteuses, qu'il embrassa cérémonieusement avant de les laisser franchir le seuil.

— Bienvenue à vous, honnêtes habitantes de Silchester ! Pour l'instant, vous êtes les seules invitées de cette bonne ville, chuchota-t-il à la manière d'un acteur de théâtre.

— Qui sont tous ces gens à l'intérieur, alors ? demanda Alice en pouffant de rire.

— D'horribles Londoniens, répondit Duncan sur le ton de la confidence. Pas du tout notre genre. Mais ils ont insisté pour venir, alors, que voulez-vous…

Pendant qu'il les conduisait vers le salon rempli de monde, Liz, amusée, se tourna vers Alice, criant pour se faire entendre à cause de la musique :

— Quel personnage !

— Je sais, approuva Alice avec un sentiment de supériorité.

C'étaient ses amis, après tout. Elle chercha Piers du regard. Pourtant, même si plusieurs hommes dans la pièce lui ressemblaient vaguement, elle ne le vit nulle part.

— Bonsoir, toutes les deux !

Ginny arrivait droit sur elles, les yeux brillants.

— Prenez un verre ! Et même deux !

Alice adressa un regard gêné à la jeune femme.

— Excuse-moi pour ce matin…, commença-t-elle.

— Oh, ça…

Ginny balaya l'air du bras avec insouciance.

— Aucun problème ! Absolument aucun ! s'esclaffa-t-elle.

— Et comment s'est passée l'audi…, euh, l'entretien ?

— Ils sont toujours en réunion, répondit-elle avec désinvolture, fourrant la bouteille qu'elle tenait dans les mains d'Alice. Bon, il faut absolument que j'aille saluer mon associée.

Elle tourna les talons, et Alice regarda Liz avec perplexité.

— Par exemple ! s'exclama cette dernière. Qu'est-ce qui lui prend ? Elle se drogue ?

— Ça m'étonnerait… Je ne comprends pas ce qui lui arrive. D'habitude, elle n'est pas dans cet état.

Ginny se sentait au bord de la crise de nerfs. Alors qu'elle fonçait sur Clarissa – toujours aussi séduisante malgré sa grossesse – avec force exclamations joyeuses à la vue de son ventre rebondi et lui faisait les trois bises incontournables, elle parcourut fébrilement l'assistance du regard. Elle se retint pour ne pas crier. Ce satané Duncan semblait avoir invité toutes leurs relations, amis ou ennemis. Ils étaient venus de Londres dans un cortège de voitures, et, pendant que ses collègues du monde de l'immobilier s'extasiaient bruyamment sur le prix des maisons en province, les acteurs demandaient si Piers avait bien un rôle en vue dans *Summer Street*.

Et toujours pas le moindre appel ! Dans un premier temps, Piers était descendu bavarder avec leurs invités sans quitter le téléphone des yeux, éludant les questions de ses interlocuteurs jusqu'à ce qu'ils abandonnent la partie. À cet instant, elle ignorait où il se trouvait. Et cette petite Alice de malheur, avec sa ringarde de mère, qui avait eu le toupet de lui demander comment s'était passée l'audition ! Si elle avait parlé un peu plus fort, quelqu'un aurait pu tout entendre. Ginny la repéra à l'autre bout de la pièce, en grande conversation avec une amie londonienne de Clarissa à l'élégance tapageuse, et elle s'en voulut d'avoir parlé aussi librement avec l'adolescente. Au fond, elle ne lui avait pratiquement rien caché : ni l'audition, ni les difficultés professionnelles de Piers, ni même son propre désir de fonder une famille ! Comment avait-elle pu confier ses secrets à une petite lycéenne de rien du tout ? Elle était effondrée.

Alice aperçut Ginny et regretta qu'elle ne vienne pas la rejoindre. L'homme qui lui parlait – un vieux à l'air vulgaire avec un début de calvitie et un catogan – se croyait obligé de jouer les branchés, d'évoquer les marques à la mode, de lui demander si elle était récemment allée à un concert de jazz. Elle avait eu beau répondre qu'elle n'en avait pas les moyens, qu'elle n'avait que quatorze ans, il continuait de plus belle. Voilà maintenant qu'il dissertait sur les clubs de La Nouvelle-Orléans ! Alice ne savait même pas où c'était ! Elle avait envie d'une cigarette, mais apparemment personne ne fumait, et elle attirerait l'attention si elle était la seule à sortir son paquet. Peut-être pourrait-elle s'éclipser tout à l'heure pour aller en griller une dans le garage ? En veillant à ce que Liz ne se rende compte de rien. Alice l'ignorait ostensiblement depuis le début de la soirée. Il était déjà assez difficile de n'avoir que quatorze ans, sans être en plus chaperonnée par sa mère…

Au moment où Marcus se garait devant le cours privé, Anthea s'agrippa soudain à son bras.

— Ne vaudrait-il pas mieux patienter ? demanda-t-elle. Et attendre qu'ils nous téléphonent ?

Marcus la regarda. Sur son visage blême, seules ressortaient les deux touches de blush qu'elle avait appliquées avec soin un peu plus tôt.

— Allons, dit-il d'une voix rassurante. Maintenant que nous sommes là, autant être fixés.

— Je n'en peux plus, murmura-t-elle.

Il se pencha vers elle et lui déposa un baiser sur la nuque.

— Quoi qu'il arrive, nous ne cesserons pas d'aimer Daniel, ni de nous aimer, n'est-ce pas ?

— Non..., bien sûr.

— Eh bien, dans ce cas, rien d'autre n'a vraiment d'importance. En route !

Et il ouvrit la portière.

Jonathan était là pour les accueillir. Il venait d'essayer une nouvelle fois de joindre Geoffrey et était tombé sur une ligne occupée.

— Je ferai une nouvelle tentative dans quelques minutes, dit-il.

Il admira l'élégance du manteau d'Anthea et la finesse de son collant, la force et l'aisance de Marcus. Sa gorge se serra.

— Puis-je vous offrir... un verre à tous les deux ?

Lorsqu'ils pénétrèrent dans l'appartement, Marcus inspecta les lieux avec un mélange de fascination et d'accablement.

— C'est un logement modeste mais confortable ! lança Jonathan de la cuisine. Par ici !

Il les fit entrer dans la salle de séjour et remplit trois petits verres de sherry. Anthea s'assit tout au bord du canapé tandis que Marcus traversait la pièce. Trois enjambées lui suffirent. Il n'en revenait pas de l'exiguïté de l'appartement, du nombre de coins et de recoins, de l'atmosphère sinistre. Pas étonnant que Liz y soit malheureuse.

— Bon, je vais rappeler, annonça Jonathan d'un ton enjoué. Le téléphone est sur le palier.

Après son départ, Marcus guetta chez Anthea une réaction similaire à la sienne. Mais elle avait les yeux dans le vague, et l'air préoccupé.

— Délicieux, ce sherry, déclara-t-il assez fort pour être entendu sur le palier. Je peux me resservir ?

Il était soudain curieux de voir plus en détail ce petit logement minable.

— Certainement, dit Jonathan. La bouteille est dans la cuisine.

La cuisine parut à Marcus encore plus affreuse que la salle de séjour. Il remarqua le comptoir en formica avec les paquets de céréales alignés à une extrémité et tenta de deviner quelle était la tasse de Liz. C'est alors que la voix de Jonathan lui fit dresser l'oreille.

— Allô ? Geoffrey ? Ici Jonathan Chambers.

Il n'eut pas le courage d'en écouter davantage, alla retrouver Anthea dans la salle de séjour et ferma la porte.

— S'il s'agit d'une mauvaise nouvelle, chuchota-t-il, essaie de ne pas trop montrer ta déception. Surtout devant Daniel. Il a travaillé dur, tu sais. Il a vraiment fait de son mieux. De toute façon, ce ne serait pas la fin du monde, non ? Il n'y aurait pas de quoi…

Il s'interrompit brusquement.

— Je vois, disait Jonathan. Merci encore de m'avoir communiqué le résultat, Geoffrey.

Marcus échangea un regard avec Anthea. Soudain oppressé à la perspective d'une déception, il lui sourit pour sauver les apparences. Elle se tourna vers lui en silence, pâle et tremblante.

La porte s'ouvrit. Jonathan apparut, une expression indéchiffrable sur le visage.

— Votre fils…, commença-t-il.

Anthea prit une profonde inspiration.

— … votre fils… vient d'avoir…

Jonathan avala sa salive avec effort. Il y eut un bref silence chargé d'angoisse.

— … l'honneur de remporter la plus importante bourse d'études décernée à Bourne College cette année.

16

Lorsqu'elle vit Marcus arriver à la soirée avec Jonathan et Anthea, Liz ne bougea pas. Elle poursuivit sa conversation avec le jeune géomètre un peu ennuyeux qui avait eu la gentillesse de lui servir à boire, laissant à Marcus le soin de venir jusqu'à elle. Elle savait qu'il viendrait. C'était inévitable, à cause du pouvoir qu'elle exerçait sur lui. Aussi se cala-t-elle confortablement dans son fauteuil – ce qui n'était pas une façon de parler, réalisa-t-elle soudain, ce fauteuil lui appartenait vraiment, elle l'avait acheté autrefois – pour boire son verre de vin avec gourmandise en riant très fort aux plaisanteries du jeune homme. Et elle attendit.

Quand Marcus croisa son regard par-dessus la marée humaine et, d'un mouvement discret du menton, désigna le jardin, elle sourit intérieurement de cette confirmation, mais patienta trois bonnes minutes avant d'interrompre l'exposé de son interlocuteur sur l'affaissement progressif des sols. Évitant soigneusement d'attirer l'attention de Jonathan, elle se dirigea vers la porte de derrière. Elle ne voulait pas avoir à lui parler, ni à faire les présentations en jouant les épouses modèles. Elle avait dépassé ce stade.

Liz s'attendait à ce que Marcus l'attire à lui pour une étreinte passionnée dès qu'elle apparaîtrait dans le jardin. Après tout, des semaines s'étaient écoulées depuis leur dernier rendez-vous. Cependant, il se contenta de chuchoter :

— Que s'est-il passé à la banque ?

— À la banque ?

Liz le dévisagea sans comprendre.

— Il y a quelques semaines. Ton mari et toi aviez rendez-vous. Qu'ont-ils dit ?

— Ah oui !

Elle dut faire un effort pour se remémorer l'entretien.

— Que nous devions vendre la maison. Nous n'avons pas investi un capital suffisant pour l'achat du cours privé.

— Sinon ?

Elle haussa les épaules. Cet interrogatoire l'agaçait.

— Je n'en sais rien. Une saisie, j'imagine, dit-elle avec un petit rire.

Marcus referma brutalement la main sur son poignet.

— Il n'y a rien de drôle !

Liz écarquilla les yeux.

— Qu'est-ce qui te prend ? Quelle importance ?

— Le cours privé est votre seule source de revenus, répliqua-t-il, indigné. Ça me paraît important. Votre entreprise mérite de réussir.

Il s'interrompit. Lorsqu'il reprit la parole, il était plus calme.

— Daniel a décroché sa bourse…

Ses lèvres se contractèrent.

— La plus importante bourse décernée par Bourne College cette année.

Cette fois, il sourit franchement.

— Félicitations. Dis-moi, quand réussirons-nous à nous voir normalement ?

Marcus la considéra avec stupéfaction.

— C'est tout ce que tu trouves à dire ?

Elle haussa de nouveau les épaules.

— Qu'est-ce… ?

Elle s'arrêta net. La porte de derrière venait de s'ouvrir, et la voix de Duncan, reconnaissable entre toutes, retentit dans le jardin.

— Allons dans le garage, souffla-t-elle.

Elle entraîna Marcus à l'intérieur, referma la porte derrière eux et, haletante, s'immobilisa devant lui dans l'obscurité.

— Personne ne nous verra si nous n'allumons pas, murmura-t-elle, renversant la tête en arrière dans l'attente d'un baiser.

Marcus lui rabaissa le menton d'un geste irrité.

— Tu ne t'inquiètes donc pas du sort du cours privé ? Tu sais que ton mari est en train de faire des miracles ?

— Je n'en doute pas. Tous mes vœux de réussite l'accompagnent.

— Que veux-tu dire ?

— Tu sais bien…

L'alcool la rendait euphorique. Le grand moment était arrivé. Marcus allait lui demander si elle aimait toujours Jonathan. Elle répondrait que non. Alors, il lui proposerait de l'épouser.

— Non, je ne sais pas.

— Nous…, dit-elle timidement, lui caressant le menton avec tendresse.

Marcus, exaspéré, écarta aussitôt la main de Liz.

— Nous ? Il n'y a pas de « nous » qui tienne !

— Bien sûr que si, rétorqua-t-elle.

— Plus maintenant. C'est fini, tu m'entends. Fi-ni !

La férocité inattendue de cette déclaration emplit l'espace clos du garage. Liz recula d'un pas.

— Je ne comprends pas…

— C'est pourtant clair !

Une petite voix tremblante s'était élevée du fond de la pièce. Marcus et Liz se retournèrent au même instant et virent jaillir avec stupeur la minuscule flamme vacillante d'un briquet. Pelotonnée dans un coin, tout en jambes dans sa robe à franges, Alice fixa successivement leurs deux visages muets avant d'allumer une cigarette avec des gestes saccadés. Elle aspira profondément quelques bouffées, puis se leva lentement, sans quitter Liz ni Marcus des yeux. Se frayant un chemin à travers les piles de boîtes et de cartons, elle s'avança vers eux et s'arrêta devant sa mère. Durant quelques secondes, elle parut sur le point de parler. Ses lèvres frémirent, elle tira de nouveau sur sa cigarette. Finalement, elle préféra garder le silence. Bousculant Liz et Marcus au passage, elle s'élança pour fuir le garage et claqua la porte derrière elle. Liz resta pétrifiée.

— Mon Dieu ! se mit-elle à geindre. Oh, mon Dieu !

— Et merde ! dit Marcus d'une voix étouffée.

Il lança un regard sans indulgence à Liz.

— On ferait mieux d'aller voir si on peut limiter les dégâts, ajouta-t-il sèchement. Et commence donc par faire un peu moins de bruit.

Lorsque la sonnerie insistante du téléphone couvrit la musique, Ginny se figea. Elle chercha désespérément Piers des yeux. Il était invisible, et Duncan avait disparu dans le jardin avec un groupe d'invités. Elle était seule à pouvoir répondre. Elle jeta un coup d'œil au téléphone et s'affola en voyant une main se tendre pour décrocher.

— Non ! s'écria-t-elle. Je m'en charge.

L'homme qui s'apprêtait à répondre, un individu de petite taille travaillant dans les relations publiques et dont elle avait oublié le nom, lui adressa un sourire contrit.

— J'ai cru que c'était quelqu'un qui avait besoin d'aide pour arriver jusqu'ici.

Ginny l'ignora et saisit le combiné. Mais Piers, plus prompt, avait décroché dans leur chambre.

— Allô ? dit-il de sa voix grave destinée à impressionner ses interlocuteurs.

— Piers ? C'est Alan Tinker.

Ginny raccrocha brutalement et, cédant à une certaine paranoïa, vérifia qu'autour d'elle aucun invité n'avait relevé le nom du producteur. Mais les quelques regards qu'elle croisa n'étaient pas ceux d'acteurs trop curieux. Personne ne se doutait de rien.

La jeune femme se balança quelques secondes d'un pied sur l'autre, un peu étourdie à l'idée que leur sort soit suspendu à ce coup de téléphone. Elle dut se retenir pour ne pas éclater d'un rire hystérique. Puis elle entreprit de se frayer un chemin à travers la pièce bondée, s'émerveillant de sa capacité à sourire aux uns et aux autres, à envoyer quelques baisers, et même à s'extasier spontanément sur la veste d'une jeune actrice inconnue. Enfin, elle se retrouva dans l'entrée et gravit l'escalier en silence, à pas lents, comptant chaque marche. En haut, Piers l'attendait, avec la réponse à toutes ses interrogations.

Elle atteignit la dernière marche au moment où il apparaissait à la porte de leur chambre. Un seul coup d'œil à son visage lui suffit. Il n'avait pas le rôle.

Malgré l'impression qu'une douleur fulgurante lui déchirait l'estomac, elle eut un sourire stoïque.

— Ce n'est pas grave, dit-elle, le regard voilé par les larmes. De toute façon, ce rôle minable ne t'intéressait pas vraiment.

— Non, en effet.

Piers la fixa sans émotion apparente, puis un rictus déforma ses traits et, contre toute attente, il laissa échapper une longue plainte. Ginny le contempla, atterrée.

— En fait, je le voulais, ce rôle, gémit-il. Encore plus que toi, bon sang ! Je le voulais tellement que j'en avais peur.

Il se laissa tomber par terre.

— Ils l'ont donné à Sean. Celui à qui ils ont fait faire un nouvel essai. Je m'en doutais. Les salauds !

Il tapa du poing sur le sol.

— Pourquoi ont-ils entretenu le suspense ?

Ginny s'accroupit près de lui et le prit dans ses bras. Deux larmes roulèrent sur ses joues. Elle ne savait que dire, ni que penser. Au cours des trois derniers mois, elle avait totalement été obsédée par *Summer Street*. Et maintenant... Non !... Ce n'était pas possible... Une autre douleur à l'estomac la plia en deux.

— Ginny ?

Elle releva brusquement la tête. Debout dans l'escalier, l'air hagard, Alice tirait nerveusement sur sa cigarette. Elle était livide et ses mains tremblaient.

— Ginny, je viens d'assister à quelque chose d'affreux...

La jeune femme haussa les sourcils. Petite Alice de malheur ! Elle pouvait difficilement tomber plus mal.

— J'étais dans le garage...

Ginny l'interrompit, se forçant à sourire.

— Alice ? Je n'en ai rien à faire, d'accord ?

Elle rampa jusqu'à ce que son visage soit tout près de celui de l'adolescente.

— Strictement rien à faire, tu m'entends ? hurla-t-elle. En ce qui me concerne, tu peux aller au diable !

Alice sursauta.

— Qu'est-ce… ? commença-t-elle d'une voix chancelante.

— Si tu avais été moins maladroite ce matin, si tu n'avais pas eu la mauvaise idée de venir, si tu ne t'étais pas amourachée de Piers, peut-être ne lui aurais-tu pas gâché toutes ses chances ! Maintenant, file et que je ne te revoie plus !

Sur ces paroles, Ginny éclata en sanglots.

Alice n'hésita pas une seconde. Le cœur battant à tout rompre, le regard sombre, elle dévala l'escalier, sortit par la porte de devant et disparut dans la nuit.

— Que se passe-t-il ? s'exclama Clarissa, passant la tête dans l'entrée. Qu'arrive-t-il à cette jeune fille ? Faut-il prévenir ses parents ?

Anéantie, la démarche incertaine, Liz regagna l'intérieur de la maison et rejoignit Jonathan en s'efforçant de donner le change.

— Je me fais du souci pour Alice, dit-elle d'une voix mal assurée. Tu ne l'aurais pas vue ?

Il la dévisagea avec inquiétude.

— Non. Est-ce qu'elle a bu trop d'alcool ? Ce serait vraiment stupide de sa part !

— Je… ne crois pas que ce soit ça…, bredouilla-t-elle en regardant fébrilement autour d'elle. Tu ne l'as vraiment vue nulle part ?

— Excusez-moi !

Une jeune femme blonde enceinte de quelques mois, au visage mutin, tapota l'épaule de Liz.

— Seriez-vous la mère de la jeune fille dans une robe à franges ? Je voulais vous prévenir qu'elle venait de partir en courant dans la rue. Elle semblait bouleversée.

— J'y vais, marmonna Liz, essayant d'écarter Jonathan.

Celui-ci l'arrêta d'un geste.

— Non, c'est moi qui y vais. Reste ici et profite de ta soirée. Parle un peu avec Anthea. Vous n'avez pas vraiment fait connaissance, toutes les deux, me semble-t-il ?

Abasourdie, Liz découvrit Anthea à côté d'elle, tout sourires.

— Merci encore ! lança Jonathan à l'intention de Clarissa, qui leva joyeusement son verre dans sa direction.

— Je n'en ai pas pour longtemps, ajouta-t-il avant de s'éclipser.

Liz contempla Anthea. Elle n'avait rien à lui dire. Anthea, en revanche, ne se fit pas prier.

— Votre mari est un génie, commença-t-elle aussitôt. Vous n'imaginez pas quel merveilleux professeur c'est. Je n'ai jamais vu ça. Cette patience, ce sens de l'humour..., et il sait si bien expliquer les choses, que les enfants comprennent !... Bien sûr, vous avez appris que notre fils avait eu sa bourse ?

— En effet, murmura Liz, fixant le sol. C'est formidable.

— Tout à fait. Nous sommes absolument enchantés. N'est-ce pas, mon chéri ?

Surprise, Liz leva les yeux et vit avec horreur Anthea couver quelqu'un du regard. Et ce quelqu'un était Marcus. Il la prenait avec tendresse par l'épaule, se penchait vers elle, l'embrassait comme s'il l'aimait encore.

Une haine féroce envahit le cœur de Liz, menaçant de se transformer à tout moment en crise de larmes. Je reste encore une minute, se dit-elle, et je m'en vais. Mais vers quoi ? Vers qui ? Jonathan ? Alice ?

— J'ai parlé à tous mes amis de votre cours privé, poursuivait Anthea. Beaucoup y ont inscrit leurs enfants. Ils sont tous enthousiastes. Et quand je leur apprendrai le résultat de Daniel…

Elle laissa volontairement sa phrase en suspens.

— Au fait, madame Chambers, assurez-vous aussi une préparation à l'examen de fin d'études primaires ?

— Je n'assure rien du tout, répondit Liz.

Elle se tourna vers Marcus, qui soutint son regard sans broncher.

— Ces temps-ci, je ne sais plus très bien où j'en suis.

Jonathan trouva Alice en train de s'enfuir dans la rue, hors d'haleine, le corps secoué par les pleurs, son maquillage dilué par ses larmes. Dans sa course, elle avait semé une partie de ses cigarettes derrière elle. Lorsqu'il la rattrapa, elle essayait frénétiquement d'allumer son briquet, jurant haut et fort chaque fois que le vent l'éteignait.

— Alice ! appela-t-il en s'approchant d'elle. Alice ! Ralentis !

L'adolescente se retourna et, à la vue de son père, éclata en sanglots.

— Allons ! dit-il.

Il passa un bras autour de ses épaules, puis, quand elle eut suffisamment ralenti, referma l'autre sur elle.

— Tout va bien. Je t'assure. Tout va bien.

Alice frissonna en silence contre sa chemise. Elle leva les yeux vers lui et laissa échapper un gémissement.

— Oh, papa ! Je te demande pardon !

— Tu n'as aucune raison de me demander pardon, affirma calmement Jonathan. De toute façon, c'est une soirée très ennuyeuse.

Il sourit à sa fille.

— Mais tu ne comprends pas !...

Elle jeta un coup d'œil autour d'elle, dans la rue sombre et déserte.

— Mon Dieu ! C'est tellement affreux !

De nouveau, les larmes ruisselèrent sur ses joues.

— Eh bien, moi, ce que je trouve vraiment affreux, c'est que tu fumes depuis si longtemps en cachette, déclara-t-il, considérant la mince traînée blanche formée derrière eux par les cigarettes jonchant la chaussée.

Alice en eut le souffle coupé.

— Que veux-tu dire ? demanda-t-elle avec une pointe de rancœur qui fit trembler sa voix.

— J'espérais qu'après le départ de Geneviève tu arrêterais. Je me suis trompé...

Alice ouvrit des yeux ronds.

— Tu savais ? Depuis le début ?

— La perspicacité n'est pas ton fort, Alice. Les mégots dans le garage étaient des indices révélateurs.

— Tu n'as jamais rien dit !

Il y eut un long silence.

— Ce n'est pas parce qu'on a découvert quelque chose qu'on doit en parler à tout le monde. Ni même à quelqu'un, d'ailleurs.

Il la regarda.

— En classe, lèves-tu la main chaque fois que tu crois connaître la réponse ?

Alice secoua la tête.

— Tu vois bien. Parfois, tu laisses quelqu'un d'autre répondre à ta place. Parfois, tu n'es pas sûre de toi. D'autres fois encore, tu préfères te contenter d'écouter et d'apprendre.

À son tour, Alice le regarda. Les idées se bousculaient dans sa tête.

— Papa…

— Oui ?

L'anxiété de Jonathan était visible. Il y eut un nouveau silence. Alice se passa la main dans les cheveux et se força à sourire.

— Je peux fumer une cigarette ?

Lorsqu'il monta chercher Ginny et Piers, Duncan entendit des sanglots étouffés dans leur chambre. Bon sang ! se dit-il, comprenant aussitôt ce qui s'était passé. Son visage s'assombrit, et il eut soudain l'impression qu'un poids énorme s'abattait sur ses épaules. Sans l'avouer, il avait espéré et rêvé avec ses amis. Il resta quelques instants à la porte, les bras ballants, frustré de ne pouvoir entrer pour partager leur déception et leur témoigner sa sympathie. Au moins pouvaient-ils se consoler mutuellement.

Le brouhaha au rez-de-chaussée le tira alors de sa mélancolie. La fête ! Il fallait à tout prix empêcher les invités de découvrir la vérité. Il fit demi-tour et descendit prestement l'escalier, attrapant au passage deux bouteilles de vin entamées sur la table de l'entrée.

— Qui veut à boire ? s'écria-t-il. Et montez le son !

— Duncan ?

Clarissa, l'amie de Ginny, le tirait délicatement par la manche.

— Saurais-tu où est passée Ginny ? Nous voulons lui dire au revoir.

Duncan n'hésita pas plus d'une seconde.

— Entre nous, souffla-t-il avec un sourire malicieux, je crois que Piers et Ginny n'ont pas très envie d'être dérangés.

Il fit un clin d'œil à Clarissa, qui eut un petit rire ravi.

— Je vois ! Dans ce cas, tu leur diras au revoir de notre part, d'accord ?

Liz resta à la soirée jusqu'au moment où Duncan apporta des tasses de thé sur un plateau. Découvrant soudain l'heure tardive, elle alla chercher sans trop de regret son manteau, son écharpe et ses gants, et sortit dans la nuit glaciale. Sa colère envers Marcus, son appréhension à l'idée de revoir Jonathan, sa crainte qu'Alice ait tout révélé, tout semblait s'être dissipé. Elle rentra chez elle décidée à se préparer dès son arrivée une tasse de thé bien sucré, qu'elle serrerait dans ses mains pour les réchauffer. Après, on verrait.

Cependant, lorsqu'elle entra sans bruit dans la cuisine, elle eut un hoquet de surprise. Adossé au mur, Jonathan buvait du thé à petites gorgées dans la tasse qu'elle comptait utiliser.

— As-tu bien profité de la fin de la soirée ? demanda-t-il tout bas mais avec bienveillance. Tu as raté Alice de peu. J'ai eu l'impression qu'elle était assez fatiguée.

Liz le dévisagea, frappée de stupeur. Était-il devenu complètement idiot ? À quoi jouait-il ?

— Je suppose qu'Alice t'a tout raconté, dit-elle d'une voix rendue rauque par l'angoisse.

Les doigts de Jonathan se crispèrent légèrement sur sa tasse, mais il resta impassible.

— Alice ne m'a rien raconté du tout… D'ailleurs, je crois qu'il n'y avait rien à raconter.

Il lui sourit.

— Allez, assieds-toi. Je vais te faire une bonne tasse de thé. Bien sucré.

17

Deux semaines plus tard, assis dans le bureau de Marcus, Jonathan fixait celui-ci de ses yeux clairs, où se lisait une certaine perplexité. Marcus, légèrement gêné, détourna le regard.

— C'est très gentil à vous d'être venu, dit-il. Surtout un samedi. Vous devez avoir un emploi du temps chargé.

Il s'interrompit et jeta un coup d'œil au quotidien local, ouvert à côté de lui à la page des annonces immobilières.

— Avez-vous vu l'article au sujet de la bourse de Daniel ?

Il feuilleta le journal, s'arrêtant à la page intérieure consacrée aux nouvelles de Silchester.

— Assez réussi, je trouve… C'est Anthea qui a eu l'idée, précisa-t-il.

Les deux hommes contemplèrent la photo un peu floue de Daniel avec son sourire crispé, surmontée d'un titre en gros caractères : UN JEUNE PRODIGE REMPORTE LA RÉCOMPENSE SUPRÊME.

— Daniel a dû être moyennement enthousiaste, reprit Marcus. Mais j'espère que c'est une bonne publicité pour le cours privé.

Le visage de Jonathan s'éclaira.

— En effet. Je n'aurais jamais cru qu'à Silchester autant d'enfants avaient besoin de cours particuliers pour préparer l'examen de fin d'études primaires.

Il consulta sa montre.

— D'ailleurs, j'ai un cours tout à l'heure. Nous les casons un peu comme nous pouvons.

— Bien sûr, dit Marcus, refermant aussitôt le journal. Moi aussi, je vais devoir y aller sans tarder. Je ne vous retiendrai pas très longtemps. Je voulais tout d'abord vous informer que Ginny et Piers Prentice ont donné leur préavis pour la maison de Russell Street.

Jonathan se rembrunit.

— Dommage… Ils ne seront pas restés longtemps.

— C'est vrai, répondit Marcus avec un froncement de sourcils. Je ne m'explique pas bien pourquoi. Ils sont déjà partis, avec une bonne partie de leur mobilier. Le reste doit suivre. Un de leurs amis s'occupe de tout… Ils régleront le loyer en totalité, s'empressa-t-il d'ajouter. Mais, de fait, votre maison est de nouveau inoccupée.

— Je le regrette. Je savais par ma fille qu'ils avaient momentanément quitté Silchester. Elle a été très perturbée par leur départ.

Un pli soucieux lui barra le front.

— Mais je n'avais pas compris qu'ils ne reviendraient pas. Nous avons absolument besoin de ces loyers, vous savez. Vous faudra-t-il beaucoup de temps pour trouver de nouveaux locataires ?

— Eh bien, ce ne sera peut-être pas nécessaire, déclara Marcus avec une certaine désinvolture. Finalement, ce n'est sans doute pas une si mauvaise nouvelle…

Il examina un instant ses ongles. Lorsqu'il leva la tête, son visage avait une expression impénétrable.

— Je crois… avoir un acheteur pour votre maison.

Jonathan tombait des nues.

— Non ? Vraiment ? J'avais pratiquement abandonné tout espoir de ce côté-là.

— Il s'agit d'un acheteur désireux d'investir dans la région de Silchester, poursuivit Marcus, imperturbable. Je lui ai conseillé de vous faire une offre de deux cent mille livres.

Après un court silence, il vit Jonathan ouvrir des yeux incrédules.

— Je dois préciser que mon acheteur souhaite rester anonyme. Je serai donc votre seul interlocuteur. Si toutefois l'offre vous paraît satisfaisante.

Jonathan se ressaisit.

— Satisfaisante ? Bon sang, elle résoudrait tous nos problèmes !

— Parfait, dit Marcus d'un ton détaché en faisant semblant de ranger une pile de documents sur son bureau. Donc, vous acceptez ?

Jonathan restait sceptique. Sans le moindre soupçon, mais sceptique.

Marcus réfléchit rapidement et enchaîna avec le sourire :

— Ce retournement de situation est une aubaine pour un certain nombre de vendeurs dans le même cas que vous. Mon acheteur envisage d'acheter plusieurs autres maisons de la région. Afin de profiter des prix particulièrement compétitifs en ce moment.

— Deux cent mille livres pour notre maison n'est pas ce que j'appelle un prix très compétitif ! protesta Jonathan, toujours mal remis de sa surprise.

— Tout est relatif… Mais, si je comprends bien, cette vente vous aiderait financièrement, continua Marcus avec une indifférence polie.

— Et comment ! Vous ignorez sans doute que depuis l'achat du cours privé nous sommes endettés jusqu'au cou.

— Vraiment ? Dans ce cas, c'est donc bien une bonne nouvelle que je vous apporte ! lança Marcus, ravi.

— Une excellente même, répondit Jonathan en toute sincérité. Je ne pourrai jamais assez vous remercier. Nous désespérions de réussir à vendre cette maison.

Marcus balaya d'un geste ses compliments.

— Je n'ai fait que mon métier… Il reste une dernière chose, peut-être sans intérêt pour vous.

— Ah bon ?

— L'acheteur… a manifesté l'intention de louer la maison, dit Marcus, pesant chaque mot. Pour une somme très raisonnable, s'il trouve des locataires dignes de confiance… Avant de faire passer une annonce, je voulais vous soumettre cette proposition…

Il eut un haussement d'épaules.

— Je ne suis pas sûr qu'elle vous intéresse. Vous préférez peut-être habiter sur place.

— Ce n'est pas que nous « préférons », expliqua Jonathan d'un air résigné. Mais plutôt que nous « devons ». Jusqu'à ce que le cours privé soit tiré d'affaire…

— La modicité du loyer vous amènera peut-être à reconsidérer votre décision. L'acheteur a bien spécifié qu'à ses yeux les qualités des locataires primaient sur la rentabilité financière. En fait, il achète la maison essentiellement pour réaliser une plus-value.

— Eh bien, je ne sais pas. Pouvez-vous me donner une idée de la somme ? Du loyer mensuel ?

Marcus se leva. Il alla jusqu'à la fenêtre et contempla la cour un bref instant. Une jonquille solitaire semblait le défier. Il se retourna et annonça un chiffre.

Dans un premier temps, il crut avoir dit une énormité impossible à rattraper. Soudain, les traits de Jonathan se détendirent.

— Je ne veux rien affirmer, répondit-il. Mais ça doit être dans nos moyens.

— L'acheteur est prêt à négocier, se hâta d'ajouter Marcus. Si besoin est.

— Ce ne devrait pas être nécessaire, dit Jonathan, rayonnant.

Marcus répondit à son sourire.

— Bien sûr, il faut d'abord que j'en parle à ma femme, précisa Jonathan.

— Oui… Peut-être préfère-t-elle rester où vous êtes ?

Jonathan lui lança un étrange regard.

— Je ne crois pas. Mais, de toute façon, il vaut mieux que je lui en parle.

Liz voyait tout en gris. Elle avait l'impression que son corps était gris, et son âme aussi. Dehors, le pâle soleil printanier ne contribuait pas à lui remonter le moral ; au contraire, il faisait ressortir sa mélancolie. Assise dans une salle de classe, l'air maussade, elle cherchait une nouvelle fois l'inspiration pour réorganiser le département des langues vivantes ; elle se recroquevilla sur sa chaise en entendant des enseignants et quelques élèves attardés passer devant la porte en devisant gaiement, puis grimaça lorsque le rythme sourd de la musique rock d'Alice traversa les murs jusqu'à elle.

Une semaine avait suffi à l'adolescente pour retrouver une certaine joie de vivre. Sept jours durant, elle avait refusé de se nourrir et de croiser le regard de sa mère, éclatant en sanglots à la moindre provocation ; elle avait passé le plus clair de son temps recluse dans sa chambre, enveloppée dans sa couette, à écouter de la musique de plus en plus lugubre et assourdissante au fil des jours. Liz avait eu besoin de tout son sang-froid pour ne pas aller mettre les choses au point. La certitude qu'une dispute ne ferait qu'aggraver la situation et la crainte de voir Alice divulguer son secret l'avaient dissuadée d'intervenir. D'ailleurs, elle avait d'une certaine façon compati à la détresse de sa fille étalée au grand jour. Elle-même devait cacher son propre désarroi, lutter et, si possible, le refouler définitivement.

D'où son indignation quand des gloussements avaient de nouveau fusé derrière la porte close d'Alice, comme s'il ne s'était rien passé. Elle imaginait avec envie tous ces moments d'hilarité dans la petite chambre, toutes ces plaisanteries, ces confidences et ces interminables fous rires qui accompagnaient les retrouvailles d'Alice et de Geneviève.

L'arrivée de celle-ci pour un mois de vacances les avait tous pris par surprise. Lorsqu'elle les avait appelés de Heathrow en éclatant de rire à chaque phrase, l'expression sinistre d'Alice avait fait place à un sourire timide. Une demi-heure plus tard, elle était radieuse. Et depuis, elle débordait d'enthousiasme. Liz s'émerveillait de ses facultés de récupération. Non sans un certain dépit : à présent, elle restait seule avec son chagrin.

La porte de la classe s'ouvrit subitement, et le visage de Geneviève apparut. Même après plusieurs jours, Liz n'était pas encore habituée à son changement d'apparence. Très bronzée, la jeune fille avait également perdu plusieurs kilos et portait désormais un anneau dans la narine.

— Madame Chambers ?

Elle avait pris un léger accent américain que Liz trouvait selon le cas amusant ou exaspérant.

— Ça ne vous dérange pas, si nous faisons du beurre de cacahuètes ?

Liz la regarda, l'air étonné. « Quelle utilité ? » faillit-elle demander, mais elle se contenta de secouer la tête.

— Non, pas du tout.

— Super !

La tête de Geneviève disparut.

— Ne laissez pas la cuisine sens dessus dessous, ajouta Liz machinalement.

Trop tard, cependant. Elle envisagea de rattraper Geneviève pour lui répéter la recommandation. Oh, et puis à quoi bon ? se dit-elle.

Alors qu'il regagnait la réception de l'agence Witherstone en compagnie de Marcus, Jonathan aperçut Anthea et les deux garçons assis dans la salle d'attente.

— Monsieur Chambers !

Anthea se leva et vint prendre d'un geste gracieux ses deux mains dans les siennes.

— Avez-vous vu l'article dans le journal ?

Jonathan acquiesça avec le sourire.

— Je le lui ai montré, précisa Marcus.

— Si vous saviez comme nous sommes heureux ! renchérit Anthea.

Daniel essayait d'attirer l'attention de Jonathan.

— Est-ce que cet article vous aidera à trouver de nouveaux élèves ? lui demanda-t-il.

— J'en suis persuadé, répondit Jonathan.

Daniel se tourna aussitôt vers Andrew, l'air de dire : *Tu vois bien...*

— N'empêche que sur la photo tu ressembles à un débile, déclara Andrew de son ton placide.

Jonathan fit une petite grimace et jeta un coup d'œil à sa montre.

— Je ne peux vraiment pas m'attarder, s'excusa-t-il.

— Bien sûr, dit Marcus. Tenez-moi au courant pour la maison. Mais prenez votre temps, il n'y a aucune urgence.

Quand Jonathan rentra de l'agence, Liz, debout dans la cuisine, tournait piteusement sa cuiller dans sa tasse de café. Alice et Geneviève versaient des cacahuètes sur le plateau de la balance et pouffaient de rire chaque fois qu'elles rebondissaient sur le plastique, puis sur le plan de travail, avant d'atterrir sur le lino.

— Il n'y en a pas assez, annonça Geneviève. Allons en acheter d'autres.

— D'accord, approuva Alice.

Elle leva la tête à l'arrivée de Jonathan, les yeux brillants et les pommettes roses de plaisir.

— Avant de partir, écoutez la bonne nouvelle, lança-t-il. Nous avons un acheteur pour la maison de Russell Street !

— Tant mieux, marmonna Alice, ramassant une cacahuète qu'elle se mit à grignoter.

— Super, dit poliment Geneviève.

Liz ne réagit pas. Elle avait l'impression de ne plus avoir aucun contrôle sur son existence.

— Et on nous offre la possibilité de la louer aux nouveaux propriétaires, ajouta Jonathan.

— Génial ! s'exclama Alice. Alors on pourrait retourner y vivre ?

— Exactement.

— Formidable !

— Ça, c'est vraiment une bonne nouvelle, déclara Geneviève, à la surprise générale.

Elle considéra la pièce avec bienveillance.

— Je trouve cet appartement très sympathique, mais je préférais votre ancienne maison.

— Merci de ta franchise, Geneviève, dit Jonathan, visiblement amusé.

Il se tourna vers Liz, qui regardait obstinément devant elle.

— Il n'y a pas de quoi, répondit Geneviève d'une voix paisible. Viens, Alice, on y va.

Après leur départ, Jonathan dévisagea Liz.

— Tu n'as rien dit. Ça ne te fait donc pas plaisir ?

Elle eut une moue désabusée.

— Je n'en sais rien. Après tout, réemménager dans notre ancienne maison… Ce ne serait pas un retour en arrière ? Serons-nous vraiment heureux ?

— Non, ce n'est pas un retour en arrière. Et oui, nous serons heureux, décréta Jonathan sans baisser les yeux. Nous allons nous réinstaller là-bas, et tout ira bien.

— C'est un ordre ?

— Si tu veux.

Liz poussa un long soupir agacé.

— Je ne peux pas décider comme ça d'être heureuse, uniquement parce que tu me le demandes.

— Tu le pourrais, si tu le voulais vraiment.

Elle le fixa d'un œil noir.

— Je ferai semblant, si ça te fait plaisir, dit-elle d'un ton sarcastique.

— En effet, ça me ferait grand plaisir. Pourquoi ne pas commencer tout de suite ?

Il ramassa une cacahuète, la fourra dans sa bouche et quitta la pièce, laissant Liz complètement interloquée.

Remerciements

Mes remerciements les plus chaleureux à Araminta Whitley, Diane Pearson et Sally Gaminara, ainsi qu'à Clare Pressley.

Avant de vider votre sac,
sachez à qui vous avez affaire...

(*Pocket n° 12695*)

Ce n'est pas qu'Emma soit menteuse, non, c'est plutôt qu'elle a ses petits secrets. Par exemple, elle fait un bon 40, pas du 36. Elle a très légèrement embelli son CV. Et avec Connor, son petit ami, au lit ce n'est pas franchement l'extase. Rien de bien méchant, en somme, mais plutôt mourir que de l'avouer. Mourir ? Justement... Lors d'un voyage en avion, Emma croit voir sa dernière heure arriver. Paniquée, elle déballe tout à son séduisant voisin, tout et plus encore. Sans imaginer que l'inconnu en question est l'un de ses proches. Très proche même...

Il y a toujours un Pocket à découvrir

Composé par Nord Compo
à Villeneuve-d'Ascq (Nord)

Imprimé en Espagne par Liberdúplex
à Sant Llorenç d'Hortons (Barcelone)
en février 2010

POCKET – 12, avenue d'Italie – 75627 Paris cedex 13

N° d'impression : 16907
Dépôt légal : mars 2010
S19175/01